麻雀放浪記（3）激闘編

阿佐田哲也

双葉文庫

JN043093

目次

銀座の雀鬼《ジャンき》

一

考えてみると、いや、考えてみなくたって、敗戦直後の十六歳のときから丸七年間、べたろくに麻雀《マージャン》ばかり打っていたことになる。

雀歴《ジャンれき》七年の雀士《ジャンし》といえば、今では掃いて捨てるほどいるだろうけれど、七年は七年でも私のは、住む家も持たず、女房子も作らず、寝ては夢起きてはうつつ幻の、降っても照っても牌《パイ》に命をすりへらすだけで、他のことは何もやらなかったのだから、馬鹿《ばか》な話であるが、馬鹿馬鹿しすぎるところに今考えても捨て難い味がないでもない。

世間は、すでにバラック小屋の時代から本建築の時代に移っていた。駅前の闇《やみ》市《いち》のようなものは次第にとり払われ、代ってベニヤ仕立てではあるが、マーケットというものが出現していた。闇市に蝟集《いしゅう》していた職業不明の兄ちゃんや復員服の呆《ほう》けた中年男はどこへ行ったか、ぱたっと姿を消してしまった。

私は今でも思い出す。数か月寄宿していた麻雀クラブの表通りの露店に、細々と芋飴《いもあめ》を並べていた爺《じい》さんが居た。爺さんは陽焼けした頭から真っ黒い汗を流し、自分の店などそっちのけで、通りのどこかで面白い悶着《もんちゃく》がおきないかと絶えず気を配っていた。自転車が子供を転がしたといってはそこへ飛び走っていき、掏摸《すり》が出たといっては見物に走った。そうして飄逸《ひょういつ》な大きい笑い声をたてた。

ああいう表情は、もはやどこにも見当らない。高層ビルこそ建たなかったが、あそこにもここにも会社という奴ができた。無数の会社は無数の勤め人を生み、彼等は黒っぽい洋服を着て、暗い表情で電車に乗っていた。当今の大企業サラリーマンはそれなりに楽しそうだが、当時は全体にまだ会社の規模が小さかったせいもあろう。

もっとも私に、他人をあげつらう資格はない。私は世間の枠の外に居た。博打《ばくち》打《う》ちの境遇に出世も変化もあるわけはないので、したがって最初と同じく、獣の生活と等しい状態だった。

当時、私は黒シャツを一枚、ボロボロの中学ズボンがひとつ、下着もパンツも一枚ずつ持っていた。つまり着たきり雀《すずめ》だったわけだ。洗濯や入浴という習慣がなかったので、着衣も身体も泥々《どろどろ》であった。冬も夏もそれでとおしていたから、自分ではそれほど気にならなかったが、異臭ふんぷんたる有様だったにちがいない。なにしろ、雀荘《ジャンソウ》で仮寝する夜以外は、道路や山手線《やまのて》の車中で寝ていたのだ。

私は、並みのサラリーマンの月給分ぐらいの収益を、ひと晩の博打であげていた。そしてそういう金は、翌《あく》る日を待たずして綺麗《きれい》さっぱり出ていってしまうのが常だった。経験のない人にはわからないだろうが、浮浪者の暮らしというものは、案外とお金がかかるものだ。

ある朝、山手線で眠っていたら、誰《だれ》かに揺り起こされた。

「――君、――君」

私の本名が呼ばれていた。眼をあけてみると、小学校時代の担任教師がすぐ前に立っていた。

「――君だろう」

私は思わず立ちあがって席をゆずろうとした。

「いやそうじゃない、いいんだ、坐《すわ》ってなさい」

「先生掛けてください、僕はもう眠りましたから」

「元気でいるかね」

黒シャツと中学ズボンとチビた下駄の、異様な私を眺めながら、教師は鼻をヒクヒクさせた。

私と教師はそれから二、三の会話を交した。つまり、それは私の生活態度に関する話であった。教師は暗に市民社会の中で生きることを奨《すす》めてくれ、どういうわけか石鹼《せっけん》会社に就職の世話をしてもいいとまでいった。

私は博打以外のことは金輪際やるまいと思っていたから、笑ってきいていたが、しかしそのことは印象に残った。

というのは、当時、私にとっては唯一の商売道具である右腕が、肱《ひじ》関節から肩にかけて強烈に痛んで上にもあがらないほどだった。牌《パイ》をツモり、打ちつけたりすると、木綿針で射貫かれたような激痛が走る。つい気合をそがれ、左手を使ったりするが、麻雀は、気で左右されることが多いので、どうも本調子にならない。

第一、両手が激しく動かせないのでは、魔術《いかさま》が使えない。

獣の生活は、身体だけが財産である。身体が利かなくなれば、あとは飢え死にするだけだ。私は無論、医者に行こうとはしなかったが、ある麻雀クラブのメンバーに、トーダイという渾名《あだな》の医者の卵がいた。

ある夜、トーダイと焼酎《しょうちゅう》を呑《の》んだ。彼は私の右腕をいい加減にさすり、冗談のようにいった。

「ふうむ、肱《ひじ》関節内軟骨剝離《はくり》だな。そうだ、きっとそうだよ」

「なんだい、そりゃ」

「関節と関節の間にクッションの役目をする蒟蒻《こんにゃく》状のものがあるんだが、腕を極端に使いすぎたりするとクッションが破れて周囲にはみ出す。これが硬くなって軟骨みたいなものになると腕を動かすたびに神経にさわるんだ。ほら、プロ野球の投手が肱を痛めたりする、あれだよ」

「だが俺《おれ》は投手じゃない」

「麻雀の打ちすぎだろ」とトーダイは酔っていて苦もなくいった。

「放っときゃ、なおるかね」

「手術して軟骨をとりゃいい。それでもクッションがない状態なんだから烈しくは使えないがね」

二

TS会から金を借りた。

TS会というのは無論でたらめの名前で、怖くて本当の名前は書けない。誰《だれ》にでもお金を貸してくれる地下組織のことだ。

私は以前、ポン中毒時代に新宿の愚連隊の麻雀の助ッ人になったことが一度あるきりで、正業であろうと虚業であろうと集団に加わることはもちろん、関係を持つことも避けてきた。

集団という奴は、どうも性に合わない。勝負事は結局、一対一のものだと思う。一人きりで生きるなんてことは、原始的で、不便で、間尺に合わないことにはちがいないが、しかし又一方で、きわめて理想的なものである。その頃《ころ》の私はこう考えてできるだけ獣のような生きざまをしようとしていた。

この私の考えは半分幼《おさ》なくて、本当の孤立とは単純に社会に背を向けることではない筈《はず》だが、いかに幼なくとも当時の私が一人きりで生きていた以上、誰にも笑う権利はない。私は獅子《しし》のように道ばたに寝、獅子のように他人を喰《く》い殺そうとしていた。

金は貸し借りするものではなく、奪い奪われるものと考えていた。

その私がTS会から金を借りたのだ。右腕の激痛が、気を弱くさせていたにちがいないが、金を借りてしまえばただの無頼漢。

そうはいっても、ひどくうまい話があったのだ。

女のカモが居るという。そのカモに又大ガモがついていて、つまり女のパパのことらしいが、自由ケ丘の、その妾宅《しようたく》にさえ入りこめば、潮干狩りでもするぐあいに、えっさえっさとお金がとれるという。

話を持ってきてくれたのは、コーダ安《やす》というキャバレエのボーイだった。

「行くかね――」とコーダ安がいった。

私は頷《うなず》いた。今の私の調子では、女をカモるぐらいがせいぜいのところだろう。

「ただね、一人で行かなきゃ相手にしてくれないぜ。先方はコンビ打ちにやっつけられた苦い経験があるんだ。なにしろ、クマ五郎《ごろう》(商売人)が皆眼をつけてるんだからな。近頃《ちかごろ》はいくらか向こうも眼が肥えてるぜ」

「その点は大丈夫さ。これでね――」と私は右腕を振ってみせた。「仕事《ゴト》ができねえんだ。地《ヒラ》で打つより仕方がない」

「きいたよ。さっぱりだってな。まあうまくやって、ゲンを直しなよ」

「恩に着るよ」

「それからな、その服装だ」

「わかってるさ」

私は笑って見せた。

しかし口でいうほど、恩に着ていたわけじゃない。TS会の金は、烏《からす》がカァと鳴くと一割ずつ利息をとられるという一日一割の烏金《からすがね》。コーダ安への礼金も馬鹿《ばか》にならない。TS会への返金がおくれて消されていく犯罪者たちが無数に居る。

私は雀荘のマスターに泣きこんで、息子の洋服を借り、床屋に行きなどして、西銀座のコーダ安の店に出かけた。

頃合《ころあ》いをはかって、つまり十時半をすこし廻《まわ》った頃、店に入り、春美《はるみ》という女を指名した。そういう約束になっていたからだが、早くからいってこんなところで金を使ったってつまらない。

「——いらっしゃい」

白地に派手な柄を浮かした和服の若い女が横にすわった。日本調の美人だったが、私はほとんど顔も眺めなかった。緊張していたからだ。

踊りましょう、と女がいい、踊れない、と私は答えた。

「いいでしょ。女に恥をかかすものじゃないわよ」

本当に踊れないんだ、と私はいうより仕方がなかった。

「何を考えてるの」

「麻雀のことさ——」

女は不思議そうに私を眺めた。

「麻雀の、どんなこと？」

「そうだな、たとえば、ツクようにさ」

「祈ってるの？」

「ああ、以前はそんなこと考えもしなかったけどね。この頃は駄目だ。それに、麻雀はやるが、俺《おれ》は金持ちじゃない」

「あらそう、お金持ちはあたしも嫌いよ」

「しかし金持ちがいるせいで君たちは喰《く》っていけるンだろう」

「ええ。女からいわせれば、男の人は誰《だれ》も彼もお金持ちであって欲しいわ。でもお金持ちと一緒に暮らすのは嫌い。ぞっとする。一緒に暮らすのはお金のない人でなきゃ」

途中で気がついたのだが、女の声音は低くやさしくてバンドの音でともすれば消されがちなほどだった。

ふと、情意を湧《わ》かして、女の顔を見た。

厚化粧だった。声に似合わず平凡な美人で、銀座に来ればざらに居るだろうという感じがした。

「君は、いつも負けるそうだな」

「麻雀——？」女はうすく笑った。「病気ね。弱いのよ。いつもひィひィ泣かされちゃう。この店の持主の鎌《かま》ちゃん、今夜もやりにくるけど、あたしがこの店で貰《もら》うギャラの十倍は、毎月とられるわ」

「負けて面白いかい」

「勝負事は負けてるときが面白いンじゃないの」

「いい御身分だな」

「ほんとね、いい御身分だわ。療養所の親父さんには送金できないし、弟の学費も出せなくて途中で学校やめちゃった。なンのために働いてるかわからない。みんな麻雀のためよ。でもそれでもどうにか生きられるンだから、まったくいい御身分ね」

いつのまにかバンドが蛍の光を演奏していた。支度してくるから鎌ちゃんの車で行きましょうと女は立ちあがった。

まもなく店の前に大きな乗用車がとまり、瘦《や》せぎすな三十男が、春美と並んだ私の方へ笑いかけた。

三

最初は上々の出来であった。打ちだしてみると、コーダ安の言葉はまったく不正確で、女の麻雀は決して筋が悪くはなかった。

彼女のパパで、どこかの会社の社長だという小でっぷりしたチョビ髭《ひげ》老人も、雀歴《ジャンれき》二十年だとか、これで平凡な守り麻雀だがすくなくとも暴牌は振らない。

もう一人、車を運転してきたマスターの鎌田一邦《かまたかずくに》、これは春美の言によれば、銀座で彼と打つ者はほとんど無く、近頃《ちかごろ》は銀座以外でも敬遠されて競馬ばかりやっているという。

そしてそう聞かなくても、彼の力量はすぐに私にもわかった。瘦せて小柄で、見た眼の威圧感はないが、銀座の空気を吸って育った男の持つ俊敏さと細かい神経がある。

しかし甘くないメンバーということが、この場合、私に逆に幸いしたようだ。地《じ》(インチキを使わず普通に打つこと)で打つよりない私にとって、正攻法の麻雀を打つには、相手もセオリイに沿った打ち手である方がやりいいのである。

一チャン目、二チャン目、小さくきわどいトップだったが二連勝した。

三チャン目の東三局だった。
上家《かみチャ》の鎌ちゃんが親で、五巡目まで、こんな捨牌をしていた。

ここで穴五索を、彼は喰《く》い、を捨てた。

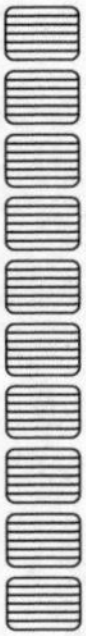 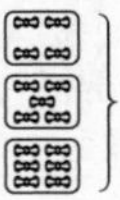 チー

それから続いてを手から出し、をツモ切りした。
私はを切って、ドシンと鎌ちゃんにぶつけてしまった。
「あッ――!」と私は叫んだ。

 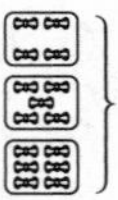 チー

彼の手はこうで、その頃《ころ》流行しはじめていた芸者牌《パイ》(ドラ牌)がであったため、親マンであった。

しかし、私は、手の大きさに驚いたわけではない。

「この、🀑打ちは凄《すご》い。まいりました」

へへへ――、と鎌ちゃんは細い眼を糸のようにして笑った。

私はまったく、彼の手を読み誤まっていたのだ。三色、乃至《ないし》は通貫形で、連チャンをもくろんだものと思っていた。

何故といって、🀑が二巡前に捨てられている。🀑🀓🀕とあって、🀒でも🀔でも喰《く》いたい手なら、こう手を定《き》めない。そのうえ、🀕🀖と切りだしている。どう見ても、🀓🀕という形にこだわったとしか見えない。🀑🀓では駄目で、🀓🀕でなければならないのなら（通貫形がからんでいるとしても）ドラ二丁もあるホンイチ手ではない。

しかし考えてみると、ドラが🀐だけに🀒は出にくい。前述の効果を狙《ねら》って穴三索を放棄し、穴五索に固定するという手は、ケレンのように見えて理詰めなのである。

私は吐息をついた。派手なプレーではないが、この🀑打ちの巧みさ、奴の思考の鋭さ。こうした麻雀で思考力、認識力で水をあけられることは致命的なのである。こんなぼんくらが、烏金《からすがね》を持って打っているのだ。

続く一本場、今度は七巡目で、鎌ちゃんがリーチをかけてきた。

リーチ

芸者牌《パイ》はだ。私はぐっと腹に力を入れて奴の捨牌を眺めた。

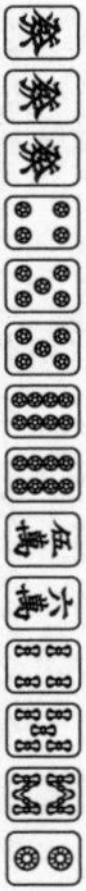

ツモ

こうした場合、万全のセオリイは落しなのである。を三枚落して手の幅を拡げ、遠廻《とおまわ》りしながらじっくり手を作っていく。

だがその戦法はとらなかった。直前に、一本とられて気負っていたこともある。絶対安全策よりも相手の手を読んで、思考力で打ち克《か》っていきたい。

それもあったが、作戦奏功した親がツキだす感じは濃厚、それを考えれば持久戦に持ちこめない。ストレートに対抗していってツモられるのを防がねばならぬ。

私は敵の捨牌のうち、二巡目のに眼をつけた。序盤のこうした中張牌打ちは、大概はその付近、及び索子《ソーズ》テンパイになるおそれがあって、カモフラージュ

のために早捨てされる性質のものだ。

従って、索子は捨てられない。しかし、この場合、ドラが🀒なのだ。🀒🀓🀓。乃至《ないし》、🀓🀕🀖とあって、🀓を早捨てするだろうか。あとで🀡を手から二丁切りしている。前述の形なら当然、🀡を先におとすだろう。

私の手の中の形から見て、二五八筒は切れない。万子《ワンズ》もソバテンがないという保証はない。

🀓は春美も一丁切っている。五八索待ちはまずなかろうし、二五索待ちはワンチャンス。切るなら索子ではないか。

私は🀗を切った。次に🀔を切った。

まず安全な🀓からではないかという人は初級クラスで、このメンツをおとす以上、どちらから切っても同じこと。春美が万一リーチをかけてきた場合、ここにも安全な🀓を残すのは当然の話だ。

だが、鎌ちゃんの待ちは二五索だった。

🀛🀜🀝🀞🀟🀠🀇🀇🀇🀒🀓🀘🀘

上げ汐《しお》の親で、今度は敵はストレートに最短距離で来たのだ。私はくるりと卓に背を向けて、痛む右腕をさすりながら唇をかんだ。

それから、勝負のついたあとの自分の手をめったに見せたことのない私が、手を開いて、

「マスター、貴方ならどれを捨てますか」

鎌ちゃんはじっと私の手をみつめた。

やがて彼はいった。

「――私もそれでしょう」

そして又こうもつけ加えた。

「私がお宅だったらやっぱり放銃していましたよ。おかしいですな、勝負って奴は、いったいどこに欠陥があって、こう差がついてしまうんでしょう――」

四

自分の身体の周辺に、急に寒い風が吹きつのってきた。

一度目が親マン、二度目がリーチドラ一で三千九百、二局続けて親の鎌ちゃんに打ちこんだ。私の点棒箱は寥々《りょうりょう》たる有様になったが、そのことがピンチの理由ではない。

点棒だけの問題ならば、その前二連勝していたし、まだ充分余裕はあったのだ。二局続けての完敗で、この辺が運の替り目のような気がしたからだ。運が離れてしまえば、点棒などいくらあっても追いつかない。

麻雀をひととおり打つ人なら誰《だれ》でも承知していよう。運が離れるきっかけがあって、そこのところでは誰でもが、運をもぎ千切られないように、力いっぱいの努力工夫をこらすのだ。それでも十中八、九までは、運に見放されてしまう。

今、並みの手作りをしていたら、たとえよい手になったところで、一歩おくれのお兄《あに》ィさんだ。私が二向聴《リャンシャンテン》ならテキは一《イー》向聴、私が一向聴ならテキはテンパイ、私がテンパイなら、テキはアガリだ。花札でいう泣き目（七ケン）、ポーカーでいうツウペア地獄、もうひと息のところで勝負負けするのは眼に見えている。

当然、私の打法が、ここで変る筈《はず》であった。

次の配牌《はいパイ》が、私の眼の前に揃《そろ》った。

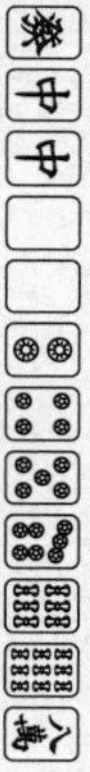

私は、その手からしばらく眼が放せなかった。

これは、神の試練だ。

鎌ちゃんの山からとった配牌だったが、仕込みとは思わなかった。奴が、こんな、他者のところへそっくり流れこむような甘い仕事をするわけがない。偶然に来た手なのだ。

これが神の試練でなくてなんであろう。今、私は、並みの手作りをしていたら必ず敗れる瀬戸際にいるのだ。離れようとする運を握り直さなくてはならないところなのだ。

手に溺《おぼ》れるな、恥も外聞もなく、早い手を作ってひたすらアガれ。お前は一手おくれなのだ。この眼に見えないピンチを乗り切るためには、安かろうと何だろうと、全速力で棒テン（ストレートなテンパイ）をする以外にない。それでなくては他者の手に追いつけない。

第一ツモ、🀖が来て🀘を切った。🀌が来たとき、ためらわず、私は🀚を切った。その🀚はすぐにかぶったが、私は平気だった。こんなときに理想的な手でアガれる筈《はず》はない。役満までの手は入っているが、大三元にすれば一歩おくれになるのだ。

スポッと🀞が入ってきて、🀌を切った。

　🀅🀅🀄🀄🀆🀆🀜🀝🀞🀟🀕🀖🀎

　ホンイチにする気はすこしもなかったのでかぶった🀚を惜しいとは思わなかった。私は、白発中のいずれかひとつでもでれば、ポンして、残りの三元牌《パイ》の一種類を二丁切りしていこうと思っていたのだ。

　かりに🀄をポンするとする。そして🀆を二丁切りするとしよう。そうなれば、たとえ初牌《ションパイ》でも、私に対しては、誰《だれ》も🀅は警戒しないだろう。🀅がついていれば、🀆を二丁おとす奴はいない。そこを利用してアガる。いかに大物がついたとてアガらないのではなんにもならない。特に今はそうなのだ。

　だが、何巡まわっても、🀆も🀅も🀄も、何もでてきやしなかった。私の手は🀛が入り、こうなっていた。

　🀅🀅🀄🀄🀆🀆🀛🀜🀝🀞🀞🀟🀃

　🀛が入ったとき、改めてホンイチをやる気になった。フリテンの二五八筒を喰《く》えば小三元、筒子《ピンズ》に雀頭《ジャントウ》ができれば大三元までの手だ。私はやっぱり、手の魅力に抗し得なかった。

だが、まだ三元牌がひとつも出てこない。そうして春美がリーチをかけてきた。

「リー公だよ、さァ来やがれ――」

春美はお店着らしい和服をさっさと脱いで、厚化粧もおとし、スラックスにトックリセーターという軽装になっている。勝負の守り神だといって、茶のハンチングベレーをチョコンと頭にのせていた。

身も心も、博打に執した男のようになったようで、言葉つきも一転して手荒くなっていた。変らないのは声の優しさだけだった。そのため彼女は、平凡な美人だったお店のときも、蝶《ちょう》が蜻蛉《とんぼ》に変質したような麻雀のときも、いずれもあばずれには見えなかった。

とりあえず、私は安全牌《パイ》のを捨てたが、ツモ牌が皆、きわどいところばかりで、、、、、といって三元牌は持ち持ちの可能性が多い以上、逆に切れない。筒子は高い。以外のツモった三牌を辛《かろ》うじてとおしたが、私の手はますますツマるばかりだ。

こうなればホンイチチートイツでも願うよりない。ちょうどこのとき、パパが

を強く切って追っかけリーチをかけた。その次、私もをひいた。此方《こっち》も切り。

次のツモが、春美の方にはとおっていた牌だったが、振ったとたん、対家のパパが手牌を倒した。

「よおし、ロンだ。七千七百！」

絵に書いたようにだ。

私はパパの手に眼もくれず、万一の場合を思って、素早く上家の鎌ちゃんの手をのぞいた。

やっぱりあった――！　三元牌がだ。二枚ずつ計六枚、何喰《く》わぬ顔して握っていやがった。いつもならどんな手だって一局終れば河《ホー》の中に崩しこんでしまう鎌ちゃんが、その間もなく私にのぞかれて、向こうも私の手をのぞいていた。

「ああ、やっぱりね――」

なにがやっぱりだ。と配牌で私に入れたのは此奴《こいつ》なんだ。

そして同時に自分にも、残る六枚の三元牌が入るように仕込んだ。

無論、奴もアガれない。しかし放銃を重ねて、悪い体勢になっている私を、こうしておけばがんじがらめに縛ったも同然。安アガリもできず、オンリもできず、中途半端に突っぱるよりない私が、自陣を崩すのは眼に見えている。二連勝した私の勝ち方を見て、敵は此奴、と思ったにちがいない。

それにしても、私が放銃した前二局のしのぎ振りを含めて、なゝという怜悧《れいり》な麻雀打ちであろう。私が今まで対戦した麻雀の鬼たち、出目徳《でめとく》や、ドサ健《けん》や、女衒《ぜげん》の達《たつ》や、クソ丸《まる》や、タンクロウなど、いずれにも無かったタイプだ。戦後の乱世が彼等を産んだとすれば、この鎌田一邦などは、近代化された新しいスタイルの麻雀打ちといえるだろう。

こんな奴のところへ、こともあろうにTS会の烏金《からすがね》など借りて、楽勝するつもりで打ちに来たのだ。

五

その回は春美がトップだった。私は少し挽回《ばんかい》したが、結局万点棒が一本もとり戻せず、大負け。

鎌ちゃんはアガらず、さほど沈まずのところで、細い眼を糸のようにして薄く笑っていた。

「フフ──、春坊、強いね」

「からかうンじゃないよ、百姓──」と春美が例の愛らしい声でいった。「野郎っぱちゃ、どうせ最後はまとめて持っていくくせにさ」

「やってみなけりゃわからンよ、勝負だもの」

「麻雀はツキだものね。やだ、やだ、麻雀はツキだって言葉にだまされて、俺《おれ》っちゃ、いつまでたっても浮かばれないよ」

「きき苦しいぞ、春美──」とパパがいった。「そういうならやらなきゃいい。いつもいいだしっぺはお前じゃないか」

「うん、ごめん──」と春美。「結局、好きなンだよねえあたしゃ。男も金も、無くちゃ淋《さび》しい。でも苦しいほど、博打が好き。これしてるときが最高。負けてもよ、鎌ちゃん」

「しかし、いい加減にやめろよ、春坊、でないと、パパにだって愛想をつかされちまうぜ──」

「そうなンだよ、野郎っぱちゃ、ときどき優しいのよ。大分前だけど、突然、軍歌を唄《うた》ってくれたことがあったわね」

春美は黙って打っている私の方を向いた。

「唄なンて唄ってくれるぐらいがなンだいって、あンた、思うでしょう」

「それ、アガリだ」と鎌ちゃんがいった。

「あ、なンだい、急に」

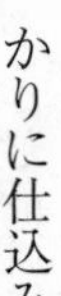

まだ六巡目、こンな捨牌で、鎌ちゃんの手は国士《こくし》無双《むそう》だった。

「野郎っぱちゃァ」

「今テンパイしたところなンだよ、ツイてたンだ」

来たな、と私も緊張していた。今度は奴が大勝ちする番だ。私自身も長年やってきたことだから、筋書はちゃんと読めている。だのに、私の手牌は鉛のように重たくて少しも変化しない。

奴の親を泳がしちゃいけない。今度は私が、奴の手をがんじがらめに縛る番だ。

ああ、この右腕の激痛さえなかったら。

しかし、かりに仕込み技ができたとして、先刻《さつき》の奴が打ってきた手段を凌駕《りようが》する方策を考えつけるだろうか。その策が、瞬刻のうちに思い浮かべられないようでは、ＴＳ会の金も、湯水のように使っちまうだけだ。

「わかってくれるでしょ、パパ」

「なンの話だね」

「鎌ちゃんのことよ」

「ああ、さっきの続きか」

「野郎っぱちゃ、他のことはなンでも人並み以上にできるくせに、ただひとつ音痴で、他人の前じゃ絶対唄《うた》わないのよ。その晩は、俺《おれ》、ひどい負けで、かっくらくる勢いもなくなって、もうほンとにしょんぼりしちゃってた。突然、野郎っぱちが調子のはずれた軍歌を唄《うた》いだしたのさ。そのおかしさったら、俺《おれ》っちゃ涙を流して笑っちゃった」

「そうだ、そんなことがあったっけな。ありゃァまだ春坊が『若絵』って店にいた頃《ころ》だろう」

「銀座に出たての時分よ」

「うん、まだほンとの少女だったな。そのくせ一人前に博打はやってた」

「俺っちゃ、この人好きよ。他人のことをちゃんと思ってくれる人が好き。野郎っぱちゃ、いっぱい女持ってるから鼻もひっかけてくれない。俺だって、此奴《こいつ》に抱かれようなンて思わない。ただ、負けても、博打を打っていたいわ。そういう仲よ、パパ」

「よしよし、わかってるよ」

私は、連中の話を半分もきいていなかった。そういう間も局が進んで、トップは断然鎌ちゃん。

なゝとかして奴の親を軽く躱《かわ》して、とじたばたしてみたが、手が重たくてポンチーしてみてもテンパイしない。かんじんのところでロン牌《パイ》らしきものを握ってしまい、放銃しないためだけに汲々《きゆうきゆう》となる。

四チャン目、五チャン目、私はトップ戦争にまったく参加せず、ひたすら低姿勢で、又攻めに行ける時期の再来を待っていた。

ほとんどベタオリに近い。だがこのままズルズルと負けるとは思っていなかった。ここを無失策で切り抜ければ、復活の時期も早まる。それだけにもう一度エラーを重ねれば、致命傷と思わねばならない。

六

「さあ、もう何時かな」とパパが、もっとも私の恐れていたセリフを呟《つぶや》きだした。

「いつものとおり、外が明かるくなったら儂《わし》は失礼する。明日、仕事もあるからね」

「そう、僕も、仕事だ」と鎌ちゃん。

「野郎っぱちゃ、競馬だろ」

「そちらの貴方、はじめてだから唐突に思うかもしれないが、これは恒例のことでね、儂等《わしら》はたいがい負けているから、勝逃げには当るまいと思う。気が残っていても又今度打ちに来なされればいい。火曜と金曜の夜は大概やってるンですからな」

おかしなもので、そういわれた途端に、眼がさめるような配牌《はいパイ》が来た。

夢ではないか、最初から三暗刻《サンアンコー》ができている。鎌ちゃんの山からとりだした配牌ならば、ちょっと思案したかもしれないが、今度はパパから春美の山にかけて開いた奴だ。

それに、その数局前から、ツキの調子が微妙に変ってきている。序盤でクズ牌、中盤すぎに中張牌といった感じだったのが、逆に、序盤で中張牌、中盤すぎで安全牌のツモが多くなり、手をツメることがなくなってきた。

これは復活の前兆だ。機が熟してきたのだ。

はじめ、ホンイチ手かな、と思ったが、三巡目でが来た。はドラ牌《パイ》だ。では、トイツ手として処理しなければならない。

ところが親のパパが早いリーチをかけてきた。

リーチ

どうも変則形の捨牌だ。私は自分の手の形から推しても、親リーチはチートイツと踏んだ。
鎌ちゃんもそう読んだのか、急に中張牌ばかり捨てはじめた。まったくとおってない牌を、フンフン、これは、とか、うン、こりゃワンチャンス、とかいって通していく。そのうち、ううん、こりゃ辛《つら》いな、とツモってきたドラの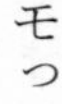を、
「しょうがねえ、パパにサービスだ」
放り出した。これは強い。チートイツなら待ち頃《ごろ》の牌だし、そうでなくても変則待ちは充分ある手だ。私は改めて鎌ちゃんの捨牌をにらんだ。

🀏🀜🀅🀍🀍🀒🀗🀖🀉🀄🀝

そして🀓だ。🀓が私の手に二丁ある以上、アンコ切りということはない。チートイツでもない。チートイツならば、鎌ちゃんが🀓単騎といく筈《はず》。

では何だろう。テキも四暗刻《スーアンコー》か。しかし、たしか🀍を手から二丁切ってきた。親リーチにドラを切って対抗するほどの手は、——国士無双。老頭牌《ロウトウパイ》が最初に出ているが、先刻、国士を和了《ホーラ》したときもそうだったし、この傾向は異とするに足りない。私はいそがしく場を見渡した。切れている字牌《ツーパイ》老頭牌はない。

🀊🀊🀊🀌🀌🀌🀃🀃🀃🀐🀑🀑🀏

私はこういう手だった。もうすこしで鎌ちゃんの🀑をポンしようかと思ったのだ。だが国士テンパイとあっては🀐が切れない。🀏は、チートイツなら親リーチがこのあたりと踏んでいたからやはり切れない。

私は何喰《なにく》わぬ顔でツモった。ツモ牌は🀃だった。🀃が私の手に四枚。では🀐は切れる。しかし、今度は🀃の処理に困った。国士無双は暗カンの牌《パイ》でもアガれることになっている。では捨てられもせず、カンもできない。もし、鎌ちゃんの手が国士無双なら、だ。

（ここまでの手だ。奴がこんなに強くくることはこれまで無かった。惜しいが、手を崩していこう――）

鎌ちゃんが自分の捨牌を整頓《せいとん》し、ことのついでにちょっと自分の前の山をずらしたときパパの残り山に触れたらしく、つっと上山がすべってリンシャン牌が落ちた。素早く鎌ちゃんがひろいあげ、私は自分の手に視線をおとしていて見そこなったが、

「うへ、うへーッ、カンはできねえな」パパも笑っていった。「妙なところに、妙なものがあるね」

その二人の気配から、リンシャン牌が🀑だと悟った。次の私のツモが🀏だったのだ。私は三暗刻トイトイをテンパイし、カンをすれば、🀑で四暗刻ができるのだ。

（どうするか）

（どうしようか）

（沈んでるゝだ。このままでは時間切れだぞ。勝負と行け。一か八《ばち》かだ――）

私は、暗カン、と低くいって北を四枚倒した。そして束の間、気配をうかがった。静かだった。

私の手が山の牌に伸びかかった。ほとんど同時に、

「ごめんなさい――」

鎌ちゃんが持っていたマッチ棒で、ザラッと手牌を倒した。痛みも忘れて伸ばした私の右腕は、リンシャン牌の五センチほど手前でとまった。

それが駄目押し点だった。明かるくなった表の道を鎌ちゃんの車が走り去り、続いて私が出た。

鍵《かぎ》をかけるために玄関まできた春美が、

「駄目な男ねえ、野郎っぱちも――」そして私の肩に落ちたふけを軽く払ってくれながらこういった。「取られて、痛かんべ」

「誰《だれ》だって、取られりゃ、痛いさ」

私は、まだ寝静まっている感じの平和な住宅地の坂道を、口をへの字に結んで表通りの方へ歩いた。

土曜の朝から

一

早朝のきびしい寒気に触れて、ツーンと鼻の頭が痛い。

もちろん快適じゃなかった。でも、胴震いする感じの方が今の私には合っている。昨夜鎌ちゃんの車で、すっと来たので、駅への道はわからなかったが、まもなく、カーン、カーン、と警報器の鳴っている無人踏切が見え、私鉄にしては立派な駅がすぐ上手にあることがわかった。

駅前広場には、都心にも珍しいような、テラスが路上にまで張りだしたようなスタイルの大きな喫茶店があり、どういうわけか、営業中という札が出ていた。

私はその店に入って、カウンターに腰をおろした。

「コーヒー――」

そういってから、立って電話機のところへ行った。××局の、今夜行く、五八一九だ。受話器の向こうでベルが鳴りだした。ガチャッという受話器のはずれる音。

「勇《ゆう》さん、ですね」

「はい、そうです」

「仕事は終った。順調だ。利子を払いこみたい。ちょうど向かいに銀行があるから、そちらの取引銀行を教えて欲しいゝですが」

「利子は直接貰《もら》います。それと元金もね。今どこですか、すぐに伺いますよ。最初の約束どおり、ことを運びましょう」

「ええ、無論です。しかし、仕事が今日も続いてあるゝですよ。こんな場合、返してすぐ又借りるでは無駄手間でしょう」

「手間はいくらかかってもいいです。そのためにあたしが居るゝだから」

「なるほど、そりゃそうだ、わかりますよ。だが、ここで勇さんを待ってる時間がないゝだけど——、客と一緒なゝでね。なにかいい方法はないかな」

「折返し電話します」

　私は店の電話番号を告げて切った。額にうすく汗がにじんでいる。元金はだいぶ減ってしまった。利子だけ払いこんでやりくりしようというわけだが、一日一割の烏金《からすがね》は、もとより長期に借りる性質の金ではない。

カウンターへ戻ろうとして、私は思わず声をあげた。女が居る。春美だ。私のために出されたコーヒーに口をつけている。

「わりに呑《の》めるわよ。徹夜のあとのコーヒーはなッだっておいしいけどね」

後日、鎌ちゃんがこういったことがある。

〝春坊は、居なきゃいけねえってときに、いつだって旦那《だんな》のそばに居ねえ女なッだよ〟

でも私にとって、まさに天佑神助《てんゆうしんじょ》に思えた。

「パパが寝ちゃったッだもッ」

といって春美は笑った。

「俺《おれ》っちはちっとも眠くないのに、パパはいつも寝つきが早いの。いい人だけどね」

「なるほど、君はまだ若いからな」

「勘ちがいしないでね。べつに自分を売りに来たわけじゃないわ。ただ今朝のあッたは魅力的」

「多分、負けて泣きが入ってるからだろ」

「ほんとね。負けるって、ひどく人間的なことだと思うわ。俺っちゃいつも負けてるからよくわかる」

「俺はいやだな。負けりゃ、ゼロだ。勝負ごとは、勝ってもともとさ、ところで――」

　と私は本題を切りだした。

「どこか、打てるところを知らないかな。このままじゃ口惜《くや》しくて帰れない」

「今から又麻雀《マージャン》？　好きねえ」

「うん――」

「夕方からのところなら、いろいろあるわよ。でも昼間となるとね」

「どっかあるだろう。雀荘じゃなくて、家庭麻雀で、大きくやってるところがさ」

　店の前に車がとまって、黒っぽい背広に色シャツの小柄な若い男が店に入ってきた。カウンターの端に坐《すわ》ったが、私たちを眺める眼が微笑《ほほえ》んでいる。

　私は思いきって声をかけてみた。

「勇さん――？」

「はじめまして――」とその男はいった。「スッ飛ばしたら意外に早くつきました」

　恐らく電話局に問い合わせて場所をつきとめたのだろう。春美が偶然来ていなかったら私は嘘《うそ》をついていたことになる。

　勇さんは手早く紙片に何か書きこむと私に呉《く》れた。請求書だ。元金と利子の他に、勇さんの車のガソリン代がついている。

「はい、これが利子、これがガソリン代」

「確かに貰《もら》いました。それから元金です」

　ＴＳ会という名の凄《すご》さに似げなく、勇さんはおだやかそうな小男だった。これならば最悪の場合、殴り合っても負けやしない。私はだいぶ気を楽にした。

「元金は、無いンだ」

「無い。——ははァ」

「少し減っている。すぐに戻すが、そンなわけで今は返せない」

「弱りましたな」

「ちょくちょくあるだろう、こンなこと」

「他の係りの者にはね。でもあたしははじめてです。なンとか今、元金を作ってください」

「むろんそのつもりだ。でも一日二日はかかる。その間の利子も今払うよ。それで同じことだろう」

「規則なンですよ。借用書に書きこまれた返済日は変えられないンです。——どうです、この店は大きい。朝だってこのくらいの金はあるでしょう。押し入って、金を捻《ね》じとったら、そうすりゃことは早い。あンたは何年か刑務所に行くだけですむンだ」

「冗談だろう」

「本気ですよ。消されるよりはいいでしょう」

「君なンかには負けないぜ。ずらかろうと思えばね」

「そりゃそうでしょ。あたしゃ堅気の勤め人だもの。あたしからは逃げられても、TS会からは逃げられない。それじゃ同じでさね」

二

春美は冷えたコーヒーの残りをすすりながら、じっと私たちを眺めていた。

「ごらんのとおりさ。高利の金なんだ」

「馬鹿《ばか》ねえ——」と春美は、さして声を低めもせず、世間話のように無雑作にいった。「あンたそれじゃ、なんぼ金があったって足りやしないわ」

「無いかな——」

「え、なにが？」

「打つ場所だよ」

「——手ホンビキなら」

「駄目だ、あれは知らン場じゃ勝てない」

「あ、そうだ、雀荘《ジャンそう》だけどね——」と春美はいった。

「半徹夜のメンバーがざこ寝していて、今の時間でも打てるかもしれないところがあるわ。そこならレートもかなり大きいわよ」

「場所は？」

「新橋裏《しんばしうら》」

「よし。——勇さん。今日精算するとして、ぎりぎり何時までならいい」

「まァ、お昼かな」

「行こう、車なら三十分でいくだろ」

「ガソリン代は貰《もら》うぜ」

勇さんが運転台に、私と春美が後部座席に乗りこんだ。

「俺《おれ》っちが、なンであンたの面倒みなきゃならないンだろうね」

「乗りかかった船だろ。パパは寝てるンだし」

「紹介したらすぐ帰るわよ、冗談じゃない、こっちだって眠いンだ」

「春美さん――」と私はいった。「悪いけどこの右腕を、ちょっと揉《も》んでくれないか」

私は哀願の眼になってみつめたが、春美はそっぽを向いていた。

「そンな筋合いはないだろうけどさ、両腕使って打たなくちゃ、気合が出ない。今は右腕じゃ牌《パイ》もツモれねえンだよ。烏金《からすがね》がかかってるンだ。人助けだと思って揉《も》んでくれよ」

「甘ったれるンじゃないよ、この百姓、男ってすぐ図にのるからなァ、お前さんに気があってこうしてるわけじゃないンだからね。春美ねえさんはそンなに安っぽかァねえや」

私は頷《うなず》いて眼を閉じた。当今とちがって車のすくない頃《ころ》だ。自由ケ丘から新橋裏までさしたる時間もかからなかったろう。それでも私はぐっすり眠ったらしい。気がつくと車が停っていた。私は眼をとじたまま礼をいった。春美が軽く右腕を揉んでくれていたのだ。

「着いたンだな――」私は車をおりようとした。

「いいからじっとしてなよ。五分や十分おくれたってなンでもないだろう。もうひと眠りする間、揉んでてあげるからさ」

「しかしこっちはそうは待てないンだ。土曜日だから、銀行が昼までなンでね」

と勇さんが振りむいていう。

「だって、負けちゃなンにもならないでしょ。野郎っぱちゃァ、じれったいねえ、もう腕は動くのかい」

「ああ、よくなったみたいだよ。半分気のもンだからな」

私は右腕をわざと大きく動かしながら車をおりた。やはり、骨がごきりごきりと鳴る。

ラーメン屋とパチンコ屋の間の階段を昇った。しかしガラス扉《とびら》の内側に黒い布が垂れている。まるっきり人気がない。

春美が、呼鈴を鳴らした。その鳴らし方に方式があったのだろう。

不意に布が払われて若い男が顔を出し、扉をあけた。

「なンだい春坊、今時分――」

「気狂いが居るンだよ。うちで徹夜してまだ打ちたりないっての、この人をね、連れてきたンだ」

「へええ、まァお入りよ」

「じゃァあたしは車ン中で待ってるからね」

と勇さんはトコトコ階段をおりていった。出口はひとつと見てとったのだろう。中はひと部屋、着たままで五、六人がごろ寝している。

「皆、今寝たところだからなァ」

「安さんと、あと二人起こせばできるわ」

「春坊やるンだろ、あと一人起こすよ」

「俺《おれ》っちはやらンよ。こう見えたって女だぞ。パパが眼をさます前に帰らなくちゃ」

「いつもそうしてるようなことをいうじゃねえか」

「いつもそうしてるだろ――」と春美の声が頼りなくなった。「それにさ、この人、昨夜負けてるからさ、俺っち、この人から勝ちたくない」

「畜生いい唄《うた》いをするぜ。誰《だれ》が勝ったの」

「鎌ちゃん――」

「そいつァいけねえ、あンなのとやるからよ、お客さん、奴といいとこ打てそうなのは、今じゃ東京に一人っか居ねえとさ。ここの客からきいたヶだがね」

「その一人ってのは——」と私はきいた。「誰ですか」

「名は忘れたな。上野に居るヶだってさ」

坊や、という声が、いきなり背後でした。

「坊やだろう、しばらくだなァ」

私は振り向いたが、その前に声音でもうわかっていた。なつかしき女衒《ぜげん》の達兄ィだ。もっともまだ女衒を続けているかどうかはわからない。

「大阪で運転手をしてるって噂《うわさ》をきいたが——」と達兄ィがこちらへ割りこんできた。「又舞い戻ってたのか」

「運転手はしなかったが、達さんも元気でなによりだね」

しかし実のところはお世辞にもそういえない感じだった。達はげっそりと頰《ほお》がこけ、そのくせ顔が赤らみ、昔より十も老けこんだ感じだった。注射か、酒か、おそらく、両方ではあるまいか。

「俺《おれ》っちは、どうしようかな」

といいながら春美が、ふんぎり悪く場所定《ぎ》めの東南西北を選別しはじめた。

三

安さんという打ち手は、玄人ではないことはひと眼でわかったが、やはり一筋縄ではいかない麻雀を打った。

烈しくポンチーをする。手作りよりスピードに命運を賭《と》している感じである。といって関西のブーマンスタイルでもない。仔細《しさい》に見ているとドラ牌《パイ》を生かせる手のとき、ガムシャラにアガリに賭《か》けてくる。だから喰《く》い散らしたアガリでもそれほど安くはない。

時に、ブスッとだまってポンチーしないときがあるが、それはドラのない手で、そのかわり手役をガメっているのである。そしてなゝといってもポンチーアガリが目立つから、相手もそれに合わせて軽く速い手作りをしていこうとする。それが彼の狙《ねら》い目であろう。軽い手で吊《つ》っておき、全体に小場ペースになったところで、一転して重い手を作る。こうなると、自分がアガれば決定打、相手のアガリは散発、ということになる。

この数年の間に、麻雀の一般的な地力がぐんとあがってしまって、もはや単なる下手《へた》の横好きは居ない。特に大きなレートでは、皆それぞれ一芸を持っていなければ、馬鹿馬鹿《ばかばか》しく負けるだけなのだ。

最初の半チャンはほとんど安さんのペースだった。存分に喰《く》われ、ツモを荒された。ラス場で、逆転の射程距離に入っていたのだが、そこのセリ合いも強く、トップ安さん、二位達さん、三位僅差《きんさ》で私、ラスト春美。

もう一戦、という声が皆から出た。そして私はわりに楽観していた。ポンチーが多いだけに安さんはいつも手をつめている。ひとつ狂えばガタガタに崩れるだろう。やはり、敵は女衒《ぜげん》の達だ。

「どうかね、調子は——」

いつのまにか勇さんが部屋に来ていた。

「俺《おれ》っちの一コロよ。やめられないわ」

「哲《てつ》さん（私のこと）は」

「あかんね」

「十時半だぜ。あと一時間以内に都合つけて貰《もら》おう。土曜日なんでね」

達が面前ホンイチを親でツモリ、続いて私がドラ二丁チートイツをツモった。

「ドサ健はどうしているだろう——」私は不意にいった。

「あッ、それ、ドサ健」と安さんが叫んだ。「上野のバイニンての、それだ」

「悟空林《ごくうりん》って雀荘《ジャンそう》をやってるよ。その他いろンなことに手を出しちゃいるが、どれもハンチクになってるンだろう。やっぱり、奴は博打《ばくち》を打ってなきゃ駄目なンだ」

「この人も知ってるのかい、ドサ健を」

「此奴《こいつ》は坊や哲ってな、ドサ健の相棒だった奴だ」

「うヘッ――」と安さんが首をすくめた。「やだぜ。俺ァ慄《ふる》えるよ」

しかし口ほどにひるんだ様子は見えない。發を鳴き、東を鳴いている私の顔の前に初牌《ションパイ》の中をドシンと振って、

「うはは、強えな。俺《おれ》もいい度胸だぜ」

「坊や哲かい、この兄さんがか――」と勇さんが背後でいった。「そうか、俺も噂《うわさ》にきいたことがある。坊や哲なら、ここで一番きつい勝ち方をしてみな。あと四十分だ」

「三本五本――」と安さんがいった。

喰《く》いタンヤオの穴三萬をツモってアガったのだ。次は、安さんの親。四十分なら――と私は思う、連チャンさせちゃいけない。この一回の勝ちだけじゃ、不足金が埋まりそうもないが、とにかく早くまわすこと。

次の私の手はかなり早い手で、六巡目で、

🀐🀑🀒🀔🀔🀚🀚🀛🀛🀜🀈🀉🀊

おあつらえの三色手に変化する手だった。ドラは🀓だ。その🀓をツモリかかると同時にポン、と下家《しもチャ》の春美に鳴かれた。右手が使えてればすばやく🀐ととり変えるところだが、ドラは空しく対家《トイチャ》の達さんへ。ところが春美の出した🀜を、上家の安さんがポン。

ロンといいかけた声を辛《から》くも私は呑《の》みこんだ。アガって安さんの親をおとすのも大切だが、黙っていればドラが又私にすぐ入ってくる。

🀐を切ってリーチをかけた。タンヤオ一盃口《イーペーコー》は🀜がポンなので狙《ねら》えないが、先刻よりはひとまわり大きい手になっている。それに🀜ポンだけに、🀙は案外マークされないのではないか。

早廻《はやまわ》しもさりながら、できるだけ勝ち点を大きくする必要もある。

下家の春美がツモった🀛を大きく叩《たた》きつけて考え込んだ。

「あるわね、🀜のワンチャンス。リーチのかけどきがいやだ」

「あるぞあるぞ、早くおりろよ」と安さん。

春美が🀏、達さんが🀊、親の安さんが🀟、これも強い。

「あるもンか、🀜ポンじゃねえか」

私が🀇、春美が🀎、達さんが、とおればリーチ、と振ってきたのが🀙。

「ロン――」

と安さんが手牌を倒した。二つポンチーして、手の中に🀀のアンコと一メンツ、そして🀙の素ッ単騎。

当面のライヴァル達さんからいくらかでも点棒が出たことで、私はわずかに心を慰めたが、

「もう三十分だぜ――」

勇さんの声は仮借がなく、私の点棒箱へ手を突っこんで勝ち点を算《かぞ》えはじめた。

四

「あと、二十分」

と勇さんがいう。

安さんが親で三本積んでいた。安さんがラス前の親で、あともう一局、私の親がある。点数のうえでは私がわずかにリードしていたが、連チャンの間に、安さ

んが二位の達に肉薄して来、そしてこの三人は僅差《きんさ》だった。

女衒《ぜげん》の達がポツリといった。

「二十分たつと、どうだってンだ」

へへへ、と勇さんが弱い声で笑った。

「銀行がしまるンでね、この人が返済する金が入金できなくなるンだ」

「じゃァ、月曜に入金すりゃァいいじゃねえか」

「そうはいかねぇ。約束だからな。うちの会のお客さんはみんな几帳面《きちようめん》だよ。無担保で融通するンだからね」

パキー！　と安さんが、気合よくを鳴いた。

私のこのときの手は、

ここへをひいた。もし七八九の三色を狙《ねら》うならば、とおとす手が正攻法であろう。すれば穴八索の引き出しに役立つ。又の一枚切りは、五六七と下へさげる三色手にも流動できる。
しかし私はあれこれ考えてを切った。すぐをひいて又切り。そして

[六萬]を続けて切った。そのあと[八索]をひいた。

[北][伍萬][伍萬][六萬]　[三萬]　リーチ

これで即リーチをかけた。順調にこの手を仕上げた、と私は思った。[六索]二丁おとしで穴八索待ちになったとしても(実際には[八索]を引いてテンパイしたが)このメンバーでは通用するまい。

[北][六索][六索][六萬]　[三萬]　リーチ

という捨牌相と、

[北][伍萬][伍萬][六萬]　[三萬]　リーチ

という捨牌相では、後者の方がずっとよろしい。前者では端メンツは逆に警戒されて、[八筒]はむろん[八索]もかえって停《と》められるおそれがある。それにくらべて後者は、謎《なぞ》めいた威圧感を相手に与えるだろう。

この手を平凡なメンツ手とは誰《だれ》も見ないだろうから、チートイツ（ドラ入り）を警戒して、字牌などを打っては来にくくなる。その一方で、凝った手ではあっても、待ち数のすくない手と読むかもしれない。すくなくとも達兄ィの読みはそうくる筈《はず》だ。序盤ではあるし、安全牌《パイ》もすくない折りから、三人とも、新しい筋を比較的出してくるだろう。ピンフ手とちがって筋は誰《だれ》も信用していない筈だから、たとえば🀔が誰かから捨てられても、それで🀑も🀗もというように皆の手が楽にはならない。

守る側としては、まことにさばきにくいリーチという奴だった。

そうしてそのとおり、ことが運んだのだ。達も安さんも春美も、一手一手、考えこんだ。勇さんまでが私の手をのぞきにきた。

「どうれ、どんな手だい」

ふむ、ふむ、と勇さんがいった。ふむ、面白いな。

「あンたも麻雀打つのかい」

ふふふ、勇さんはうすく笑った。

「やらンこともないぜ。だが俺《おれ》なら、TS会から借りてまではやらない」

「なッだ——」と達が眼を剥《む》いた。「TS会ってのは、お前か」

「俺じゃねえ。俺はこき使われてるだけさ」

安さんが、ぐんと考えこんだ。それはたった数秒の間だが、彼の眉間《みけん》に深く皺《しわ》が寄せられ、むっと空気が濃くなったようだった。

「早打ちで頼むぜ。あと十八分だ——」

と勇さん。

「だまってろ、小僧」

「——小僧、か。そうかそうか。俺《おれ》は小僧か」

「アツいんだ、わきでガチャガチャいわねえでくれ」
——、と安さんは私にいった。バタッと牌《パイ》を打ちつけた。私の左手がまだ山にのびないうちに、春美が両手で手牌を倒した。
「しょうがなかッべ、安くても」

「そうかァ、やっぱりなァ——」と安さんは手牌のもうひとつの牌を卓に打ちつけた。それがだった。

「親でオリらンねえし、どっちを打とうかと思ったんだが、🀞ねえ――」

しかし彼は、勇さんに怒鳴ったときとは打って変ってさわやかな笑顔で、

「こいつが博打だなァ、この気分がこたえられねえや、エイヤッと、いくときがね。――哲さんの手は、なンだった」

「うン、なンでもないンだ」

私は洗牌しながら、ふりむいて勇さんの顔を見た。

「もうひと息さ――」と彼はいった。

「あと二巡すりゃ、ツモったぜ。対家の山の、右から四枚目の下に、たしかあった。俺《おれ》ァ退屈だから皆の山を見て楽しンでるよ」

「俺の山か、すると🀠だな――」と達もいう。「ふうん、純チャン三色か」

「そンな余裕はあるかい」

私は吐き捨てるようにいった。右手が不自由なので、どうしても山を作るのがおそくなる。皆は相手の山にまで視線を当てているが、この場合、私だけが盲目飛行だ。

五

やっと私の親になった。ラス親だ。しかし私と、二位の達との点差が約二千点。今放銃した安さんは、その達に四千点の差をつけられている。といっても、満貫で、ひっくり返るのだ。ラス親は逃げられない。皆が点差に合わして手を作ってくるから、こンなときのラス親は辛《つら》い。ただただ、アガりまくって、相手を振り切っていくよりない。

「まだ十五分あるぞ。時間いっぱい連チャンしな」

だが配牌は、手がおそくなりそうな感じだった。

二丁の南は連チャン用の急行券のようにも見えるが、下家の春美がラスト走者なので連風牌《パイ》をあったためることが多く、どうしても出がおそくなるか、持ち持ちという事態を覚悟しなければならない。

対家の達との点差は二千点弱だから、彼はドラ牌一丁含みの喰《く》いタンでもよいわけだ。とすれば手を早める方策が必要だが、この手では他に工夫のしようがない。

六巡目で、こうなった。

思ったとおりは出てこない。ここで、をひき、を切った。ドラ牌は。では穴六索のメンツを残すことはアガりにくくする因のようにも思えるが、かといってこれを切りおとしたのでは、あとで危険牌化するこの周辺を持ってきたときに、融通が利かなくなる。

安さんがを喰い、六七八万というメンツを外に出した。しかし万子一色という感じはない。安さんはこの場合、トップ逆転の手を必ず作っている筈《はず》だ。ではなぃで喰うのだろう。まず考えられるのは、ドラ牌を固めて持っていること。

すると私の穴はカラテンに近いのか。

達兄ィは無言。春美はかなりテンポ速く、牌を出し入れしている。特に表情の色があるわけではないが、目下、手が進行している最中であろう。手牌が動いているとき、女は男よりも、快適な気分をおもてに匂《にお》わすようだ。そうして、進行中ということは、テンパイではない証拠。

突然、をツモってきた。これは初牌《ションパイ》。私は顔をしかめた。とりあえず、下家の春美が捨てた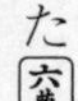を続けて切る。場には他の飜牌《ファンパイ》はいずれも出ていて、とだけが姿を見せない。

本来ならば、ここまでの手であった。ひとまず流局を目指すところだ。しかしまだ九巡目、先がある。そのうえ、次にツモったのがであった。

私はもう一度、仔細《しさい》に場を見渡した。無言の達はこのとき、というメンツを手から切りだしていた。これは彼の下家の安さんには通る牌。全体にこの局の達の打牌はおとなしい。接戦で、メンツをおとして手を作っていく余裕は彼にもない筈《はず》。すると、断言はできないが、彼も何か、打ち切れぬ牌を残しているのじゃあるまいか。

では安さんはどうだろう。もしドラを三丁持っているとすれば、先ヅケの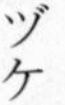待ちだって無いとはいえぬが、ふと、あることに気がついた。

安さんは七八万で六万を喰《く》い、出したあと、たしか次にを捨てている。

その[九萬]は手から出した筈。すると七八九万とあって、[六萬]を喰ったことになる。六を喰ってすぐ九は振れない規則になっているので、一丁おいて出した。三色同順だったらこんな喰いさげは普通しない。

これはやはりドラ牌含みの喰いタンヤオであろう。[發]はここにはとおる。[發]を持っていれば春美だ。春美はおそらく[南]を抱えて居ようからアガりにくいだろうし、しかし春美の手が表面進行すれば他の二者はここにも牽制《けんせい》される。[發]でオリて死手にすることはない。

私は[發]を振った。

「それだ！——」といったのは、意外にも安さんだった。

[發][發][伍萬][伍萬][伍萬][三索][三索][六索][六索][六索]　[六萬][七萬][八萬]《チー》

「失礼、先ヅケ成功ときた」

「[六萬]をひっかけて[九萬]と打ったが——」

と私は早口に訊《き》いた。「[發]は後ツモでなく最初からあったンですね」

「うン、出にくい感じになってしまったンでね。ちょっと小技《こわざ》にいったンですよ」

　私は音たてて自分の手牌を崩した。なンてことだろう。餓鬼の時分から麻雀一筋で喰《く》ってきた私が、こんなくだらない小技にひっかかるとは。打ちの、、、あるいはをひいて、それから考える手だったな）

（——どうせ穴六索がうすいことはわかってたんだ。

　私がを打ったとたんに、勇さんが立ちあがった。勇さんは私の方を見返りもせず、達に向かってこういった。

「ここに丈夫な紐《ひも》がありませんかね」

「どうするンだ」

「最後の手段だよ。いよいよ。——それと、手拭《てぬぐ》いも欲しいな」

　勇さんはハンケチを丸めて自分の口へ押しこみ、両手をうしろへ廻《まわ》す恰好《かっこう》をした。

「なるほど——」達が苦笑した。「これも小技《こわざ》だな。そンな甘口でTS会が諒承《りょうしょう》するのかね」

「月曜の朝九時まで待ってやる——」と勇さんは口からハンケチを出していった。

「見てると麻雀は甘えが、まァ、坊や哲って名に賭《か》けてやろう。土曜、日曜と、気を入れて稼いできな。そのかわり哲さん、縛り代は高いぜ。ＴＳ会の利子の他に、一日二割、あたしが貰《もら》う」

達が私の代りに勇さんを縛りあげながら、こらえきれないように笑いだした。

「お前たち、深刻そうにここへ来たのはいいけどな、俺《おれ》も安も、文無《ハイな》しだよ。かりに坊やが勝ったって、お前さんはどうせこうなるところだったンだ」

六

私と春美と安さんと、三人で外へ出た。下のラーメン屋から二軒おいた薬屋の店先に黄色い車が停《と》めてあり安さんがツカツカと寄って扉に手をかけながらいった。

「どこへ行く――？」

「あンたは――？」

「面白そうなら一緒に行くよ。そうじゃなけりゃ解散だ」

「だって、タネ（金）が無いンだろ」

「この鍵《キィ》があるぜ。こいつをまげりゃ（質におく）三十万は固いや」

「安さんの名義かどうか疑わしいわね」と春美。

「そンなこと関係ねえだろ。鍵《キィ》があるんだ、それで充分さ」

私はドサ健のことを思いだしていた。

「上野の悟空林っていったな」

「奴ンとこか。よし、行こう。乗りなよ」

「俺《おれ》っちは眠ンなきゃ――」と春美がいう。「でももうパパは起きちゃった頃《ころ》だし、車ン中で寝ようかな」

「考えるこたァねえよ。好きにしな」

春美はちょっと逡巡《しゅんじゅん》してみせてから、後部座席の私の隣りに並んできた。

「おや、助手席をあけたな。いいだろういいだろう、さァ出発だ」

「あンたの腕、細いねえ」

春美が又、二の腕のあたりをもんでくれている。

「それに頬《ほ》っぺたがペコンとへこんでる。胸が悪いンじゃないか」

「知らん。こけてるのは博打のせいだ」

「掌はわりに大きいンだな。耳もまァまァだ――」と春美はいった。

「足はどう――？　何文？」

「知らンよ。どうでもいいだろ」

「病気の男はいやだよ。親父さんが病気だからね」

「眠れよ。自分が病気になるぜ」

麻雀打ちも変ったもンだ、と私は考えていた。私がはじめてこの世界に入ったのは浮浪者部落の掘立小屋、当時はそこに名うての使い手が集まっていたものだ。そして出目徳とクラブ荒しをしている頃《ころ》、都内だったらどンなに遠くても、チビた下駄を突っかけて歩いていったものだ。

こンなことがあった。深川《ふかがわ》で打って、深夜、出目徳の下谷《したや》の巣へ歩いて帰る途中で、運河にかかった橋のところからちょうど影になっていて、橋がないように見えた。

「あッ、無い――！」と私は冗談に叫んだ。

今まさに黒々とした橋の部分へ踏み出そうとしていた出目徳の片足が、

「あッ――」

空を踏み、平衡を失って、まるい身体がどどっとよろめいた。

「よせやい、畜生奴《め》――」

考えてみれば当時はまだ焼跡が珍しくなく、街燈もまばらで、橋がそっくり無くともさほど不思議ではない感じだったのだ。

それが今では車。金があるのかないのか知らないが、麻雀打ちでもおおかたの市民よりずっと便利に暮しているらしい。私たちは草原の獅子《しし》のように、乃至《ないし》は深山に陣どる山賊のように、勇猛で不幸な生き方をえらんだつもりだったが、鎌ちゃんといい、この安さんといい、近代的なモダンボーイで、私やドサ健などを末に見舞うであろう不幸とは無縁の男たちのような気がした。すくなくとも彼等は、出目徳のようなのたれ死はしないだろう。同じく博打を打っているが、利口に蓮《はす》っ葉《ぱ》にスイスイと生きていって、幸福な一生を終えるにちがいない。もっとも安さんは、何代も続いた金版《かなばん》彫刻の店の御曹子《おんぞうし》だというから、この車も、博打の勝金で購《か》ったのではないのだろう。

彼等は博打だけで生きているのではない。彼等の博打は、つまり遊冶郎《ゆうやろう》的博打なのだ。遊冶郎がいけないなどという資格は私にはないけれども、現に、私が彼等に勝てなかったのは、この点にあるのではあるまいか。

私は、しきりにドサ健がなつかしかった。一度として他人と馴染《なじ》んだことのない、あの性格破綻の博打打ちドサ健が、今どんな顔をして暮しているだろうか。

(健さん――、俺《おれ》たちゃ、ギャングだものな)

私は感傷的に、胸の中で呼びかけた。

（――ギャングで生きようと、いったん定《き》めたゝだから、転向なゝかできないよな。俺たちのやり方で、勝っていかなきゃしょうがねえゝだ）

新橋裏から上野まで、沿道でやたらに麻雀屋の看板が眼につく。おそらくは、麻雀屋はもはや特殊な遊び人の巣ではなくなりつつあるのだろう。

春美は私の肩に手をおいたまま、いつのまにかぐっすり眠りこけていた。

（――この女、どこまでついてくる気なゝだろう）

しかし、なゝとなく笑いがこみあげてくる。帰る帰るといいながら、さよならがいえない。とことんまできてしまう。自分で自分に腹をたてながら。そういう奴が稀《ま》れに居る。一人になりたくないばっかりにだ。この女も、そうなのだろうか。

不意に、車が交番の前でとまった。

安さんが、さわやかな声音でこう訊《たず》ねた。

「ちょっと伺います。悟空林という麻雀荘はどの辺でしょうか」

「悟空林かね――」と巡査がいった。

「この筋向かいを入ったところだが、君たち、あすこで遊ぶなら気をつけ給《たま》え。あすこは別名『地獄林』といってね――」

「へい、有難う」

安さんは巡査の言葉の途中でアクセルを踏んだ。

ドサ健登場

一

アメヤ横丁と並行した一郭の、ピーナッツの卸し屋の二階が〝悟空林〟だと結局わかったが、それは相当にみつけにくかった。

何故なら、入口は無いにひとしく、ピーナッツ屋の二階（つまり天井裏）の横手にポコッと風穴のようなものがあいており、そこに雨ざらしの梯子《はしご》がかけてあるだけだった。そのうえ、絵看板の悟空と書いた部分の板が割れとんでいて、赤ペンキの林という字しか残っていなかった。

もっとも博打宿《ばくちやど》というものは、あまりめだたない方がよい。知ってる客は迷わないし、知らない人に知らす必要はないのだ。

それでも悟空林はひどすぎた。全体に天井裏だから、立っていると頭がつかえるのはまァよいとして、板壁には雨もりがひどく、奥の部屋へ行くまでは明りとりも無いので、かび臭い穴倉を進む感じだった。

奥の部屋にたどりついて、瞬間、ぎょっとした。裸電球、粗末な雀卓《ジャンたく》二、三台、くたびれた長椅子《ながいす》、そンなものはもう驚かなかったが、その長椅子に、膝上《ひざうえ》何センチという感じのピチッと短い中国服の女がひとり腰をおろして、煙草《たばこ》を吸っていた。

ちょっと年増だが、肉のしまったいい感じの女だった。

「イラッシャイ、ドナタ——？」

日本語にしては発音がまるっこい感じだったが、それでともかく店側の人間だとわかった。

「ドサ健、居ますか」

「アア、ウチノ人、チョット、ソコマデネ、デモ、スグカエルデショ」

「これ、喰《た》べません——？」と春美が下で買ってきたピーナッツの袋を渡して長椅子にかけ、私と安さんは雀卓の方の椅子に腰をおろした。

「アナタタチ、麻雀《マージャン》、ヤル人？」

「そう。健さんと打ちにきたンだけどね」

「ジャア、ヤリマショウ、チャンカァガオ相手スルワ」

「チャンカァ？」

「健サンノ、カァチャンヨ」

チャンカァは床にじかにおいてあった丼《どんぶり》を我々につきだした。大蒜《にんにく》の醤油《しょうゆ》漬《づ》けが入っている。

「ピーナッツヨリ、コレガイイヨ、寒くナクナルワ、喰《た》べナサイ」

そういえば火の気がない。

「おい——」と安さんが囁《ささや》いてきた。

「こンなとこで、取れるかよ」

勝ってもとれるかという意味だ。

「サァヤリマショウ、レート、イクラ、ルール、キメテチョウダイ」

寒くて、私も安さんも同時に丼の大蒜に手を出した。安さんの中指に太い指輪が光っている。よくみると左手ばかりじゃなく、右手にもだ。

「いい指輪だね」

「かみさんの形見だ。こう見えてもホワイトゴールドさ。何万チョって奴だ」

「麻雀用じゃないのかい」

「う？　何故だい」

「さっき、ハンドルを握ってたときは、たしか、してなかった」

「うん、指がかったるくなるからな、サポーターの代りさ」

卓をかこんだが我々三人とも不眠のせいもあって、慄《ふる》えがとまらなかった。元気なのはシュミーズほどの大きさしかない中国服一枚のチャンカァだけだった。

「元気ダシナヨ、ナニ慄エテヤガルンダイ」とチャンカァがいった。「中国ジャ、博打ハゼイタクナ遊ビサ、貧乏人ニハデキナイ、威張ッテヤリナヨ」

しかし、今度は私は、まず安さんの指の動きを注視した。もうだまされない。安さんが起家《チーチャ》で、私がその下家。をひとつポンした安さんが、チャンカァの捨てた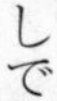の山越しで春美からあがった。

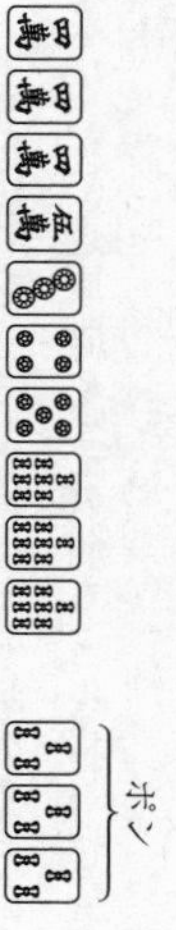

典型的なやつだ。エレベーター。牌《パイ》を二枚余分に隠し持っていて巧みにすり変える。連風牌を二枚持つ手もあるが、この種の職人の多くは字牌を持たず、中張牌を持つ。その方が有利だからだ。
たとえばこの手で、とを余分に持っているとしよう。すると待ちがど

れだけ増えることになるか。をひっこめ、、乃至《ないし》を瞬間的に手に加えれば、三五六万、二五筒、五六八索、どれが出てもアガることができる。逃げの手は絶対有利だし、牌数が多いからポンチーしてもなかなか手がつまらない。

問題は瞬間的に手が変えられるかどうかだが、この技も初期の頃《ころ》は、卓の下やポケットなどに牌《パイ》を隠す関係上、一瞬のうちにテンパイを変えることができなかった。そのため連風牌や三元牌などを握りこんで飜の多い手作りに利用される程度だった。

それが威力を増したのは、指輪が利用されるようになって以来である。中指、或《ある》いは薬指に指輪をはめて居、指のつけ根の肉と指輪の間に牌をはさみこむようにして持つのである。

こうして吊《つ》り持てば、掌をまっすぐにしていてもその下に牌を忍ばせていられる。ポイント牌を（この場合）いつでも掌に吸いこめるように手牌の右端（乃至《ないし》左端）におき、他の待ち牌が出ると電光石火の如く、吊っていた牌が手牌に加わり、が指輪のそばに吊りこまれる。

指輪の職人はこの物語の頃にはまだ珍しかったが、私は出目徳とコンビで歩いていた頃、そういうバイニンにぶつかって感心した記憶があった。

二

足音がして誰《だれ》か入ってきた。ドサ健だった。奴は鼻の下に、にやけたコールマン髭《ひげ》をたてて居、ちょっぴり腹が出はじめた感じだったが、きつい顔立ちはあの頃とちっとも変らなかった。

健は部屋に入るなり立ちどまり、

「やあ――」

私の方を見て笑いもせずにいった。それからツカツカと、チャンカァのそばに寄った。

「おい、立てよ――」

「途中ナノヨ、コノ手ダケ作ッテ、カワルカラネ」

健はいきなりチャンカァの髪をひっつかんでひきずりおこし、力一杯、横ッ面《つら》を張り飛ばした。チャンカァはひどい音たてて椅子《いす》ごとひっくりかえり、そのあとを大蒜《にんにく》の丼《どんぶり》が転がっていった。

「何すンのさ、百姓！」と春美が昂奮《こうふん》して叫び、

「サァ、コロセ！」とチャンカァもわめいた。「ドコガ気ニイラナクッテ、殴リ

ヤガッタンダ」

「知らねえ奴と打っちゃいけねえって、あれほどいっただろ。口でいってわからねえ奴は豚みてえに扱ってやる」

「強ガッテヤガラ。アチシノ麻雀ノドコガイケナインダ。テメエコソ、勝ッテ稼イダコトガアンノカイ」

「ともかく殴るこたァねえぜ――」と安さん。「なァ、俺《おれ》たちが無理に誘ったんだ」

「ところで――」と健は椅子を直して坐《すわ》りながらいった。「今、何局だい？」

「オーラスさ――」と私が答えた。

健が点棒《チューマ》の抽出しをあけた。かなりたくさん入っていた筈《はず》だ。チャンカァと安さんがトップ争いで、私が（自分の推察では）五千点差ぐらいの三着、ラス親のチャンカァとしてはかなりむずかしい局面に入っていた筈だ。

健は腕を組んでチャンカァから受けついだ手牌を眺めていた。

「ドウナノヨ、ソコガ引ケル――？」チャンカァは顔に泥をつけたまま健にすり寄った。「引ケタラ、ヤッパリ、惚《ほ》レナオシテアゲル。引ケナカッタラ許サナイ。アチシノ前デ二度ト麻雀打タスモンカ」

「うるせえな」

ドサ健の手がなンだかわからなかったが、私にもそのとき勝負手が来ていた。

がドラだったから、三色ドラ一丁、ヤミテンで五千二百の手だ。これならどこから出てもアガれる。

しかし私は手早くツモってアガりたかった。エレベーターの安さんがトップ圏内に居る以上、こンなとき手にひまはかけられない。

手早くツモる、ということは、つまり、自然にではなく、工夫してツモる、ということだ。どう工夫するか。猶予なしにツモってしまおうという場合、蹴《け》とばし、掬《すく》い、などの方法で河《ホー》（又は山）から自分の当り牌《パイ》をひっさらってくるのだが、現在の右手の利かない私としては、ドサ健の眼の前でその種の積極戦法に出る自信はない。

そこで、まず安さんに眼をつけた。安さんは牌を二枚は余分に持っている。この二枚の牌は、局面がピークになっているときは掌の中に吊《つ》られて瞬間に手牌と交換できる体勢にあろうが、それまでは安さんの周辺のどこかに隠されている筈《はず》だ。

ちょうど安さんは私の上家。隠し牌《パイ》の在り場所さえわかれば、左手でその牌を奪いとってしまうことができる。安さんが使う前にこちらが利用してしまうのだ。

それに、私のペン🀟という待ちは、この場合、ちょうど安さんの隠し牌にふさわしい牌のような気がした。

何故なら、場にはいったいに筒子が高い。🀠は安さんが一丁だけ、四巡目に切っている。これは普通なら四七筒メンツがあって不思議ないところだが、おそらくこの場合はないだろう。安さんのようなベタ師（エレベーター専門の使い手）は、🀝🀠🀠とあるときに🀠を早切りしない。

待ちを九面にも十面にも変化させるためにアンコを可愛がるからだが、同時に危険牌があとに残っても平気なせいもある。

中盤に入った現在、不要な筒子をつかんだ場合、振るのを嫌って余分な牌と交換するだろう。すると、🀟が下に隠されている公算は大きい。

さて、隠し牌はどこにあるか。

雀卓《ジャンたく》の下の、茶などをおくせまい棚に、安さんのハンケチがおいてある。まず、ここだと思った。ハンケチの中におけば、音がしない。ベタ師がよくやる手だ。

安さんのツモ順で、右手が大きく山に伸びたとき、私は卓の下の左手でハンケチをぐっとつかんだ。

無い――。

それではもはや指に吊《つ》られているのか。その気配もない。オーラスの、アガリトップの局面で牌《パイ》を抜きとってない筈《はず》はないのだが、念の為、安さんの牌山《やま》を算《かぞ》えてみると、ちゃんと十七に並んでいる。奴はいったい、どこから抜きとっているのだろうか。

「どうしたい坊や――」と健がいった。

「いやにおとなしいじゃねえか」

三

二巡、三巡、健はツモ切りを続けている。殴られた痛みも忘れたようにチャンカァが背後でじっと見つめている。

「ふうん、いやだな――」

安さんがツモ牌を握りこんで考えた。

「大きいンだろうな。――だけど」

安さんの眉間《みけん》の皺《しわ》が、きゅッと立っている。だけど、点差を考えれば——とこう考えたのだろう。大物を作る必要はないンだからな——。

四筒——！　と大声で叫びながら彼はツモ切りした。掌《て》の中で牌を交換した気配はない。すると交換できぬ種類のテンパイなのか。

一巡して今度は健のところで進行がとまった。これだな、と健は呟《つぶや》いた。よし、これでいこう——。

一筒——！

三筒——！

健と安さんが続けて叫び合った。

「ロン、だ。ごめん、眠いよ——」

ラスト走者の春美がパタリと手牌を倒した。

「失礼——」

安さんが健の手を開けた。健はドラ二丁チートイツの単騎。

「ああやっぱりな——」と安さんはいって自分の手をあけた。

「不自由な手なンだ、まるっきり動けねえのさ」

あッ、と私は胸の中で叫んだ。ああこれでは奴のエレベーターも効力を発揮しない。しかしそれよりも、ドサ健のチートイツというのが、

この手作りは、鎌ちゃんが私に喰《く》わした奴と同じだ。恐らく、三元牌は配牌から二人にそっくり入れられていたのだろう。トップ争いの相手の安さんはこの手で見事に（前夜の私と同じく）殺された。そうして健の方はチートイツ一辺倒に手を作っていく。相手を殺しながら自分もアガリにかけていくところが、鎌ちゃんよりもう一歩鋭い。

この手を入れたのはドサ健ではなく、むろんチャンカァ。

（――この女も、素人じゃない。すると、あの殴りっこも、健が私を見て、本気で叱咤《しった》したのかと思ったが、なンだか芝居くさいぞ）

すぐに二回戦がはじまった。春美がついにダウンして長椅子《ながいす》で寝るといいだし、チャンカァが入った。

「寝るったって一回だけよ、すぐおこしてよ、きっとよ」

「充分寝てからやった方がいいぜ。コンディションが悪くちゃ負けるだけだ」

「いいわよ。俺《おれ》っちは夜の銀座ァで、稼ぐンだから」

「でも負けない方がいい。負けるのは阿呆《あほ》らしいよ」

「生意気いうぜ――」と春美は例の優しい声でいった。

「スポンサーになってやろうと思っちょるのに、野郎っぱちゃ、ちっともトップをとらねえじゃねえの」

その二回戦目の東三局だ。筒子のツモが順調で、六巡目で、

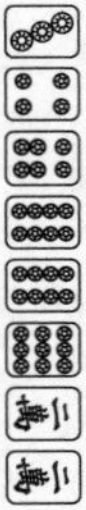

こンな手になり、ここへ又をひいた。そうしてドラの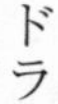を捨てた。ドラを切らずに通貫狙《ねら》いに行く手はむろんあるが、そうすれば待ち数がすくなくなる。それよりもここはドラを切りだして明瞭《めいりよう》に筒子一色に見せ、同時に筒子の待ちの種類をできるだけ多くしていく手だ。
というのも、又安さんが上家だったからだった。
この局はまだ東場のせいもあったが、安さんが珍しく慎重で、ポンチーせず、

静かに手を作っている感じだった。むろん筒子の出はわるい。筒子をしぼらせて、下の隠し牌《パイ》にさせる。そこを私が抜く。

ひょっとみると安さんの山が十六しか並んでいない。

さァ、どっかにある。——私は何度も下の棚のハンケチの中にそっと手を突っこんだが牌が隠れている気配はない。ではドサ健側の棚においてあるのだろうか。右手でツモる関係上、安さんの左手側においたのでは不便な筈《はず》だ。やはり隠し牌のおき場所はこちら側でなければならない。

ポケットでは、何度もくりかえすと動きが目立つおそれがある。では、股《また》の間か。その周辺に、特定の場所を工夫しているのか。

ツモで、を持ってきた。続けてをツモり、を打った。

もう猶予はできない。一二三四六七九筒の待ちだ。捨てられぬ筒子を奴は絶対に隠している。
私は打牌を利用して、わざと牌をはじき、賽《さい》を卓の外へおとした。
「あッ、ごめん——」

腰をかがめて卓の下をのぞきこむ。賽《さい》はすぐそこに落ちている。しかし私は懸命に安さんの股間《こかん》のあたりをキョロキョロとすかし見た。

それらしきものはどこにもない。

手品師のように、セーターの袖口《そでぐち》の中へおとしこんでいるのか。

「ちょっと——」と私はいきなり安さんの手首を握ってみた。「今、何時だろう」

無い——。

セーターの裾《すそ》の折り返しの中か。しかしさっきからの感じでは、卓の下に手が来ていない。

「おい、ツモ番だぜ」

私はぼんやりしていて、あわてて左手を出してツモリにかかったが、はずみで私の山の角を一牌《パイ》すべりおとした。

「——失礼」

山を直したそのとたんに、安さんの隠し牌の置き場所が氷解した。

卓の下でもセーターの中でもない。わかって見ればなゝでもないことだが、眼の前の牌山《やま》においてあるのだ。必要に応じて、ツモる手の動きを利用して牌山から二牌とって掌《てのひら》に吊《つ》り、必要がなくなれば返しておく。こうすれば、自分の山が全部残っている時は右端と左端との四牌を交換できる。

それにしても、掏摸《すり》にも等しい早業だった。

四

「ちょっと、待ちな、そっちの兄さん」

とドサ健から声がかかった。五チャン目の南場に入ったところだ。

「牌山《やま》が、ひとつ足りねえようだが」

「え？　俺《おれ》の山がかい――」

安さんが自分の山に両手をかけて、ひとつひとつ数え直した。

「ちゃんと十七あるよ。どうしてだい」

「ふうん――」とドサ健が鼻で軽くいった。「お前、なかなか達者だな」

健が見破っていたかどうか、私には、安さんのこのトリックはもうわかっている。ゲーム中、必要に応じて山から二牌ぶっこ抜いて指に隠し、必要がなくなれば山に戻す。ツモる手の動きを利して、盗り、又戻すくらいだから、山に両手をかけて数え直す瞬間にはもう元に戻っている。

安さんがトイレに立ったとき、健が私の方を見ていった。

「坊や、近頃《ちかごろ》はこいつとつるんで歩いているのか」

「いや、そうじゃない。俺はずっと一人だよ」

「本当か、じゃァ、なんだって――」

健は途中で言葉を切ってうっすら笑った。――なんだって、奴のうさん臭い牌山を見てだまっているのだ、こういおうとしたのだろう。

「奴は自動車《くるま》を持ってるンだ――」と私はいった。「負ければ、その鍵《キイ》が出てくるんだよ。不見転《みずてん》で大きい勝負をしてくれるのは、ひとつ芸を持ったクマ五郎《ばいにん》だけだろう。芸は認めてやろうぜ」

「なるほどな」

でも安さんの手が急速におとろえてきた。ドサ健に牌山《やま》を見張られていて、得意のエレベーターもやりにくくなったのだろう。そうして、彼がおとろえた分だけ、我々がつきだした。安さんの早いペースで崩されていた手が、ことごとく生きるようになったのだ。この回の南場だけで、彼は、健の方にヤミテンの純チャン三色を、私の方にドラ四丁のチートイツを、一人で打ちわけている。

安さんは、最初いくらか入った札をそっくり吐きだし終ると、こういった。

「あとは大きいのだけなんだ。すまないが、借りは絶対に作らねえから最終精算にしてくれないか」

「よかろう――」

　と健がすぐに応じた。

　ときどき眼をさましては、二位抜けよ、俺《おれ》っちもいれてよ、アツいンだからね、といいつつ又眠りにおちていた春美が、やっと本格的に起きあがって、チャンカァとかわった。

　六チャン目の東三局だった。かわり端に親マンをあがって先行した春美が、この局も三巡目でリーチ。

　あとで訊《き》くと面前チャンタができていたそうで、待ちは穴八索だったらしいが、八索は私が暗刻で、残るはただ一牌だったわけだ。そのためなかなかツモらず、そのうえドラのなどをむなしくツモ切りした。

「ポン――」

　だまりこくっていた安さんが、久しぶりに声をだした。それから私の出した

を喰《く》った。
「――おや」と私はいった。

むろん一飜しばりだ。三元牌と風牌は、残らず場に吐きだされている。では、三色か、一気通貫か。

健と私が、手牌におとしていた視線を同時にあげた。安さんの両手が、すっと伸びて、自分の前の牌山《やま》をわずかに押しだしたからである。安さんの前には王牌が九枚（上下十八枚）残っている。ドラ三丁だけにここで牌を抜かれてはかなわない。健も私もしばらく手を停《と》めて、安さんの手もとを眺めた。

「え？　どうしたンだい」

「いや、なンでもないンだ」と健が笑いながらいって、ツモリはじめた。

ところが安さんの九萬喰《く》いのために、二巡後、四丁目の八索が私の方に流れこんできた。春美のリーチが穴八索とは知らなかったがどのみちこれは捨てられない。カンである。

嶺上牌《リンシャンパイ》から六萬を持ってきた。

「六萬か——」

と私は呟《つぶや》いた。安さんの眉《まゆ》がぴりっと慄《ふる》えたようだった。

「あと、通貫形しかないんだから、こりゃいやだな」

新ドラがあけられた。なんと、ここでひっくりかえったのが六萬で（新ドラ七萬）この六萬は、リーチが一丁、健が一丁捨てている。すると私が嶺上で握ったのが四丁目。これは無条件で振れない。

三色だとすると暗カンでカラテン、通貫だとすると六萬握りこみで同じくカラテン、先刻、安さんが牌を抜きたい気配を見せた筈《はず》で、どっちも私がラス牌をつかんだことになるが、しかし安さんはオリる気配がなかった。

こりゃどういうことだろう。三色同ポンもない。一盃口は面前の場合しか役として生きない。ではどこで一飜つくのか。

その直後、突然、めまぐるしい展開になった。

安さんが、ツモった牌を裏のまま叩《たた》きつけて、

「カン――！」

といった。嶺上《リンシャン》牌をツモリ、それが伍萬で、

「お！　嶺上であがりだ。満貫！」

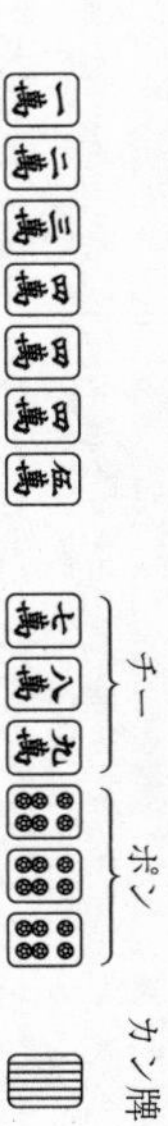

嶺上牌《リンシャンパイ》をツモるとき、その隣りの二牌が吸いこまれるように安さんの指にひっつくのを、私は確かに見たが、それをとがめているひまは私の方にもなかった。

ドサ健が、バタッと手牌を倒した。

「カンはなんだ、だろ。じゃア俺《おれ》が当りだ。チャンカンの一飜のみ」

「じゃないよ。は俺が一枚使っている――」と私がいった。

五

「ああ、そうだ、じゃない――」

と安さんもいった。その間の彼の手の動きが、ほれぼれするくらいよかった。速い動作じゃない。すっと、軽やかに小さく動いて、三人の面前で、裏のまま打ちつけてある最初のツモ牌を見事にすり変えたのだ。

「さ――」

と安さんはいいながら、ちょっとおぼつかない手つきで牌をあけた。それは見事に🀊だった。

「そうだろうな――」と私はいった。「だから健さんのカラロンさ。チョンボ料は満貫分だ」

「チョンボだって！　奴が牌を裏のままにしとくのがいけないんだ」

「でも🀞カンとはいわなかった。健さんの早呑《はやの》みこみだよ」

「冗談いうない、これがチョンボなら奴が払うべきだぜ」

「チョンボはいいが、俺《おれ》の嶺上《リンシャン》のアガリはどうしてくれるんだ」と安さん。

私にはこの二人を黙らせる方策があった。それはただ私の手牌を開いて見せればよかったのだ。

あ、と安さんが私の手を見て軽く叫んだ。そうして、

「まァいいや、俺はアガリを捨てるよ。チョンボでかまわねえぜ」

いうなり手牌を崩して牌山《やま》にぶつけた。いざこざが長びけば、自分の前の牌山が一幢《トン》（上下二枚）不足していることを指摘されると覚ったのだろう。

ドサ健の方はなおも渋っていたが、これもあまり主張しなかった。私の視線が、健の手牌の中の、六七八万という面子に当たっていたせいもある。

六万は、この局、手牌にはもう使えなかった筈《はず》。健は、安さんが嶺上牌でツモ

アガリするのを見て、これもすばやく一度捨てたをひろい、穴六筒のテンパイを作り直して即アガリという挙に出たのだろう。この工夫に力を使ったため、健としては珍しく、カンの牌を確かめる余裕をなくしたのにちがいない。は偶然、この局ではポイント牌だったため、この点を突いていけば、健の不利は眼に見えている。だが、それ以上にものをいったのは、私の手牌に、が無かったことだ。

「は俺《おれ》が一枚使っている——」

といったのが、私のひっかけである以上、両者ともに、自分たちの芸を見すかされていると感じたのだろう。瞬間の芸だが、私としては会心のプレーだった。

このことが、結局私の勝因になったらしい。私の手には急にドラ牌が集まりだし、その回リードしている春美を、ラス場で逆転して勝った。

七チャン目、八チャン目、ずっと私のペースだった。健の背後で見ていたチャンカァが代打ちに出ようとし、健に鋭くはねのけられた。

「フン、上野ノ健ダナンテ、アヤシイネ、オダテラレテ、カモニナッテルンダロウ」

「黙ってろ、勝負の最中だぞ」

「金、出シテモ、口、出スナ、デショ。アチシ、イツモスポンサーヨ、タマニハ、安心サセナサイヨ」

ところが、そのチャンカァがなんとなく黙りこんだ。八チャン目のラス場、健が、序盤で、發と中を続けて鳴いたのだ。いずれも初牌《ションパイ》叩《たた》きだった。

私はひどく緊張した。普通、この級《クラス》になると、發發中中□という手牌ならば初牌を叩かず、二丁めまで待つような気がする。どちらかが（乃至《ないし》は両方が）暗刻になっていればやりやすいが、二丁叩いたのでは、小三元すら、アガリの確率がぐっと落ちるからである。

したがって、初牌を二丁叩くのは、發發中中で、□が一枚も無い場合か、發發中中□□とオール対子（乃至《ないし》は一種暗刻）の場合であろう。

チャンカァの気配が前者でないことを感じさせた。

なおそのうえに、私を緊張させたことがある。この回、私、春美、安さん、健、という順序だったが、ちょうどその山をツモっているとき、春美が健の捨てた南をポンした。すると健が凄《すご》い眼をして自分の山をにらんだのである。

それはほんの一瞬の眼の光りで、私のように、以前、健とよく打ち合わせていた者でないとわからなかったかもしれない。

健の前の牌山《やま》は、やや斜めになっていた。そうして山をにらんだ健の視線は左端の方に当っていたようだ。すると配牌《はいパイ》時、抜くつもりで抜けなかった牌が、そこにあるのか。

きっとそうにちがいない。では、健の山の左端二枚が🀆なのだ。春美のポンで健は今中筋をツモっていたから、このままでいけば健を飛び越して私と春美のところへ入ってしまう。

ところが、安さんが思いがけず、健のツモ切りした🀑をポンしたのだ。

そこまでに、あと三幢《トン》しかない。私は続けて健の捨てた🀎を手をこわして喰《く》った。だが、なンたることだ、私が捨てた🀇を春美が喰い、春美の捨てた🀜を安さんが喰った。

私は思わず叫んだ。「乱すなよ!」

「冗談じゃねえ。このクサレ場に役満をアガられてたまるかい」

この回もハコテン近い安さんは眼のふちをポッと赤く染めている。

あとの出牌は完全安全牌の風牌ばかりで、アッというまにツモがそこに来た。

私は眼をつぶった。

力をこめてひいた健が、拍子抜けしたようにツモ切りした。その牌は🀘だった。

　では□はどこへ入ったのか。そのあたりで皆がツモ切りしている。誰《だれ》もオリた気配がない。ということは、どこにも□が入らなかった、ということだ。

　まもなく、その局は流れた。皆が手牌を崩そうとした瞬間、王牌を手早くあけた健がいった。

「待てよ、どうも変だ。皆そのままでいろよ。動くな」

　健はすっくと立ちあがった。

「二丁の白板《パイパン》がどこにも無い。たしかに牌が二枚足りねえぞ」

六

　何かいいかけて、左手を卓上に出そうとした安さんを、「動くなってンだ！」と鋭く制し、ドサ健は卓上の牌を端から算《かぞ》えはじめた。

「そうら見ろ、百三十四枚だ、二枚足りねえ」と健はいい、安さんをにらんだ。

「といっても今まではちゃんとあったのだからな。誰かが白板を山から抜いて隠したのだ。さァ畜生奴《め》、さっきから我慢してたが、もう勘弁できねえ」

　健は安さんの胸をつかんで立たせた。

「なンだか俺《おれ》が抜いたようにきこえるが、まず探してから文句をいいねえ」

「当り前よ。探さなくってどうする。まずお前からだ、裸にひんむくが文句いうなよ」

言葉どおり、トックリセーターを脱がせ、ズボン、シャツ、ステテコ、それにパンツの中まで見た。女たちが叫び声をあげ、それからなンとなく笑いだした。

健はそれから、椅子《いす》を丹念に見、卓の下の部分を残らず探した。

で、私もパンツ一枚になって、着衣を全部健に渡した。

春美も立ちあがった。

「俺《おれ》っちも、脱ぐの――?」

「お前さんはいい、まァいいよ」

健は形式的に、春美のポケットの中やセーターのたるみの部分を調べた。私は思わずふきだしたいのをこらえた。健は私の着衣もあらましを探っただけだった。だって、白板《パイパン》の置き場所は、健の山の左端だった筈《はず》なのだ。私や春美の場所からは、遠くて芸ができない。なにかできるのは安さんだけなのだ。しかもその安さんのところからは、いくら調べても牌《パイ》がでてこない。

「あったかい――?」と安さんがいった。「牌が隠れてねえとすると、さっきのセリフは考え直してもらわないとな」

ドサ健は、安さんのズボンの折り返しまで調べ、四つン這《ば》いになって床をくまなく探した。

「答えてくれ、俺ンとこから牌が出てきたかい」

「いや——。しかし、白板が行方不明のうちは、お前も偉そうな顔はできねえぜ」

奇妙に座が白けた。白板二枚はどこにも無い。予備牌を出すわけにもいかない以上、ゲームが続けられない。

「よし、俺《おれ》は帰る——」と安さんがいだした。「あやがついたぜ。一人負けだがまァしょうがねえ、こんなときもあるさ」

彼は自動車の鍵《キイ》をビィンとほうりだした。

「これで、釣りをくんな」

「釣りだと、ふざけるな、これは抵当《かた》だ。現金《キヤツシユ》まで預かっとく」

「チェッ、勝手にしやがれ」

安さんが消えたあと、私たちは顔を見合わせた。それにしても、白板《パイパン》はどこに行ったのだろう。

「まァいいや――」とドサ健は、その鍵をチャンカァに投げ与えて「坊やと、こっちの娘さんに勝金を払ってやんな」

「チェッ、アチシ、会計専門ヨ――」

チャンカァは渋々、布製の紙入れから私たちに手垢《てあか》のついた千円札の束をよこした。

私と春美が部屋を出ようとするときだった。牌《パイ》をケースに入れ終り、雀卓《ジャンたく》の板をあげて白布を剝《は》がそうとしていたチャンカァが叫び声をあげた。

「アッタヨ！　パイパン、コンナトコロニ」

そんなところにどうやって入れたのか、板を上げるか、点棒箱を出して押し入れでもしなければ入らない卓板の下の中央に、コロンと二枚の白板が転がっていたのだった。

「野郎――」と健も感嘆の声を放った。

「器用な野郎だな」

私たちは笑いをこらえて街路に出た。どこに隠れていようと、健が後手をひいたことにかわりはない。とにかく私はいくらかになったことで満足した。

だが、まだ勇さんに渡す額全部には達しない。私は、広小路《ひろこうじ》の通りへ出て地下鉄の階段をおりかけた。

「どこへ行くのよ」

「新橋裏だ。勇さんに少しでも金を返す」

「約束は月曜の朝まででしょ」

「でも、手足を縛ってるんだから」

「あんた、案外馬鹿《ばか》正直ね」

春美は私の両手を握って階段の上にひっぱりあげた。

「送ってきてよ、ね、今夜はパパ居ないのよ」

待てよ、と私はべつのことを考えた。

「変だな——」

「なにがさ」

「今気がついたが、来たとき停《と》めたところに、安さんの車、無かったぜ」

「安さんらしいわ。車の鍵《キイ》なンか、きっと二つも三つも作って持ってるンでしょ」

私ははじめて唸《うな》った。

「野郎っぱちゃ皆とっぽいわよ。それでなくちゃ、安さんだって打ちにくるもンか——」

殺し打ち

一

　春美の停《と》めたタクシイに乗ることは乗ったが、私は新橋裏に寄って勇さんにいくらかでも借金を返す考えを改めていなかった。

　約束違反を容赦しないTS会の実力を呑《の》みこんでいたせいもある。しかしその恐怖よりも、少しでも早く返済して奴等との縁を切ってしまいたいという気の方が強かった。私はTS会に資本投下して貰《もら》ったことを本気で悔いていた。猿廻《さるまわ》しの猿のような自分を。

　須田町《すだちょう》の交差点を、まっすぐに行ってくれと、運転手にいった。春美の住む自由ケ丘なら右折した方が早い。私は千円札を一枚、春美の膝《ひざ》のうえにおいた。

「車代は、俺《おれ》に出させてくれ」

「でも、あたしは（と彼女は珍しくいった）新橋裏には寄らないわよ。眠いの。

どたっとひっくりかえりたい、早く」

「じゃ、なんで俺を誘う」

「それは又べつよ」と春美は頰笑みながらいった。「いいでしょ、ね、袖《そで》すりあうも、他生《たしょう》の縁」

「へえ、案外、古風な文句を知ってるな」

「うん、あたしって古くさいから、いやゝなっちゃう。好きよ、あゝたが」

巻きついていた腕を私はそっと払った。

「今度にしよう。君は、俺《おれ》にはもったいないほどの玉だと思うけどな」

私はつとめてやさしい声をだしたが、女の傷ついた気持に変りはなく、春美も急にそっけない声になった。

「そう。じゃ、さよなら」

「そのときは俺の方から誘うよ」

須田町の交差点で車を乗りかえた。日本橋、京橋、銀座、新橋、あれはその頃《ころ》の東京の目抜き通りのひとつだったが、ビルは化粧し直され、ネオンもついて、もうどこにも焼跡の匂《にお》いはない。

――俺も、もうずいぶん長いこと麻雀《マージャン》を打ってるな、という感慨に不意に襲われた。生家を飛びだして麻雀打ちを業としはじめてから、七年という月日が流れている。

新橋裏の、達兄ィの居る雀荘の階段をあがっていったとき、なんとなくひしゃげたような顔をしていたらしい。

「なんだい、また負けてきたか」

と達にいわれた。私はちょっと笑ってみせた。

「勇さんは、どこに居る?」

「ああ、奴はお前が出るとすぐに帰ったよ」

「帰った――?」

「だが明日じゅうにはここへ又寄る筈《はず》だ。返す金はできたのか」

「奴は、俺《おれ》を待ってたんじゃなかったんだな」

「あいつも馬鹿《ばか》じゃない。TS会には奴が自分の金で、今朝方に、ちゃんと返金してるよ。それでなきゃ、あんな合わない芝居をするもんか。奴はお前に恩を着せながら、お前が今後払うだろうTS会への一割、奴への二割、都合三割の利子を毎日ふんだくろうて算段だ」

「勇さんが、あんたにそう話したのかね」

「いや。だが高利貸しのヒキ子（子分）にゃそんな奴がたんと居る。俺も薬《ヤク》の方で奴みたいな連中にしぼられてるよ」

土曜の晩なので、達の雀荘《ジャンそう》はサラリーマン風の客で混みあっていた。しかし私は麻雀に背を向けて、部屋の隅で倒れるように寝た。

あの野郎、ふざけやがって、——と私はなにかの夢の中で叫んでいた。ふざけやがって、やり方がケチ臭いぞ。

春美のセリフではないが、皆、トッポイ。そりゃ俺たちだって博打《ばくち》に勝つためなら手段をえらばないが、博打ってのがつまりそういう性質のものだからだ。

この頃《ごろ》の奴等は、安さんにしても勇さんにしても、勝ち負けに関係なく、どっちへ転んでも損がいかないような工夫がしてある。奴等は博打を打ってるんじゃない。つまり、商売をしてるんだ。

車の鍵《キイ》をいくつもこしらえて、それを餌《えさ》に、勝てば現金、負ければ鍵だけおっぽり投げて逃げちまうなんて、腹黒い堅気の奴等の考えることだ。

俺《おれ》たちはそんな真似《まね》はしねえぞ。俺たちは、無法者じゃなけりゃできないようなもっと手荒いことをやってやる。なァ、ドサ健。

翌朝までぐっすり寝て、達が無器用な手つきで切った葱《ねぎ》の味噌汁《みそしる》をすすると、久しぶりに人心地がついた。

何卓かが夜明かしで、疲れた顔つきでまだ打っている。

「おい、××、××じゃねえか――」

突然、その中の一人から声がかかった。私は大きく眼をむいた。××というのは私の本名で、この本名を呼ばれるときは、ろくなことはおこらない。

「やあ――」

と私は相手の顔を思いだし、やっとそれだけいった。名は忘れたが、中学の同級生だ。

「俺だよ、わかるかね、山本だ――」と彼はいった。「どうしちょる。ここへはよく来るのか。俺も実は土曜はここ泊りが多いんだ。会社の奴等のつきあいでなァ」

同じ卓の仲間が、なにをいうか、とか、つきあいにしちゃ勝ちすぎるぞ、とか、からかいだした。

なるほどな、と私は思っていた。中学の同級生が、上級学校を通過して、もうサラリーマンになってやがるんだ。

「ところで、お前はどんなところへ勤めとるんだ。景気はどうだ。やっぱり新橋私はあいまいに笑った。そして、電車に乗りおくれたもんだからここに泊ったのだ、といった。

まもなく半チャンが終り、徹夜麻雀にありがちな小さな悶着《もんちゃく》が、彼等の上に起きた。

「勘弁してくれよ、家に客を呼んであるんだ。これから帰って、風呂《ふろ》に入って、もう寝るヒマがねえ」

「そういったって、俺《おれ》ァアツいぜ、このまま帰れるもンか」

「中途半端だよな、これじゃ」

「だがもう二回も延長戦をやったんだ。俺だって勝ち逃げのつもりはないよ」

「そりゃわかってるさ。だが、もう二回――」

「駄目だったら。きりがねえや」

「おい、××」

と山本が又私の名を呼んだ。

「どうだ、一人欠けちゃうんだが、よかったら入らねえか」

私はゆっくりと鎌首《かまくび》を持ちあげて、メンバーを見渡した。

二

山本のくれた名刺には、わりに名の知れた証券会社の名が刷りこんであった。あと二人も同じ社の同僚だという。

どうせサラリーマンだから、小遣い銭麻雀だろう、と思ったが、私は熟睡したあと体調もよく、落ちてる金を拾うようなつもりで卓についた。

(――安いレートだって大きく勝ちゃァいいんだ)

「レートはいくら?」

「五だよ。千点五十円」

「それで、ルールは?」

「このクラブのと大体同じじゃねえか」

「ドラは尻《しり》から三枚目をあけるんだな」

「ドラってなんだい?」

「ああそうか。ドラ無しか」

「いいだろう。俺《おれ》たちのルールでやろう」

「いいとも。だけどひとつだけ、青天井ってのでやろうよ。俺たちはいつもそれでやってるんだ」

「青天井ってなんだ？」

「普通のあがりは同じことなんだがね、ただ満貫でとめないでどこまでも計算していくんだ。たとえば三十の八飜なら、七七、一五四だから三万点以上になる。面白いぜ。大きい手を作る張合いが出てくるよ」

山本はチラと不安そうな顔をしたが、沈んでいるらしい他の二人は進んで賛成してきた。

そうして打ちだしたが、すぐに私は安心した。山本はいくらか技倆《ぎりょう》があって中級だが、他の二人は初級も初級、複合メンツの手になると念入りに並べ直してみるという段階。

「ところでお前、麻雀の年季はどのくらいだい」

「うむ、覚えて半年ほどだ——」と私はいった。

「そうか、じゃまだ月謝を払っているところだな。俺《おれ》なんざ、小学生の頃《ころ》から牌《パイ》を握ってるんだ。まァなんだな、オギャァと生まれて一番最初に興味を持ったのが、麻雀さ」

「へええ、そうかね」

山本は親の私へ、面前三色チャンタ、という奴を放銃してくれた。

「おや、ツイてやがるな」

私も皆にならってモウ牌をやめ、頼りない手つきで牌をツモっていた。牌山《やま》も、ひとつひとつ手で積んだ。だから進行がおそい。それさえ我慢すれば、着実に勝てる。

「ふうん、🀒🀔と切りだしてるな。こういうときはな――」

と山本が、私のリーチを読む恰好《かっこう》で得意そうにいった。

「四七索は危険だが、🀐はとおるんだ。何故って、🀒🀔🀔🀕という形を嫌って切りだすことが多いんだよ。もし🀑🀒🀒🀔ならば、逆に🀔🀒という順で切りだしてくるもんだ。だからな、🀐」

「ロン――」

と私は手牌を倒した。

「アレ、馬鹿《ばか》がツイてやがら」

「うん、ツイてる」と私はいった。

🀒🀔ならば四七索が危険は百も承知。だが私の手には二向聴《リャンシャンテン》の時点で🀇🀉🀋という万子があり、一二三か三四五かどちらの三色になるかわからないという形だった。

こんな形だからという順で切るわけにはいかない。どうしてもダブリのを早切りする。麻雀はいつも応用問題で、単純にセオリイどおりにはいかない。

結局この後が入り、私の手はこんなふうになった。

こういうときのが出てくるようなときは調子がいい。

「チェッ、やっぱり寝足りた奴は強えや」

「俺《おれ》たちゃ寝てねえんだから、新鋭にはかなわねえよ」

一回二回と私が簡単にトップをとった。そして三回目の親だった。

山本がリーチをかけており、私はかなり強い索子の三四五と一面子を順にツモ切りした。

「なんだお前、ツキにまかせて切ってるが、知らねえぜ、一発ドカンと当っても」

「要《い》らねえんだからしょうがねえよ」

「チェッ――」と山本がイヤな顔をしていった。「要らねえものを捨てるか。これだからトーシロにはかなわねえよ」

山本がをひっぱってきた。私はわざとモジモジしながら小声でいった。

「これでいいのかな。ちょっと誰《だれ》か見てくれないかしら」

「どれどれ、わからねえのかお前――」

リーチの山本が身を傾けてのぞきこんできたが、声が途中で消えた。

「いいんだろうな、アガリだろう」

私は手牌を倒した。

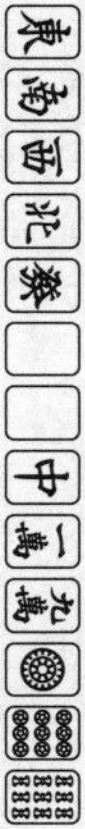

「こんな手はじめてだから、まごついちゃった」

役満は十万点ときめてある。他の二人が嘆声をあげ、山本はしばらくポカンとしていた。

「十万点か――」

「十万点だ——」と私はいった。

「点棒がねえや」

「いいとも、貸しとくよ」

三

山本の眼が吊《つ》りあがってきた。四チャンやって四チャンとも私のトップ。国士無双の他に四暗刻をツモリ、八万点近い大物手をアガっていた。

彼等はずっと紙に点数を書いて、最終精算でやっていたので、それに準じてやっていたが、山本は一挙に二十万点近くへこんでいた。他の二人のマイナスもそれぞれ十万点台になっている。

千点五十円だって、十万点なら五千円である。若い勤め人の月給が一万数千円という時代だから、彼等としては痛い。

しかし、力の差もあるが、こう勢いに乗ってしまうと、やることなすことうまくいく。仕込めばサイの目がチャンと出るし、仕込まなくても自然に手がよくなってくる。

中の一人がもうとうから音《ね》をあげだしていた。

「もうあかんよ、身体がバテた。やめて帰ろうぜ」

「待てよ――」

と山本は言を左右にしてやめようとはしなかった。中学生の頃《ころ》も利かん気の男だったが、鼻柱に脂をにじませて必死にツモっている。

もう一人も山本に同調していたので、帰りたがっている男も立てなかった。

(――山本ともう一人は、負け金が足りなくなってるかもしれない。だが、帰りたがってる奴はまだ払える力があるな)

と私は思った。よし、狙《ねら》うなら此奴《こいつ》だ。皆、席を立てなくしてやろう。

彼等に怨《うら》みはないが、何故だか私は容赦しない気持になっていた。身体を張らない安全博打で遊んでるような野郎は大嫌いだ。奴等は博打をナメてるが、博打ばかりでなくこの世のいろんなものをナメて暮している。糞《くそ》、それなら博打で大《おお》怪我《けが》をさせてやるぞ。

実際には、大学も出てサラリーマンになった同級生に対する嫉妬《しっと》があったのかもしれない。

私は、帰りたがっている男から、又大物をアガった。

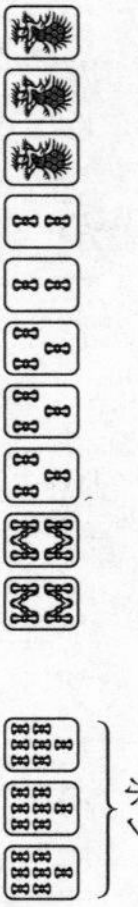

「ええと、そのでアガリです。ほんとに今日はツイてるな」

「いやだぜ、俺《おれ》はもう――」とその男がいった。「この半チャンで帰るよ。いくら負けるかわからない」

「しかしここまでやったんだからな。中途半端じゃないか」と山本。

「いやだ。この人には勝てないよ」

「ツイてるだけだよ。ツキが落ちればいっぺんさ。ここが辛抱のしどころなんだ」

「いやだよ。じゃ、君たちだけ残ってやればいいだろう」

その回が終ると、彼は黒い皮の大きな財布をとりだし、投げ捨てるように札を出した。

「あーあ、こりゃ客の金なんだ。まァしょうがねえや」

「なァ、モッちゃん――」と山本が小声でいった。「頼むぜ。俺《おれ》が頼んでるんだ、もう少しつき合えよ」

しかしモッちゃんという男は、さっと立ちあがった。

「マスター、喰《く》ったものはいくらだい？」

「じゃァ、精算にしましょうか。三人じゃしょうがない」と私がいった。

「ああ、しかし誰《だれ》かいるなら、一人入れてもう少しやろうか」

「やるのはいいよ。でも一応精算してからにしよう。メンバーも崩れたことだし」

山本も、もう一人もしばらく黙っていた。

「実は、その精算ができねえんだ――」と山本がいった。

「こんなに大きくなるとは思わなかったものだから――。でも、名刺渡してあるだろ。電話くれればいつでも――」

「うん、じゃこれから君の社へいって、都合つけて貰《もら》うかな」

「今日は日曜で、社は休みだよ」

「しかし誰か居るぜ、宿直の人かなんか。その人にちょっとたてかえて貰ったら」

「なにも今日が今日でなくったって――」

「博打に明日なんかねえんだい――！」と私はいった。

「会社で拙《まず》けりゃ、どこだってかまわないよ。君の家へ行ったっていい」

山本たちが再び無言になった。どうやら私の素姓を見直したようであった。

「どうしてくれるんだい。黙ってたんじゃわからねえぜ」

山本が蚊の鳴くような声でいった。

「俺《おれ》たちは、ほんの遊びのつもりだったんだぜ。博打だなんて、そんな品の悪いことは――」

「だが、賭《か》けてたぜ。賭けてるっていうから、俺は博打のつもりで打ってたんだ。もし俺が負けてりゃ、どんな無理をしたって払うところさ。それがルールなんだ。守れない奴はこんなところへ来る権利はないよ」

「じゃ払えなかったら、どうしようってんだ」

「俺は知らねえ。着てる物全部脱いで素っ裸で帰りな」

「マスター――」と山本は救いを求める恰好《かっこう》で達の方を見たが、むろん達はソッポを見ている。

就職

一

　山本たちの眼には、私がすっかり怖いおにいさんのように見えたらしい。旧中学の同級生という情緒はまったく無くなって妙によそよそしい顔つきになり、しばらく黙りこくって坐《すわ》っていたが、ついにその場の空気に耐えられなくなったのだろう。立ちあがって方々へ電話をかけはじめた。

　それぞれが交代で受話器を持ってひそひそやっていたが、そのうちに山本の電話に手応えがあったようだった。

　私は彼等と一緒に外へ出た。

「どこまで行くのかね」

　誰《だれ》もなんとも答えない。

　山本が手をあげてタクシイを停《と》めた。まず私を乗せ、山本が乗った。他の二人は山本に片手で会釈して駅の方へ歩いていった。

「三人分の精算をつけてくれるんだろう」

「わかってるよ」

神田《かんだ》駅のそばで車をおり、塗料の卸し屋の前で山本は立ちどまった。

「兄貴の家だ。そこの喫茶店で待っててくれ」

「逃げようたって駄目だぜ。古い手だ。君の名刺を貰《もら》ってあるんだからな」

「俺《おれ》が出てくりゃすぐに眼に入る。コーヒーでもすすりながらせいぜい見張ってろよ」

その言葉どおり、註文《ちゆうもん》したコーヒーがまだ来ないうちに山本は塗料屋から出てきてまっすぐ喫茶店へ入った。

私は彼の手から封筒を受けとった。

「名刺を返してくれ――」と山本がいった。「返せよ。金を渡せばもう俺の名刺に用事はないんだろ」

「そうだな――」

私は奴の名刺をとりだして二つに引き裂いた。

「麻雀《マージャン》なんかやめろよ。金無しにやるような腕じゃない」

「ああ、よくわかったよ。だがお前もやめるんだな。あんまり見場《みば》のいい商売じゃない」

　と山本は固い顔つきで見すかしたようなことをいった。

「せめて定職につけよ。そばに寄ると臭くて、まるで犬か豚のようだぜ」

　一人になってから、私は金の入った封筒を上衣の内ポケットに丁寧に押しこんだ。それが、久しぶりの勝利の印《しる》しだった。

　だが、気分上々とはいかない。勝負に勝って、その勝金を要求した。当然のことをしたまでなのに、強盗かなにかのように見られる。

（――そばに寄ると臭い、か。へッ）

　考えてみると割の悪い話なのだ。金曜日、ＴＳ会からの資金を手にして鎌ちゃんたちと打ちはじめてから、土曜、日曜とほとんど休まず、泡を吹くほど働きとおした、その結果がこれだ。

　三日間打ちとおして、勇さんに返す金がまだいくらか不足している。それは堅気の仕事とちがうから、働いただけ利益が出るとは限らない。ぐれはまなことだって多かろう。それはいい。しかし、こんな気分になる必要はない。

（――チェッ、そばに寄ると臭い、だと！）

臭いのは自分でも知っている。獣のような生きざまだと、私も思っている。そして私はそのことをこれまで恥じたことはなかった。もともと生き物は、皆臭いものだ。臭いのが、生きているという証拠ではあるまいか。

けれども、面と向かって他人からこういわれると、さすがにこたえた。

何年か前は、誰《だれ》もそんなことを気にしちゃいなかった。すくなくとも私の周辺では、定職なんてものを持っている奴は居なくて、その日の風次第で、ブローカーをやったり担ぎ屋になったり、博打を打ったりして暮していたものだ。自分とは、ただ単に自分であるだけで、他の何物でもなかった。だから上衣が破れていようと、手足がまっ黒であろうと、気にする必要はなかったのだ。

だが今はもうそうじゃない。ほんの何年かたっただけなのに、誰も彼もが、名刺という奴をとりだして、こういうのだ。

「××産業の、○○でございます――」

××産業の手前、自分の臭《にお》いを消そうと努めている。いつのまにか自分の名前よりも肩書の方が大きくなっている。いつのまにかだ。そうして私は、臭いといわれて、屈辱を感じている。

どちらが正しいかという問題ではなかった。臭い野郎は人間ではない、犬か豚だといわれて、言葉が返せなかったのだ。

私は神田駅を通りこして、岩本町《いわもとちょう》の電車通りの方まで歩いていた。ここを右へ曲がると上野、いずれも何年か前まで因縁のあった場所である。

まだ夕方だった。はじめ、私はこのへんのクラブでもうひと稼ぎしようと思っていたのだ。日曜なので勤め人は居ないだろうが、地元の人たちがフリーで集まって卓をかこんでいる筈《はず》だった。

実際、歩いてきた道筋に麻雀屋の看板を二つも三つも見かけていたのだが、私はそのどの店にも飛びこまなかった。

私は電車通りを左へ曲がった。上野まではかなりの道のりがある。夕風が冷たかったが、のろのろと歩いて雑踏する御徒町《おかちまち》にたどりついた。

私はまっすぐかに屋のある横丁に行った。以前、ドサ健とよく飯を喰《く》いに行った店だ。本建築の店がかなり増えてきた中で、かに屋はあいかわらず以前のままのバラックで、煮しめたようなのれんがダラリとさがっていた。

しかし、私にはその方がありがたい。

「おっさん、元気だったかい」

私は勢いよく声をかけて、酒をくれ、といった。おっさんは私を見てもさして

表情を崩すでなく、徳利《とっくり》と突き出しの豆を私の前においた。そうして、

「どうしてるんだね。まだ遊んでるのかい」

といった。

二

私はぶすっとして何本か徳利を並べた。日曜のせいか客がすくなくて店の空気も盛りあがらなかったし、おっさんも何故かあまり相手をしてくれなかった。だからドサ健がのれんをくぐって現われたとき、私は救われたような気がしたものだ。

健は私を見ると、だまって隣りへ腰をおろした。

「酒だ。アツくしてくれな」

「はいよ、稼ぎがあったかね」

「いいや、遊びだ、シケが続いているぜ」

「じゃァ、よしな――」とおっさんがいった。「いいたくないが、仕入れが現金だからね、これ以上はツケはおことわりだよ」

ドサ健は眼をあげておっさんをにらんだ。

「そりゃどういう意味だ。勘定は此奴《こいつ》だぜ」

「ああ、俺《おれ》が払う。おっさん、つけてやってくれ」

「――おい」

とドサ健は私の方を向いて声を凄《すご》ました。

「あの野郎の巣はどこだ。隠さずにいいな」

「あの野郎って？」

「エレベーター野郎のことさ」

「安さんか。そうか。鍵《キイ》だけで、車が無かったんだな」

「よくも手前《てめえ》たちで笑い物にしやがったな。お前の相棒か何か知らねえが、許しちゃおけねえ」

「だが俺《おれ》には無関係なんだ。俺も外へ出て、車が無えんではじめて気がついたんだよ」

「もっと男らしい悪《わる》をしろ。俺は手前たちの勝ち分までたてかえてやったんだぞ。いかさまはかまわねえ。だがどう転んでも傷がつかねえ算段をする奴は男じゃねえ。俺なら、あんな野郎とは死んでも組まねえぜ」

「全くだ。俺もそう思うよ、健さん」

と私はまじめな顔でいった。そうして健のグラスになみなみと酒をつぎ足してやった。

「ごまかすな、お前も、俺を笑ってやがったんだ」

「いや、ほんとに知らなかったんだよ。誓ってもいい」

「本当か」

「ああ――。しかし、変ったな。健さんの腕をもってしても、麻雀じゃ喰《く》いにくくなったんだろうか」

「お前はどうだ」

「駄目さ、やっぱり――」

「麻雀打ちも変ったなァ、近頃《ちかごろ》は、弱い奴を見つけちゃァ楽に勝って稼ごうという連中が増えてきた。奴等ァ自分の腕をかくしてな、幇間《ほうかん》みてえに客をおだてながら、いくらかの小遣いにありついてるんだ。俺《おれ》にゃァそんなうすみっともない真似《まね》はできねえや」

ドサ健は酒のいきおいでやや饒舌《じょうぜつ》になっていた。

「商売人《ばいにん》の心得は、弱い客にとりついて長続きさせること、だってやがる。客も客だ。楽に勝てそうだと思わなきゃ、出てこねえ。ところがどっこい、世の中には、楽に勝てることなんぞざらに転がってるわけはねえから、勝てる筈《はず》が、逆に商売人のカモになっちまう。手口は簡単さ。簡単だが、面白くねえな。俺ァ、博打を知った人間を相手にして、喰《く》い殺していきてえよ」

「強え奴だってまだ居るさ」

「居やしねえよ。出目徳のおっさんみてえに命まで賭《か》けてしまう馬鹿《ばか》はもう居ねえ。この頃の奴等の賭けるのは単なる小遣銭だ。あんなものは博打じゃねえ、閑《ひま》つぶしさ」

「そうだな、たしかに変った。強え奴はまだ居るが、博打打ちって職業はもう駄目らしいな。この頃の強え奴は、みんな他に職ってものを持ってるんだ。つまり、他に職があるから安心して勝てるんだろうな」

「そんなのは強えとはいえねえや」

「うん、だがそうでもないな、たしかに新しい麻雀を打ってる。俺《おれ》たちのとは又種類のちがうトリックを使ってるし、頭も切れるよ」

「どこに居るんだ、そんな野郎が」

「この前打ったのは鎌ちゃんといってね、いい麻雀だった。銀座のキャバレエの持主なんだよ。いい服を着て、いい車を転がしてる。だから誰《だれ》も麻雀の玄人《くろうと》だなんて思わない。実際は自分でつかんでいる客の他にも、ボーイを使って店に来る麻雀好きをひきこんでカモっている」

「――おい坊や」

とドサ健はいい、私の方へ身体をまっすぐ向けた。

「お前はそいつと又打つんだろう」

「ああ、そのつもりだ。火曜と金曜は、場が立っていってたからな」

「紹介しろよ、俺を」

「何故？」

「何故だって、野郎、俺とお前の間じゃねえか。上野でも一番古いつきあいの方だろう。それに、この世に本当の麻雀打ちは、もうこの二人だけなんだ。組むのが当然さ」

「組むのはいやだな、俺のおヒキ（手下）になるってんなら別だがね」

健はぎろりと眼を剥《む》いた。

「おヒキだと、この俺をか。お前、酔ったな」

「酔っちゃいねえ。博打の世界は、ボスと、奴隷と、客と、この三つしか関係はないんだろう。相棒ってのはおかしいよ」

私は以前、オックスクラブのママがいったセリフをそのまま流用した。

三

ドサ健流の手荒いやり方が世の中とマッチしなくなってきて、この狼《おおかみ》のような男がひどく腹を空《す》かしていることはわかった。

だが結局、話がどういうふうに進んだか、何もおぼえていない。おそらく双方とも酔っぱらってしまって、コンビを作る件はうやむやに流れてしまったのだろう。

けれども、酔いの中で、切れ切れにこんなことを考えた。

——ポイントは、結局、客の獲得法だ。客の機嫌を卑屈にとって、やっとメンバーに加えて貰《もら》うなんてことは私も嫌だ。といって、工夫なしには客がつかない。

麻雀人口もだんだん増えて、サラリーマンなど同僚四人で一卓を組むことが多くなった。一人で麻雀屋に打ちにくるという方法が、だんだんすくなくなり、(特に東京のように大会社の多いところでは)大方が同僚四人と連れだって卓を囲んでいる。強くて、しかも素姓の知れない相手を入れる必要はない。

だから麻雀打ちもかなりの転換を強いられているのだ。

では、どうするか——。

気がつくと運転手に揺りおこされていた。

「ええと、ずっとまっすぐかね、それともどこかで曲がるんですか」

「——ここはどこだい」

「自由ケ丘ですよ、そういったでしょう」

いつのまにか、タクシイに乗っていたらしい。駅のそばまで戻ってから車を捨てた。

（なるほど、そうか、春美のところへ行こうとしてたんだな——）

夜道は凍《い》てついている。やっと酔いがさめかけて、頭ははっきりしてきたが、こんなところまで来たきっかけがどうしても思いだせなかった。

だが、まァいいや——、と私は一人言をいった。ともかく彼女のところを訪ねてみよう。

道路が碁盤の目のようになっていてわかりにくかったが、運よく彼女の洋風住宅を探し当てることができた。

扉を叩《たた》いた。それから呼鈴をみつけて力一杯押してやった。まもなく玄関に人の気配を感じた。

「誰《だれ》？――誰なの」

「俺《おれ》だよ」

「俺じゃわからないわ。名前をいって――」

「名前をいってもわからないだろうよ」

彼女は私の声をききおぼえている筈《はず》だ。それなのに、ちょっとの間、ひっそりしてしまって、鍵《かぎ》をはずす気配もなかった。そしてそのかわり、こんな声が返ってきた。

「誰《だれ》だか知らないけど、おそいから今度にして頂戴《ちょうだい》――」

私は忽《たちま》ち扉のそばを離れた。

無理にあけて貰《もら》う必要はない、と心にいいきかせた。――ああ、そうだとも、おじぎしてあけて貰いたくなんかあるものか。

暗い夜で星がたくさん光っていた。寒いし、喉《のど》もかわいている。さて、と私は呟《つぶや》いた、どうするかな。

急にむらむらと、未練が湧《わ》いた。――畜生奴《め》、パパが来てやがるんだろうか。

彼女の家の横手が路地になって居、小さな庭があるらしく、生垣が続いていた。くぐり戸もあったがむろん錠がおりている。私は生垣を押し倒すように乗り越え、庭のしめった土を踏んで形ばかりのテラスに立った。

大きなガラス戸にも鍵《かぎ》がおりているかと思ったが、案外に雑作もなく開いた。カーテンをはねのけると、数日前に麻雀をやった洋風の居間に灯がともっており、寝椅子《ねいす》から身体を半分おこしかかった春美が、眼を見開いてこちらをみつめていた。

「いっただろ、今度は俺《おれ》の方から誘うって」

「驚かさないでよ、俺っちだって女なんだよ」

「パパが、来てるのか」

春美はだまって首を振った。

私は靴を脱いであがりこみ、いきなり彼女の上にのしかかって唇を奪った。

「借金は、返せたの」

「まだだ。——しかしもう心配はない。あとすこし足りないだけだ」

「呑《の》んできたのね——」と春美は私の身体に手を廻《まわ》しながらいった。「呑まなきゃ、ここへ来れなかったの。臆病《おくびょう》な人」

春美は湯あがりの匂《にお》いがした。唇も乳房もとろけるように柔らかかった。

「よして、——ガラス戸を閉めてきてよ、寒いでしょ」

「俺《おれ》、臭いかい」と私はガラス戸のそばでいった。

「うん、お酒の臭《にお》いがね」

「それから？」

「それからって、あンたの匂《にお》いが当然するでしょ。俺っちは今風邪気味で鼻が利かないけど」

「面白くねえんだ、実際――」と私はいった。「負けた野郎が威張って、勝った方を軽蔑《けいべつ》しやがるのさ。妙な世の中になったもんだぜ」

「でも、勝てばいいじゃないの」

「うむ、なるほどな――」

「勝てば風当りが強いのは当然よ。俺っちなんかカモだから、皆親切にしてくれるわ」

私はやっと笑った。

「カモちゃん、俺もうんと親切にするつもりだぜ」

「もういいわよ、話なんかやめましょう」

と春美は小声でいい、女っぽい微笑を浮かべた。

四

月曜日の朝早く、私は春美の家を出て、勇さんのところへ向かった。全額にはすこし足りないが、TS会から借りた金を返すためだ。春美は後朝《きぬぎぬ》の別れを惜しむ風情で、

「義理固いのね、いやな男——」

と軽蔑《けいべつ》するふうだったが、無法者が義理固いところもあっておかしいということもない。もともと私のは勇さんに対して義理をつくしているというよりも、私自身が、自分で定めたことを忠実にやろうとする気持の方が強かった。

新橋裏の女衒《ぜげん》の達兄ィの言によれば、勇さんは、——無論、自分の利益を中心においた行為だが——、TS会には彼がたてかえて返金し、勇さんの個人的な貸借にきりかえてくれたという。それに対して、私は月曜日の朝払うといい、かつ心でもそう思った。ならば全力をふるってそうしなければならない。無法者とは、世間の慣習よりも、自分独自の道徳を重んずる男のことだと思う。

駅前の電話で、勇さんの家への道順をきいた。

「場所を指定してくれれば、こちらから出ていくよ」

「いや、朝早いから面倒はかけない。俺《おれ》の方は時間があり余ってるんだから、ひまつぶしに訪ねていくよ」

「金は全部、できたのかい」

「まあ、大体はね」

「大体かね。すると決済はまだすまないわけだな」

それからラッシュアワーでごった返す電車に乗った。当時の私にはひどく珍しい経験だった。ベルトに乗った勤め人とその家族ならば、この苦痛を甘受するのもやむをえないだろう。誰《だれ》だっていいことばかりはない。

しかし、私がこの混雑を我慢するいわれはない。私は、私の足を踏んで知らん顔をしていた若いオフィスガールの髪の毛を片手で握って、むりやりに彼女の顔をこちらにねじ向けた。

「やい、ごめんなさいの一言ぐらいいえ」

女はただただ悲鳴をあげ、すると横の男がこわばった表情で、身を挺《てい》するように私と女の間に入りこみ、同時に反対側の男たちが気を揃《そろ》えて私を押して女から遠ざけようとした。私は思わず春美の口癖をいった。

「やる気か、野郎《やろ》っぱち」

べつに大声で叫んだわけじゃない。実をいうと、喧嘩《ごろ》をまくなんて経験はほとんど無かった私だが、そのときは充分に凶暴な気持になっていた。

私は両足をあげて男たちの腰に当てがい、うんと気合を入れて、背中を揺すって押して来た一団を大きく圧迫した。

「なんだ、此奴《こいつ》――」

「非常識な、やっちまえ！」

反響はすぐに来て、周辺の乗客の足という足が私を蹴《け》りつけてきた。引き倒されて踏みつけられそうになったが、私も奴等の眼鏡や鼻柱をなぐりつけてやった。

渋谷駅でおりたとき、ズボンがささらのようになっていた。私はそのときやっとそれが借りた衣裳《いしょう》だったことを思いだしたが、しかしなんとなく、いい気持だった。

酒を呑《の》んだり女とつるんだり、他人に馴《な》れ親しんだあとだったからかもしれない。私のような男は、やっぱり凶暴な気持が失せては駄目だ。

その勢いで、勇さんのところに行った。牛込榎町《うしごめえのきちょう》という、彼の住居のある町は、都心に近いくせに国電の駅からも遠く、復興もおくれていてまだその頃《ころ》、焼跡のままの土地が大分眼についたものだ。それはいいが、所番地はすぐにわかったものの、その一郭を何度歩いても勇さんの家は見当らなかった。

酒屋できくと、すぐその筋向いがそうだという。酒屋が指さしたところは、背丈ぐらいの草がぼうぼうとおい茂った原っぱだった。

「その原っぱがそうさ――」と酒屋は無表情でいった。

「中へ入っていってごらん」

なるほど、道路からは見えないが、原っぱの奥の一隅に、板きれをつけた乞食《こじき》小屋があった。もしその小屋の横に、先日乗せて貰《もら》った勇さんの車がおいてなかったら、私はまだそれと思わず他を探していたかもしれない。

ガタガタの扉をこじあけて中をのぞいた。明るい外光になれた眼には、中が暗くてすぐには何も見えなかった。

「入んなよ、今、茶を沸《わ》かしたところだ」

勇さんが万年床の上から手を伸ばしてアルコールランプに蓋《ふた》をし、火を消した。フラスコの中に湯が沸いている。その湯を小さな急須《きゅうす》に丁寧に注《つ》いだ。

「俺《おれ》の巣に金を返しに来た客は、あゝたがはじめてだよ」

「面白いところだな。ここはあゝたの土地かい」

「いいや」

「貸す方にはまわるけどね」

「俺は借りるってことはしない。なんにつけても、貸す方にはまわるけどね」

「なるほど、住みついてるだけなんだな」

「さァ、じゃ一応、持ってきたものを受けとろうか」

勇さんが万年床の上に算盤《そろばん》とノートを持ちだして計算してる間、私は小屋の中を見廻《みまわ》した。電話が隅においてある。電話と自動車が勇さんの商売道具の全部なのであろう。その他にはソバの丼《どんぶり》が二つ三つ、それだけだ。

「おかしいね、高利貸しの癖に金庫がない」

「そんなもの危なくてここにはおけないよ。金庫を持ってかれりゃそれっきりじゃないか。俺《おれ》のポケットが一番安全さ」

「だが、絞め殺そうと思えば簡単だ」

「TS会をか。そんな度胸のある奴が居るかな」

「TS会は怖いさ。でも、考えてみると、勇さんがTS会の代理人だって証拠はまだないんだからな」

五

「勇さんは俺にかわってＴＳ会に返金をしてくれたらしいが、ずいぶん親切だね。そんな高利貸しははじめてだ」

「礼には及ばないよ。日歩三割てえ利子がついてるんだ」

「でも俺ならこうするな、この方がもっと簡単だ――」と私はいった。「最初から、ＴＳ会なんて怖い集団とは無関係で、その名前だけ利用するんだ。俺は個人で金貸し業をやるとする。だが個人じゃ烏金《からすがね》は踏み倒される心配があるよ。そこで、前科者たちにも怖れられているＴＳ会の金ということにして、脅しを利かす。組織の力で消されちゃたまらないから皆一生懸命返そうとする。もしそれでも返せない奴が居たら、ＴＳ会には俺がたてかえて返しておいたと恩に着せて、元利子の日歩一割に三割かぶせて、合計四割、ふんだくる。これならＴＳ会と客との板ばさみにもならなくてすみ、自分も儲《もう》かる。こいつァ、面白い思いつきだろう――」

勇さんが苦っぽい笑いを浮かべて黙っていたので、私の方がショックを受けて沈黙した。私としては冗談のつもりだったのだ。

だが勇さんが、このとおりやっていたとしたら――、もっとも私は勇さんに義理だてして返金にきたのではなく、あくまでも私の決めたスケジュールを実行したまでだ、と考えることはできたが。

「ところで、あッた――」と勇さんがいった。「残りの金は、いつ払えるね」

「いつでもいい。勇さんを絞め殺せば、すぐにできる」

「返金の方法について、俺《おれ》にもひとつ思いつきがあるんだがね――」

といって勇さんはじっと私の顔を見た。

「どうだい、あッた、ひとつ勤めてみないかね」

私はしばらくたってから笑いだした。

「勤めてみないかねといわれて、俺がすぐ勤めだすように見えたかね」

「まァきけよ。俺がちょいとまァ心安くしている社長がいると思いねえ」

「どうせろくな社長じゃないな。勇さんの高利でも借りてるのか」

「その社長の会社が、年がら年じゅう社員が足りなくて困ってるんだ。俺が連れてきゃァ多分二つ返事で就職できるよ」

「せっかくだが、俺はまだ、他人《ひと》のために働くほど耄碌《もうろく》しちゃいねえ」

「あッたはなにかね、勤めるってえと、他人のために働く気かね」

「その気はなくたって給料貰《もら》う手前、いいこと嫌なこと、こみでさせられちまうだろう。それとも好き勝手な真似《まね》をしてってもいいってのか」

「当り前じゃないか」

「当り前かね」

「だから他人《ひと》の話をチャンと聞けってんだ。その会社は盛り場新聞社といってな、料理屋や呑み屋、又は花柳界や赤線なんてところから広告料を貰《もら》って食っている、要するに業界紙のインチキな奴だ」

「新聞作りなんて俺《おれ》はなんにも知らないよ」

「新聞なんか作るもんか。ガリ版で広告件数分だけ新聞めいたものを刷って、郵送するだけだ。立派だなァ。社長とすりゃァ濡《ぬ》れ手で粟《あわ》のボロい商売さ。そこでその社長だが、博打気狂いでね。公営の馬も二、三頭持ってるようだし、競輪にも行く。麻雀もやるぜ」

「どのくらいの麻雀をやるんだね」

「なんだかデッカいのをやるらしい。自分じゃ玄人《くろうと》クラスだなんて威張ってる。どうだい、ちっと食欲が出てきたかい」

「しかし、新入社員を社長が相手にするかね」

「そこはやりかた次第さ。もし勤める気があるんなら、金はいくらでも融通するよ」

「いや、金はもういらない。芸者になるんじゃないからな」

「いらないといっても駄目なんだ。ぜひ融通させて貰うよ」

「日歩三割でか」

「そうさ。でなきゃ俺《おれ》の商売にならない。それに文無しじゃ大きな博打に手は出せないだろう」

「なるほどね、俺は恩に着る必要は少しもないわけだな」

「恩に着ることなんか、この世にあるわけはないよ」

ベルが鳴った。受話器を握った勇さんの眼がたちまち細くなった。へぇえ、そうか、そいつはしまったなァ、と勇さんはいった。

「裏目かね、うん、逃げて、差されたのか。初日と同じレース展開とは曲《きょく》がねえなァ。——よし、最終レースにもう一丁張ってみよう。五—三だ、五—三に二百、押さえが五—一に五十、それだけ打っといてくれ。又電話を待ってるぜ——」

「競輪かね——」と私は訊《き》いた。

「いや、ボートだ。だがまァ、群集博打ならなんでも来いだよ。ありゃァ麻雀とちがってメンバーを集める世話がなくていい」

「よし、わかったよ――」と私はいった。

「その会社って奴を冷やかしてみよう」

「そうかい、そりゃ好都合だ。じゃ、俺が明日、事務所へついていってやる。社長に会わせるがな、ひとつこれだけは覚えておいてくれよ。給料の望みはあるかね、って先方が訊くだろうが、べつに望みはありません、と答えるんだ。これがポイントだぜ」

「わかった――」

「履歴書って奴が必要だが――」

「すぐこしらえるよ。書き方ぐらい知ってるさ」

私は小学校の前の文房具屋で紙とボールペンを買って勇さんの巣へ戻り、大急ぎで履歴書を作りあげた。

それを見て勇さんは渋い顔になった。

「――現住所、不定、ってのはこれは変だな。特技、麻雀、サイコロ、ってのもちょっとなァ。履歴書ってのはもっと、景気がよくなくちゃいけねえ。まァ住所は俺《おれ》ン所のを書いておこうぜ」

私は勇さんに下駄を預けた気になって、いわれるとおりに書き直した。

「それから大学は出てなくちゃいけねえ。こうっと、東京帝国大学経済学部卒業だな。ついでに下の学校も直しなよ。帝国小学校から帝国中学と、帝国一本槍《いっぽんやり》で進んできたんだ」

「いいのか、おい――」

「職歴は三井《みつい》三菱《みつびし》だ。三井に三年、三菱に五年だ、返す刀で友を斬《き》る、つららァとこういくんだ――」

六

考えてみると、私を勤め人にさせようという勇さんの発想は、非常に突飛なようでいて、案外に当を得ているように思える。

つまり、奴は、これからの博打打ちは一匹狼《いっぴきおおかみ》じゃ駄目だぞ、ということをいおうとしていたのであろう。

それは私自身もうすうす感じていたことだった。鎌ちゃんや安さんが、ドサ健や達や私などとくらべて、どこかスマートで、楽々と博打を打っているように見えるのは、彼等がそれぞれ正業に近いものを持っているからではあるまいか。

どこの雀荘《ジャンそう》へ行ってみたって、近頃《ちかごろ》はサラリーマンがほとんどだ。麻雀はもはや、特殊な男たちの遊びではなく、一般化されたゲームになってしまった。勤め人たちは皆、同僚や仕事上の友人とやっている。どこの馬の骨かわからない奴は、誰《だれ》も相手にしてくれない。いくら腕がよくたって、相手が居なくちゃ無し目も同じ。飯の食いあげである。

麻雀打ちが麻雀だけやってればいいというご時世は、あの戦後の動乱期がおさまるとともに消え去っていたのかもしれない。

ではやっぱり私も、同僚乃至《ないし》は仕事関係という奴を作らなければならない。麻雀打ちが組織の一員に転向するのではなく、あくまで麻雀打ちとして組織を喰《く》いつぶしにいくのだ。これならよろしい。

「しかしね、勇さん――」と私はいった。「勤めだしたら俺《おれ》だって、給料の手前、おとなしい勤め人になっちまうんじゃなかろうか。朱に交われば赤くなるっていうからな」

「あゝたなら大丈夫だろう。どっか頑固なところがあるようだからな」

勇さんが連れていってくれた会社は、都心の焼けビルの三階にあった。

「インチキ会社にしちゃ生意気だな」

「インチキだから、堂々たるところに居るんだよ。その必要があるんだ」

「インチキ履歴書で、大丈夫かな」

「大丈夫だよ。社長は俺《おれ》の顔を見ると、有能な社員は居ないかね、という。社業順調と見せたいんだ。でなきゃ貸金の督促がきびしくなるからね。だから絶対に新入社員は入れるよ。そのくせケチだから、人を増やすことはしないんだ」

「どういうことだね」

「古い社員をそのぶんだけ斬《き》るのさ。見てみな。今日はもう誰《だれ》かをクビにしたあとだよ」

「そんなに簡単に斬れるのか」

「そうらしいな。社長にいわせると、そんなときは誰でもかまわない、最初に顔を見た奴に向かって、クビだ！　とドナるんだそうだ。社員て奴は、ドナると叱《しか》られたように思うらしいぜ」

事務所もかなり手広くて、事務机が二列に並んで居、その向こうにガラス張りの社長室があった。

社長という奴は、いかにも酒豪らしいあから顔の四十男で、贅肉《ぜいにく》がついてないせいかなかなか精悍《せいかん》な面がまえをしていた。

「まァ、おかけなさい――」

と私にいい、私の背後に立った勇さんに顔を向けた。

「この人かね――」

「そうなんです、評判の不良でね――」と勇さんがいった。「大福って、呉服の老舗《しにせ》をご存じでしょう。ええ日本橋の、あそこの御曹子《おんぞうし》で素姓はもう完璧《かんぺき》なんですがね、なにしろどこに勤めても長続きしない。つまり使いこなせないんですな。ああいう家は古風だから、勘当ってんで、あたしの家に居るんでさ。まァここの社長なら、悍馬《かんば》を乗りこなすだろうと思ってね」

ふうん、といいながら社長は履歴書をパラッと開いて見たような見ないような顔をした。

「まァ若いうちはな、悪をするくらいでなくちゃしょうがないが、しかしあゝた、切りあげどきが肝心だぞ。三十すぎの野やくざってのは恰好《かっこう》がつかなくなる」

「そうですな――」と勇さん。

「ところで、給料だが、ご希望はあるかね」

「いえ、別に、ありません」

「喰《く》うには困らんお坊ちゃんですからね」

「そうか、それではこちらで適当な額を考えましょう。明日から来られるかね」

「いいですよ」

「じゃそうしたまえ。一生懸命やってくれ」

それで会見は終った。つまり、私はこの会社の社員ということになったわけだった。

勇さんはビルの階段をおりながら、いやにニコついていた。

「ふふふ、うまくいったぜ」

「でも、勇さん――」と私はいった。

「やっぱり不思議だな。あんた、親切すぎるぜ」

「そう思うか。まァ、親切気もまじってるかもしれないな」

「何故――?」

「俺《おれ》も、博打が病気だからさ。同病相あわれむって奴かな――」

社長野郎

一

その夜は高橋《たかばし》のドヤに泊った。そこが、明日から勤めることになる〝会社〟なるものに比較的近かったからだ。

私は決して、生まれてはじめての会社勤めを冗談まじりに軽視していたわけではなかった。私は私なりに、いっちょう気合を入れて奴等を喰《く》ってやろうと思っていたのだ。だからその夜はゆっくり寝て、明日はせめて午前中には会社へ行ってやろうと思っていたのだ。

ドヤの風呂場《ふろば》でポテ公という顔見知りに会ったのがいけなかった。ポテ公の部屋にちょっと遊びに行ってるうちに、奴が丼《どんぶり》とサイコロを持ちだしてきて、

「いっちょう、振るか」

「チンチロか！」

「安い奴でいこうよ。怪我しねえように皆で遊ぼうぜ」

ということになり、同室の連中が段ベッドから這《は》いおりてきて、たちまち車座になった。私は最初つかなくて、カッカとしながらやっているうち、なめてかかってきた子方が総員大張りをしてきたときに親でピンゾロを出し、これがきっかけになってツキ出した。

ツキにのって勝ちはじめだすと、今度は別の理由でやめられなくなった。結局、チンチロリン、チンチロリン、とひと晩じゅうサイの音を泣かし、やめたのが朝の六時頃《ごろ》だった。中途半端な時間だな、と私は考えた。少し寝て、それから出勤しよう——。

眼がさめたとき、午後の二時頃だった。新入社員の出勤第一日にしては寝すごした感じがするので、さすがの私もバスの停留所から例の焼けビルまで、一散に走った。走ったとておくれた時間をとりもどせる筈《はず》はなかったけれど。

皆外へ出ているらしく、事務所には三、四人の人影がチラホラしているだけだったが、私はまっすぐ社長室に入った。

「なんだ?」

「やってきました」

「なにをやってきたんだ」

「——会社へやってきたンです」

社長は外出するところで、それ以上私にとりあわず、ベルを押して編集長を呼び、私をひき合わせた。

編集長は七十歳ぐらいの皺《しわ》くちゃな老人で、

「明日の朝、皆に紹介するとして、今日はとりあえずこれでも見て、明日からの仕事を研究したまえ」

わりに人のよさそうなその老人は、分厚い合本を自分で重そうに運んできて隅の机においてくれた。

貧相な会計係とオールドミスと、お茶くみの女の子が、それぞれ私を眺めていた。そこで私がひょいと軽口でも叩《たた》いたら、彼等もすぐに、同僚らしい親しみを寄せてきたのかもしれない。

だが私は彼等に背を向けて、分厚い合本に眼を向けたきり、じっとしていた。なんだかへんな感じで唖者になったように口がきけなかった。博打場《ばくちば》では決して他の人間に気おくれなどしたことがないのに。

仕方がないから、糞《くそ》面白くもない印刷物にじっと眼をおとしていた。

ひょいと眼をあげたとき、窓の外が暗くなっていた。それから又しばらくたって振り向くと、部屋の中には誰《だれ》も居なかった。奴等は私を置き去りにして帰ってしまったらしい。

そこで私も、合本を閉じて立ちあがった。今日は火曜日だ。火曜の夜は、春美の所に、鎌ちゃんをはじめ、メンバーが集まっているだろう。あそこでは、先日すこし赤字になっている。赤字をそのままにしておくという手はない。

春美に、これから行くという電話をかけようとしたとき、笑声と二、三人の乱れた足音がし、バタンと扉があいて社長たちが入ってきた。

他の二人は客だか社員だかわからない。社長と同年輩の肥った男たちで、彼等は社長室に入るとガタガタ物音をさせたり電話をしたりしていたが、やがて社長が私の方に歩いてきた。

「おい、一人か」

「ええ――」

「何故、帰らない」

「いつのまにか、一人になってたんです」

「変な奴だな。――まァいい、ところで君は麻雀《マージャン》をやったな」

「しばらく相手をせんか。もう一人がおそくなるんでな」

「ええ――」

「レートはいくらですか」

社長は指を二本出した。「本番前だから、安くしてまァこのくらいだな」

「二百円ですか。もっと大きくしてもいいですよ」

「金は持ってるか」

「持ってません」

社長は眼をむいて私を見た。

「しかし負けたら明日、確実に持ってきます。勇さんが保証人になってくれる筈《はず》です」

ふうむ、と社長は考え、それから眼の前で勇さんに電話するようにいった。さすがに抜け目がない。自分で電話に出て勇さんが保証人になるかどうか確かめたようだ。

「じゃァ、こうしよう――」と社長は声をひそめていった。「お前も文無しで怪我するのは辛《つら》いだろう。俺《おれ》が勝ってやる。だからこうしろ。俺の親を立てるんだ。俺の親のときはアガっちゃならん。俺の山をツモっているとき、喰《く》ってツモをかえてもいけない。これだけ守ってやってれば、お前の方にもいい手がくるようになる」

二

「こりゃどうじゃ、ふうむ、おどろいた」

と上家の鼻眼鏡がきおいこんでいった。

「こんなツモ知らんわ。順番に来よる」

社長が渋い顔をしていた。それは社長の山で、誰《だれ》かがポンしたために社長に入るツモがそっくり鼻眼鏡に流れこんでいるのだった。社長は親だし、私が喰い変えてツモ順を元に戻してやるのは百も承知だが、そこまでしてやる必要もあるまい。私は奴のおヒキ（子分）じゃない。

鼻眼鏡のところには万子がどっと流れこんでいるのだろう。だが彼は、序盤の方で二萬三萬八萬の三枚を切ってしまっている。あとから万子が流れても超大型の手にはなるまい。

「おうさ、これだからな！」と鼻眼鏡は両手で頭を抱えた。「まあええ、いってやろ」

彼は🀓を振り、次のツモ牌《パイ》をすっと手の中に入れると、🀔を振って、

「リーチや！」

「喰《く》えよ、おい、喰えないか」と社長がとうとう口に出した。

社長の山はあと二幢《トン》残っている。だから鼻眼鏡のところへもう一牌万子が行くわけだ。🀓🀔と切ってきた以上、これは非常事態かもしれないな、と私も思った。私は穴🀔で喰った。

一巡して私のところに🀎が喰いさがってきた。やはり万子だったがリーチが捨てている牌なので、そのまま私はツモ切りした。

「――ロン！」

と社長がいった。とたんに鼻眼鏡がくるりと手牌をひっくりかえして、

「うわァ、この手を見てくれえ――！」

🀇🀇🀇🀈🀉🀊🀋🀌🀍🀎🀏🀏🀏

純正の九連宝燈《チューレンポウトウ》である。ヤミテンで逃げた社長が顔じゅうを口にして笑った。

「なるほど、振りテンだが――」と下家の大デブがいった。「たいしたもんだ。しかしヤミテンでよかったンだろう」

「なんでもええわ。喰われなきゃツモっとったんだ」

大デブが笑っていった。「若い衆さん、こんなところでまで社長に忠義をつくさなくたっていいのにさ」

「いや、僕もこんな手ですから」

チー

と手を開いて、社長に狙《ねら》い打ちしたのではないことを見せた。

それが一回戦の山場で、結局大型爆弾を未然に押さえた社長が小さなトップをとり、二回戦に入っても順調なすべり出しを見せていた。

私はいいつけられたとおり、社長の山は自分からは一度も喰《く》わなかったし、親を安おとししようともしなかった。社長のご機嫌は上々で、

「お前なかなかやるじゃないか。今度チョイチョイ誘ってやるよ」

「それにしても鎌田の奴、おそいなァ――」と大デブがいう。「店がハネるまで来ない気だろうか」

「そんなことないやろ、おそくも九時までにはくると、さっきもいうとった」

「それ、アガリだよ――」と社長。二つ鳴いたタンヤオトイトイをアガった。

「あっこれ初牌《ションパイ》か。なんだ、しゃべってミスしてもうた」

「調子いいなァ、社員と結託してなんかやっとるのとちがうか」

社長は呵々《かか》大笑している。おそらく昼間の事務所では見せたことのない顔つきだろう。

私は山を積みながら、鼻眼鏡に小声できいた。

「鎌田ってどこの人です」

「どこいうて、わし等と同じな、銀座の水で顔洗っとる男や、どうかしたかい」

ラス親が社長で、その一局前の大デブの親、ここでデブが四本積んで沈みを大分挽回《ばんかい》したので、社長独走の棒状レースが大分差がツマったことになる。俗にいうレースが短くなったという奴で、こういうときが追込んで逆転するチャンスなのである。私は慎重にヤミテンピンフで安くアガり、次の配牌に期待した。

「その調子だ、お前――」と社長。「今度も安く逃げてくれ。俺《おれ》はラス親で逃げられないんだからな、そのつもりでやれよ」

「そら、結託してる。ずるいぞ」

「結託じゃないが、社員といえば我が子同然、社長といえば育ての親さ。こんなときは俺を助けるのが子の道だろう」

ぐっと力を入れて配牌をとったが、案に相違してひどい手だった。これはとてもアガれない。

三人の捨牌相をながめてみると、社長のが一番早そうに見受けられたが、まっ先にリーチがかかったのは大デブだった。ツモがよかったのだろう、声音がふとくて自信ありげだ。それから一巡しないうちに、鼻眼鏡も追っかけてリーチをかけてきた。

「皆、持ち点を教えてくれ——」と社長がいった。「ラス場だからきいてもいいだろう」

「八千三百のマイナス」

「五千点ジャストのマイナスだ」

鼻眼鏡と大デブがいった。社長はチラと私を見て、

「ふうん、満貫直撃で打つと逆転だな」

私の沈みは三千点あまりだから、社長の浮きは（三千点ずつのオカをへずると）約四千点ということになる。直撃ならむろんだが、（リーチ棒が出ているので）ツモられても危ない。

するとベタオリしているのも安全策とはいいがたい。そのへんを社長も考えたのであろう。両者の筋のを振ってきた。一応対抗策に出て、ヤミテンでまわし、よほどの危険牌を握れば遠まわり、ある程度の牌《パイ》は強く打ってくるという作戦であろう。

ワンナウト二、三塁にランナーをおいて、臭いコースで釣りながら、四球で空いた一塁に出すもよし、三振ならなおよしという投手の心境と見た。

三

四人のうち、テンパイしていないのは私だけであるらしかった。しかし私も、ぼんやり状勢を見送っていたわけではない。

これで私の出番は終りだという。では沈んだまま帰るという手はない。麻雀は私の本業なのだ。

河《ホー》から一枚、牌を拾ってくれれば、私の手もテンパイするのだった。

その牌は、下家の大デブが序盤に捨てていた。つまり私の右手から十センチと離れていないところに転がっているのだった。

けれども社長が一投一打、考えているのでペースがおそくなってしまって、卓の上に隙《すき》が作れない。誰《だれ》の視線も全体を平均に眺めている。これでは、リングのベタ師安さんだって拾えないだろう。

又一巡、二巡、幸運にも誰もアガらなかった。

大デブの捨牌は、

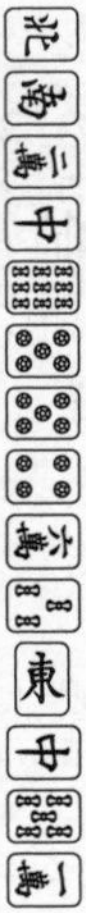

リーチ

社長の捨牌は、

鼻眼鏡の捨牌は、

リーチ

社長が握ってオリる牌《パイ》は、両面ならば一四七索（これは社長自体にもヤバい）三六索、六九筒、五八万、変則待ちなら筒子の端メンツ、それに字牌で出ていないものがある。同種の牌がわりに出ているのでシャンポンなどの変則手のにおいも濃い。

「ううむ、これは無い筈《はず》だな、ペンチャンは無い、理由ありだ」

と社長が、🀟。鼻眼鏡が、🀕、私が、🀞。大デブが、🀁。社長が、🀏。

「ロン――」と大デブが手を倒した。

「いや、こっちだ、頭ハネ！」と鼻眼鏡。

社長が「糞《くそ》野郎――！」と手牌を河《ホー》に押しだしながら、両方の敵手を見くらべた。そのときやっと、私は右手を動かすことができた。

「僕も、アガってるんですが――」

「やあ、本当か、よくやった、三家和《サンチヤホー》だ、流れだ流れだ、ツイてるぞ」

大デブの手は🀏と🀅のシャンポンで、ツモリ四暗刻。

鼻眼鏡の方はドラ二丁入りチートイツで🀏単騎。どちらにふりこんでもトップ逆転のところだから社長が喜ぶのも無理はない。

しかし、私は手牌をまだ倒さなかった。

「本当にアガっとるのか。見せてみろよ」といくぶん疑わしそうな鼻眼鏡がいった。

「でも――」

「いいんだよ、三家和だ、倒しな、倒しな」と社長。

「でもこれは、三家和にはならないと思うんです」

　と私はおちついていって、手をあけた。

「国士無双は頭ハネは無しという特典がありますね。だからこれは僕のアガリです。そうでしょ、社長」

「――おそいよ、おそい！」

　と社長が怒鳴った。

「そんな、人がアガってから五分もたって、手を倒されたって認めるもんか」

「だって僕は遠慮してたんです。社長が手を倒せってえから――」

「倒せったって、そんなチョボ一があるか」

「じゃァ僕は、社長の邪魔をしてアガっちゃいけないんですか」

「そうはいわん。だが、気分が悪いじゃないか。二重にショックを与えるようなことをしやがって」

私は自分の前の卓の上にじっと視線をおとしていた。開かれた私の手牌のところに人の影がさしていたからだ。

私はゆっくりうしろを振りむいた。

思ったとおり、銀座一の雀鬼《ジャンき》鎌ちゃんが、細い指から白手袋をキザっぽく抜きとっているところだった。

つい先週の金曜日に戦ったばかりだから、鎌ちゃんも私の顔を見覚えていない筈《はず》はないのに、私を見てもほとんど表情を動かさない。

「じゃあ、結構です——」と私はいった。

「アヤがついたから、この回はドロンゲームということにしてもいいですよ」

初老の三人は、それぞれの思惑で沈黙した。私の和了が認められれば三コロなのだから、悪い相談ではない筈《はず》。

「そのかわり条件があります。僕も残って打ちたいんです」

「駄目だな、二抜けなんぞは面白くない。それに第一生意気だ」

「そうですか、じゃァ国士無双をいただきます」といって私は立ちあがった。

「やるよ。だが、明日だ——。お前も負けたら明日払うといったろう」

「いいですよ。そのかわり又、ひとつ条件があるんです。麻雀は打たないけど、僕は帰りませんぜ」

「どうするんだ、だまって見てるのか」

「ええ、ホッカイドウって奴をやらして貰《もら》います」といって私は鎌ちゃんをにらんだ。

四

「ホッカイドウって、なんや?」と鼻眼鏡がいった。

多分、字で書けば〝北海道〟であろう。私も細かい謂《い》われは知らないが、外ウマ（ゲームの外に居る観戦者が差しウマをすること）の一種で、一人二人メンバーがあまっているときなどよく用いられるルールだ。

まず四つの紙片を作っておいて、それに実戦者の名前をひとつずつ記しておく。配牌をとる前に、外ウマに加わった者は、四つの中の任意の紙片を小さく折って卓の隅においておく。実戦者には誰《だれ》の名前がそこに書いてあるかわからないが、かりにAの名前があれば、観戦者はAの運命に乗っかっているわけである。

Aが放銃すれば、Aが支払う点棒以外に、その同額を、乗っている者も支払わなければならない。ツモられても同様である。そのかわりAがアガれば、他の三人は観戦者の分も支払うのだ。

他の三人とすれば、どうせアガるならAからアガりたい。そしてAには放銃したくない。しかしそのAが誰だかわからない。

一局が終ると、観戦者は又、新しい紙片を卓の隅におく。つまり実戦者は四人だが、実質的には五人麻雀と同じ形になるのである。

「よし、わかった――」と大デブがいった。「なんでもいいや、やってみな」

こういうことを喜ぶのは、そういっちゃ悪いがカモに属する人で、強い者はあまり歓迎しない。

何故か。強い者は自分の名前をしょっちゅう書かれる。観戦者に乗られてしまえば、アガろうと放銃しようとホッカイドウには関連しないわけ。したがって観戦者にあまり信頼されていないものが主としてスリルを楽しめるわけである。

社長、大デブ、鼻眼鏡、鎌ちゃんの順で、起家は大デブ。東一局、社長がいち早くリーチをかけたが、大デブが追っかけリーチでツモリアガった。

「おい、どうだい、誰《だれ》に乗ったんだ」

大デブは楽しそうに紙片をあけてみたが、すぐつまらなそうな表情になった。

「なんだ、俺《おれ》か――」

皆がツモリ賃を大デブに払ったあとで、同額の現金を私にくれた。次の局も大デブが發一飜で安アガリしたが、彼は素早く紙片をあけて、

「又、俺か。チェッ、働いても稼ぎにならんな」

「そう、騎手が喜ぶだけですよ」と鎌ちゃん。

大デブは三本場まで積んだが、私の紙片は全部大デブ。これはコツがあるので、皆の調子がわからない初回とか、ツキが平均しているときは親に乗るのが常道。以後は展開を細かく見ていって運の開けそうな者に乗っていく。

しかし四本場で私は考えた。このへんで親を離れる手だ。五本場二飜しばりになってからではアガリにくいから、この局は子方も熱心にアガリにかけるだろう。なかでも南家はアガリ親を迎えるために安アガリにいくのではないか。すると鼻眼鏡だが、彼は前局に放銃していた。そこで、私は実力を買って鎌ちゃんと書いた紙片を卓においた。

皆が配牌をとりだした。鎌ちゃんの手の様子を見たいが、そうもいかない。何故といって、私が誰に乗ったかを感づかせたら、その男を放銃させ、アガらせないように皆が心がける。それではその男、ひいては私が損になる。だから私はあんまり動けない。そこで社長と大デブの間の位置を動かなかった。

社長野郎はこんな手をしていた。

🀇🀉🀋🀌🀎🀕🀕🀕🀗🀙🀛🀞🀄

ドラが🀕である。私はちょっと緊張した。早アガリに行かれるとあぶない。ひとつの救いはハネ満を狙《ねら》って三色手に持っていく要素があること。三色に手をきめていけば、アガリがうすいだろう。大デブの方に🀖がアンコしていたからだ。

そして第一ツモが🀊だった。この結果、社長は🀙🀛を切りだして、自然に三色含みの手になった。

鎌ちゃんの方の切り出しは🀀、そして🀇、🀅🀁、さしたる特徴はないが、しいていえば親の連風牌や飜牌を早切りしているところに積極的な姿勢が感じられる。

社長の手にはこの間に🀝と🀉が入って、

🀇🀉🀉🀊🀋🀌🀎🀕🀕🀕🀗🀝🀞

しばらくはツモ切り。八巡目に🀔が入って🀗と変るのをきっかけに、🀈が

入って一向聴《イーシャンテン》。そして私は唇をかんだ。三色の方のをひいたからだ。四五七索待ちで社長はむろんヤミテン。私は魔法瓶から茶を注《つ》いで四人の背後を一周した。鎌ちゃんはこんな手を作っていた。

三暗刻だったがドラのは大デブも一丁使っていてカラテン。しかも手を直せば捨てで放銃、捨てなら社長はアガれないかわり、六七九索待ちもカラテン。（が大デブ二丁、鼻眼鏡一丁、場に一丁出ている）どうかえても完全なアガリ無しの手だ。

「鎌田さん――」と私ははじめて彼に語りかけた。「今夜は自由ケ丘に行かなかったんですね」

鎌ちゃんははじめて気づいたように、しかしのんびりといった。「あ、そうか、この前の人ですね。ええ、此方《こちら》で呼ばれましたから行きません」

その会話の無意味さをふと感じたらしい。

彼はいい終ってからもう一度眼をあげて私を見た。

「駄目だよ、おい、ホッカイドウはものいっちゃいかん、完全な第三者だぞ」

「リーチ——！」と大デブがいった。

親リーチだ。

「ちがったなァ、うん、こりゃちがった」

と鎌ちゃんがかすかにうなずいた。私の会話から何を感じとったか。鎌ちゃんはちょっと考えた末、ツモった牌《パイ》をそのまま卓に打ちつけた。

「九万——！」と彼はいった。「通ればリーチだ！」

万事休す。私は眼をつぶった。四暗刻に直してで放銃しなかったのはいいが、それでも完全カラテン。

すぐ社長が西をツモ切りして、

「よし、私もリーチだ」

「リーチなら——」と鎌ちゃんが右手を伸ばして社長の手牌を倒した。「伏せてくださいな」

鼻眼鏡はオンリで西。大デブが。

そして鎌ちゃんはツモった牌を手元であけた。

「おや、一発だ、こんなものをねえ」
であった。嘘《うそ》じゃない。ほんとにをツモったのだ。

「畜生、なんだ、俺《おれ》ァ暗刻だぜ」

社長が手をあけて口惜《くや》しがった。ところが突然鼻眼鏡が笑いだした。

「なんだいそりゃァ、そんなリーチがあるかよ、チョンボじゃないか」

🀇🀈🀉🀊🀋🀌🀖🀗🀗🀘🀜🀝🀞

いつのまにか🀗🀗🀘になっている。場に一丁の🀘が無い。

「社長、老眼鏡を作り直したらどうかね」

「僕は知ってたんだけど、ホッカイドウの関係で口出しできなかったんですよ」

「馬鹿野郎奴《ばかやろうめ》――」

社長は猿のような表情になって手牌を放り出した。

五

場はすっかり鎌ちゃんのペースになっていた。よく和了し、よく守り、さすがの私も呆《あき》れるような水際立った正確さで着々と浮き点を増していく。そして私も鎌ちゃんと同じペースで現金を稼いでいた。

こういう一方的なペースで事が運べば、ただ好調者に乗っていればよいホッカイドウは非常に楽である。

しかし私は上機嫌というほどではなかった。社長たちをカモるのはいいが、これでは鎌ちゃんをやっつけることができない。どこかで風が変って、三人のうちの誰《だれ》かがツキだしたら、すかさずその男に乗りかえて、鎌ちゃんの現金をせしめてやろう、と思うのだが、なかなかそのきっかけが生まれなかった。

実戦者の四人が四人とも勝たないで、見ている私の一人浮きになるためには、鎌ちゃんをつまずかせなければならぬが、それにはどうすればよいだろう。自然にしていたのでは奴はなかなか沈まない。どこかで人工的に細工をしなければならぬ。

鎌ちゃんが現われてから五度目の半チャンは、社長野郎がやっと奮起して親マンをツモリ、しかしそのあとが続かず、やはり鎌ちゃんがうまくしのいで、オーラス近くにはこの二人のトップ争いになった。

「どうだね、いくらある――?」と社長がいった。「オーラスだ、点棒を算《かぞ》えようか」

「いいですよ。僕は八千二百の浮き」

「フン、俺《おれ》は九千点と黒棒五本の浮きだ。畜生、親マンで楽勝といかないんだから、ツイてねえな」

「すると、千三百点の差ですね」

なんでもアガってトップをとろうというのだから、ホッカイドウはこの二人のどちらか以外に乗れない。私は今度は、久しぶりに社長に乗った。そして配牌を見た。

社長の手を見たとたん、あっ、と思った。鎌ちゃんの山からとった手だ。

(——こいつは又一発やられてるぞ——!)

例の三元役金縛りの手。白発中二枚ずつを当面の相手と自分とに入れてオール持ち持ちにし、自分はチートイツを狙《ねら》い、相手には三元役を狙わして身動きとれなくするというオーラス接戦用仕込み。私もこの前やられて手も足も出なかったことがある。

俄然《がぜん》、社長のツモる手つきに力が入ってきた。無理もない。自分の手だけを見れば大三元のチャンスなのである。

サァ、私としてはどうすればよいのか。放っておけば、社長は完全にアガれない手を大童《おおわらわ》になって作るばかりだ。鎌ちゃんの方は最初からチートイツ作戦に行って、白発中オールトイツにしたままアガリにかけてくるだろう。見なくてもわかっている。

私は社長室を出て、私の事務机に向い、紙片を千切って、『三元牌のうち二種を切り出せ。持ち持ちだ』と書き、ひょっとして社長がトイレにでも立ってきたら渡すつもりになっていた。

しかしその気配はない。大三元までの手がついているのだから、便意など催すひまはないのだろう。

私は電話のそばにその紙片をおき、受話器をとりあげて、二言三言、一人でしゃべった。そして、

「社長、お電話です――」

「今頃誰《いまごろだれ》だろう。おい君、それじゃちょっと代りに打っといてくれよ」

「はァ――」と私は答えておいて、紙片にさらに書きたした。『仕込みあり、二、三巡まわるあいだ僕にまかせて、電話で話すフリをすること』

「じゃあ皆さん――」と私は社長室へ又入って声高にいった。「ちょっと手牌を伏せてください」

鎌ちゃんは無表情のままだ。私がずっと鎌ちゃんに乗り続けているので、今回も邪魔はしないだろうとタカをくくっているのだろうか。

私が入ったとき、ちょうど鼻眼鏡がをカンしたところだった。新ドラをあけた。だ。

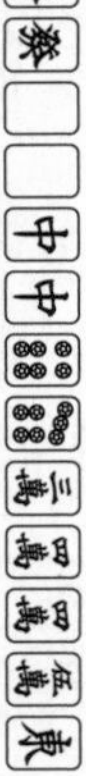

社長の手はこんなふうになっている。そして私がひいた第一牌《パイ》はだった。

私はを打った。

鎌ちゃんが首をあげて私を見た。しかし私は動じなかった。次のツモはでこれは不要牌だったが、打ち。

（鎌ちゃんよ、鳴けるものなら鳴いてみろ。お前の方はチートイツに手を定《き》めたあとだろう——）

するとすかさず鎌ちゃんがリーチを宣してきた。社長は呑《の》みこみ早く、電話口でなにか一人でしゃべっている。

「さァてと、弱ったな——」私はわざとそういった。

「社長、戻ってきてくれないかな。放銃すると困るよ」

いいながら二枚目のを振った。もう一巡してを又振ったとき社長が戻った。

ずいぶん手がおくれたが仕方がない。テキのリーチはチートイツだ、社長、ひっかかって打たないように頼みますぜ。

ところが社長にかわってから、、そして四枚目のと絶好のツモになった。が危険な感じだったがとおり、とおって、リーチ！

鎌ちゃんがめったに見せない真剣な表情で、一度自分の手をあけ、すぐにパタンと伏せて、

「こりゃァ負けたか、いけねえぞ！」

を投げだすように振った。

「ロン！――」

「ホッカイドウ――！」

社長と私と同時に叫んだ。

六

暁《あ》け方の五時すぎに散会になったが、私は上機嫌だった。とうとうホッカイドウに関する限り鎌ちゃんからも相当の金を吐きださせたからだ。

社長が自分の車に乗せてってやろうといった。

「いや、方角がちがいますから」

「何故だ、俺《おれ》は目白《めじろ》だぜ。お前は牛込榎町だろう」

ああそうか——、私はやっと思いだした。履歴書には勇さんの所に寄宿していることになっていたのだ。

私は勇さんのところで寝る腹をきめて助手台にのった。

「お前——」と社長がいった。「若いが、麻雀は相当だな。遊び人には見えないが」

「ええ、真面目《まじめ》ですから」

「なんだと」

「真面目に博打をやってるんです。だから博打場ではどこでも信用がありますよ」

「ふふん、まあいいや、今度俺《おれ》に教えろよ」

「何をですか」

「インチキをさ」

私は黙った。

「インチキを使って俺に稼がせるんだ。いいか、それがお前の仕事だぞ。給料を払って俺がお前をやとってるんだってことを忘れるな」

榎町の通りで私を捨てると、社長の車は風を切って消え去った。私は思わず笑った。社長野郎も私を利用しようと考えたらしいが、もっけの幸いというものだ。あべこべにガブっと喰《く》いついてやる。

馬鹿《ばか》野郎、俺を誰《だれ》だと思っていやがるんだ――。

私は勇さんの小屋の扉を叩《たた》いた。寝巻姿の勇さんは一段と貧相に見え、私は凱《がい》旋《せん》将軍のように堂々とあがりこんだ。

「借金を払ってやる。だから寝ていくぜ」

「いいよ。ゴロ寝だぞ」

私は借金の残額と、日歩三割の利子を払った。

「お稼ぎだったね」

「ああ、相手さえ居りゃァ軽いもんさ」

「やっぱり就職してよかったろう」

勇さんは眼を細くして私を見ている。彼の寝酒らしいウイスキーをひとくちラッパ呑《の》みして、私はシャツのまま勇さんの夜具の端に身体をつっこんだ。

「勇さん――」と私はいった。「妙だな。右腕の痛みがなくなった」

「今までは、借金で首筋がこっていたんだろう」

ぐっすり眠って、眼をさましたのはもう昼頃《ごろ》だった。又遅刻である。しかし残業したのだから仕方がない。

小屋の外の水道管で顔を洗って、ふと気づくと、ポケットがからっぽであった。昨日稼いだ奴が一銭残らず消えていた。

「金がなくなってる！」

「落したんじゃねえのか」

「勇さん、やったな！」

「馬鹿《ばか》ァいえ。しかしなんだったら、資金はいくらでも貸すぜ。日歩三割でな」

私はこの小男をにらみつけた。「やっぱり、あんたを絞め殺すかな」

「そうかそうか、やってくれ」と勇さんがいった。「金の怨《うら》みで殺されりゃ、俺《おれ》も本望だぜ」

源平勝負《げんぺいしょうぶ》

一

勤めはじめてから四日目に、私はやっと朝の定時に出社することができた。定時といっても十時頃《ごろ》だったと思う。

午後は外廻《そとまわ》りで皆どこかに散らばってしまうが、昼前は一応社員の顔も揃《そろ》っていて、女と博打《ばくち》と、そして利権の話でざわざわと騒がしかった。

ちょうど、盛り場新聞記者という肩書の入った名刺もできて来、七十爺《じい》さんの編集長が先輩社員のところをまわって紹介してくれた。そして自分の机に戻ったところでこういった。

「お前さん、なんだか時間がルーズなようだが、当分はきちんと出ておいでよ。それが仁義だよ」

私は笑ってうなずいた。いい人だな、と思った。これだけのことを新参者にいうのに、瞳《ひとみ》を大きくさせ、息をはずませて緊張している。ちょっと一言口をきいても、気の優しい人物というものは声音からしてちがうもので、この老人にはよく叱《しか》られたが、なんとなくいわれたとおりにしようと思ってしまう。

「お前さん、勤め人て奴はネクタイをしなくちゃいけねえ」

そこでネクタイを買ってきて編集長のところへ行き、結び方を教えてもらった。私は今までに二、三度、必要あってネクタイをしたことがあったが、自分で結んだことは一度もなかったのだった。

編集長は外廻りの仕事のときもよく私を伴い、取材先に顔つなぎをやってくれた。もちろん他の先輩社員が連れていってくれたことも再三あったが、編集長と一緒のときは、取材先の男たちの態度があきらかに冷たかった。老人はどこに行っても親しげな口をきくが、誰《だれ》も乗ってこない。

「やあ、おおきにお邪魔さま」

そんな古風な挨拶《あいさつ》にも、言葉を返してくれる人はきわめてまれだった。雀荘《ジャンそう》を転々としているときの私と同じだった。私もほとんどのクラブで誰から も鼻もひっかけられなかった。知らん顔をされているのはよい方で、

「お前はだめだよ、おととい来ておくれ」

犬か猫のように蹴《け》りだされる。私の場合はそうされても仕方のない理由があるが、老人はまさかイカサマを働くわけではあるまい。

「何故、編集長はどこでも相手にされないんだろう」

デスクと称して大組（記事のわりふりをきめること）をやっている菊野《きくの》にきいた。答えは簡単だった。

「無能だからさ――」

ははァ、無能なのか、と私は思った、それじゃ仕方がない。

しかし念の為、こうきいてみた。

「すると、菊野さんたちには何ができるの？」

「なにってこともないが、爺《じい》さんよりはましだぜ。爺さんの相手になったたって儲《もう》かる可能性がこれっぽっちもないんだからな」

社長は夕方出勤が多い。昼間は競馬か競輪に行ってるのだそうである。三日に一度は、接待麻雀《マージャン》と称して、夜、社長室か近所の小料理屋に人を集めて卓をかこむ。接待するどころか、社長のつもりでは裸にひん剝《む》いてやろうと闘志を燃やしている感じだ。

博打ばかり打っているようであるが、それでも老編集長とくらべれば、儲《もう》かるか損するか、とにかく金銭にからんだ話題にいつもこと欠かない。インチキ新聞の世界では、こういうのが能力のある男に見えるのだろうか。

しかし、おかげで私も、商いが大分できはじめた。社長にくっついて打つときは、三回に一回、社長にトップをとらしてやる。あとの二回を確実にいただくのである。

麻雀は三度に一度、トップをとっていれば沈みはしない。あとの二回を二着ぐらいでぶらさがっていれば、トータル浮きになる。そして社長と差しウマを行っている者を意図的に叩《たた》くのだから、ウマの収入もある。

だが社長はたいがいご機嫌ななめだった。

「おい、少しは遠慮しろよ。そうガッツくなったら」

「遠慮してるんですよ、これでも」

「お前、社員だろ、俺《おれ》から給料貰《もら》ってンだろ」

「ひと晩負けりゃ給料が飛んじゃいますよ。負けられるもンですか」

ときどき、ツキが悪くて社長が三度に一度も勝てないときがある。そういうときは社長をわざと大敗させて、他のお客にトップをとらしてやる。私としては、長続きさせるために他のお客のご機嫌もある程度とらねばならない。

するとと翌日、社長室へ呼ばれてお説教を受ける。私の方は麻雀に関する限り何をいわれようが蛙《かえる》の面《つら》に小便だ。麻雀はこちらが玄人《くろうと》で、社長は素人《しろうと》なのである。

「まァ、こう怒ってばかりいてもきりがないな。ただ勝つなといってもお前も面白くなかろう」と社長がいいだした。

「特別の計らいをしてやる。俺と組むんだ。儲《もう》けは山分けといこう。こりゃ特別だぞ」

私は笑った。

「考えてみろ、お前はうちの社員になったればこそ、俺たちのメンバーに入れてやってるんだぞ。お前が勝手な真似《まね》をすれば、俺の一存でシャットアウトできる」

「もうおそいですよ——」と私はいった。「一度わたりのついたメンバーは離しやしません。社長が僕をシャットアウトするなら、僕は仲間を呼んで、勝手にあのメンバーとやりますよ。そうすりゃどっと荒しますよ。それをしないで社長を立てているのは僕がここの社員だからです」

「なんだ、おい、脅す気か。馬鹿《ばか》野郎、お前は俺《おれ》のために働いてるんだ。そいつを忘れるな」

「じゃァ、組んでもいいです。でもその場合、対等ということはありえません。どちらかが主人役で、どちらかは手先きです」

「当然じゃないか」

「分け率は、まァ七分三分ですね」

「七分が俺だな」

「いえ。七分が僕です、それ以下じゃ嫌だな」

社長は真っ赤になって怒りだした。

「しかし、社長は僕が居なかったら安全保障はないんですからね。たとえばこの前の鎌ちゃん、あれに勝てますか。一人で打ったらそうとうな怪我をするでしょう。ま、今のまま、僕がカバーしてあげて、適当に勝ってるぐらいのところがいいんじゃないですか――」

二

そんな具合で、とにかく私は私なりにその会社に馴染《なじ》みだした。私はその頃《ころ》、ツキの波にのっていて、やればラク勝だった。だから社長は一層おもしろくなかったにちがいない。

ある日、珍しく午前中に出てきた社長のいいつけで、私はリュックを背負わされ、北鎌倉《きたかまくら》まで使いにやらされた。

「こりゃァ秋田から送ってきた米だ。これを親戚《しんせき》のうちに届けて欲しいんだ。ここに地図を書いといたが、駅のそばだからすぐにわかるだろう」

あ、それからな、と社長は私の背中に叫んだ。

「簡単な受取りを貰《もら》ってきてくれ。なに、紙切れにサインした奴でかまわない。いいか、早く帰って来いよ」

横須賀《よこすか》線で北鎌倉まで行き、円覚寺の境内に沿った静かな道を歩いた。現今《いま》はどんなふうになったか知らないが、当時は松籟《しょうらい》の音のみで人家も稀《ま》れな感じのする小道だった。

山岡寓《やまおかぐう》、という表札はすぐにみつかった。山岡というのは社長の名前だから、私はべつに疑念はおきなかった。

玄関に現われた老婆にリュックを渡した。

「あ、そうだ――」と私はいった。「なにか受取りのようなものを貰ってくるようにいわれましたが」

「ご苦労さまでございます。ここではなんですからどうぞおあがりくださいまし」

小座敷で茶を呑《の》みながらしばらく待った。米を届けて受取りを貰うなんて、すこし変だな、と私は考えていた。

襖《ふすま》があいて和服姿の若い娘さんが現われ、丁寧に一礼した。

「重たい物をすみませんでした。電車、混みましたでしょ」

「いや、日中だから横須賀線は空《す》いてましたよ」

「そうでしたの。よかった、ほんとに近頃《ちかごろ》は電車も大変なことばかりで」

ちょうど桜木町《さくらぎちょう》の大事故をはじめ、国電の惨事が続いていた頃だった。

「静かなお宅ですね」

「はい、静かすぎて離れ小島にきたみたい。人混みがなつかしいですわ」

そこで話がポツンと途切れた。娘の美貌《びぼう》に圧倒されていたこともあったが、博《ばく》打《ち》の世界以外のところでは、私はいつも、一人前の口がきけなくなる。

沈黙が長かったので、帰るきっかけもつかめなかった。私は突然立ちあがって、それでは失礼します、といった。

「アラ、なにかひと口、差しあげようと思いましたのに、お昼、まだなんでしよ」

私は返事もせず、そのときもう玄関で靴をはいていた。いい女だな、と駅までの道々思い続けた。

山岡寓《ぐう》、寓というのは仮のすまいのことだ。よく妾宅《しょうたく》などの表札にこういうのがあるが、と思った。すると、あれは社長の妾《めかけ》だろうか。

いやいや、そんな感じじゃない。そう思うなんてあの娘に対する冒瀆《ぼうとく》だ。だが、単なる親戚《しんせき》に米をやるのに、わざわざ社員を使って届けさせるだろうか。社に戻ると、編集長が、ア、君、と私を招き寄せた。編集長は例の大きい眼をかっと見開いて、私をみつめた。

「君、T署から電話があったよ」

彼の声音は緊張で慄《ふる》えていた。

「T署のSという刑事からだ」

「Sさん——?」

「ま、なにかしらないが、電話してみ給え」

Sは以前、酒を呑《の》む場所で心安くなった刑事だ。しかし受話器にむかった私の背後に、全員の視線が集中しているのを感じた。あいつ、どうもうさん臭いと思ったら、やっぱり刑事から電話がくるような奴だった、そんな気配が濃厚である。

S刑事は電話口にすぐ出てきた。

「おい、君はY組となにか悶着《もんちゃく》をおこしているのか」

「Y組と、べつに――」

「そうか、それならまァいいが。いや、なにね、昨夜、小博打をしてたY組の奴等三、四人にひと晩泊って貰《もら》ったんだが、そいつ等が出ていくとき、電話でお前の勤め先をきいているようだったから、まちがいがあるといかんと思ってな」

「それはどうもありがとう。Y組ってのは、ひっかかりがないんだけど」

「それならいい。勤めてるってえが、グレの足を洗ったんだな」

「――まあね」

「よし。しっかりやれよ」

Y組というのは大きい香具師《やし》の集団だ。Y組が何故私のところへ来るのか、わからぬままに編集長にだけはこういった。

「なんでもありません。留置場を出た友だちが、ここに訪ねてくるそうです」

社の中の緊張した気配はもう消えていたが、老人の瞳《ひとみ》は大きく開かれたままだった。

三
「ごめんなさい――」

まもなく印半纏《しるしばんてん》姿の若い衆が四人ばかり社内に入ってきたが、先頭の男を見るなり笑い崩れた。

「なァんだ、あァただったのか――」

私にとってなつかしい人物、ステテコの兄ィこと、小道岩吉《こみちいわきち》だった。奴はヒロポン中毒時代の私を掬《すく》いあげてくれ、一緒に東京をずらかってインチキ博打をした相棒だ。(風雲編参照)

「坊や哲が東京に舞い戻ってるって、板倉《いたくら》の奴にきいたもんでね」

「板倉――?」

「高利貸しだ。お前のことよく知ってたぞ」

「勇さんのことだな」

「こんなところへ邪魔して悪いが、ちょっと頼みがあってよォ」

私もかなりだったが、ステテコの兄ィは私以上に傍若無人で、隣りの机にいる奴を尻《しり》でこづいて追い出し、自分が椅子《いす》にかけ、

「おい、お前たちもそのへんに掛けさして貰《もら》いな」

「頼みってなんだい、兄ィには世話になってるから、できることなら何だってやるぜ」

「なァに、お前の本職だよ。麻雀《マージャン》の助ッ人になって貰いてえんだ」

「いいとも──」

「実ァね、ガソリンスタンドの若い衆たちと打ってて、昨夜パクられちまって始末書を書かされたんだが、豚箱で一緒に居るうち、本格的に対抗戦をやろうじゃねえかって話になったんだよ」

「なるほど──」

「奴等はガソリンボーイだが素人じゃねえ感じだ。それに俺《おれ》ァ吹いちまったんだよ。ちいっときついメンバーを選抜してくるからってな。Y組としちゃ負けられねえところなんだ」

「で、いつやるんだ」

「今夜からさ」

「今夜、から、ってえと」

「今夜から六日間、連続昼夜興行だ」

「ふうん、そいつはちょっとな――」と私は考えこんだ。「俺も月給とりの身の上で、そうは休めないな。まだ入社早々なんだから」

「夜だけでいい。昼間は会社へ行くさ」

「寝るときがねえぜ」

「会社じゃ寝られねえのか」

「そうだな、ちょっと無理だろう、そのくらいなら休むよ」

「お前、ここでいくら貰《もら》ってるんだ」

「金額じゃねえんだ。俺《おれ》も、一度入社しちまったんだからな。拘束されるのが当然だよ」

「――よかろう」と岩吉はいった。「ぶっとおしじゃなくてもいい。できるだけでいいから助けてくれ」

「いいともさ」

「じゃあとで、迎えをよこすからな」

こういう話が勤めだす前にあったのなら、一も二もなく深入りするところだったろうが、世の中は皮肉なもので、ヒマなときにはまったく雑魚《ざこ》一匹捕まらないのである。

（――よし、ここんところ上げ汐《しお》だから、積極的に打ってやろう）

私はラクな気持で出かけていった。会場の小料理屋には二卓おいてあり、両方から二人ずつ出て打ち合う。

私はトクという若い衆と二人で、まず上座の卓にすわった。相手は私と同じ年《とし》恰好《かっこう》の俊敏そうな若者で、二人とも盛り場のクラブで長いこと打っていたといっていたが、わりに筋目正しい打法だった。

私の方は配牌ツモともにまァまァの調子。東三局に、タンヤオピンフ二盃口の手がつき二五索でテンパイしたとたんに、トクに安くアガられた。

相手親の局だったし、トクの打ち方はセオリイ的にはべつにまちがってはいなかったが、なにがなし私は舌打ちした。

続く東四局、配牌第一集団四牌のうち三牌までが、ドラの🀂だった。

だがあとが悪い。

🀂🀂🀂🀀🀀🀄🀙🀚🀠🀎🀏🀏🀐

第一ツモが🀕、次が🀟、🀃。そして捨牌は🀐🀏、🀃。

親はトク。味方親なので、私は急がずに手を大きくして、ヤミハネぐらいの手を相手の直撃で打ちとってやろうとしていた。

次がツモの中捨て。次がツモ切り。次がツモの捨て。幸運にもポンの声はかからなかった。

そのあたりでツモ山が、ガソリン組のうちノッポの山になった。すると字牌や一九牌がゾロッと流れこんできた。

南、、一萬、南、九萬、そのへんまでオールツモ切り。

そこで上家がリーチをかけてきた。

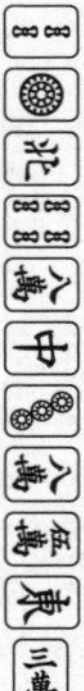《リーチ》

私は東を二丁崩していき、次いで二枚捨てられている八萬を見て九萬を捨てた。

「強いな――」とトクがいった。

「しょうがねえんだ――」と私も叫んだ。

私の振り切り役を横眼に見てリーチをかけてきた以上、九萬のような牌《パイ》が強いのは百も承知だ。これで十四枚――と私は自分の捨て牌を見た。

流局までにはあと約四巡。私の手にはドラの西が三枚。これを切りださねばならぬが――。

四

私の捨牌は、

そして上家のリーチの捨牌は、

リーチ

流局まではあと約四巡ある。私の手牌には西が暗刻なので、もう誰《だれ》もアガらないで流局になるとすれば、もう一枚老頭牌か字牌かをツモってくれば振り切り役が完成することになる。但《ただ》し、暗刻の西はドラ牌で、残り一枚の西は河《ホー》に姿を見せていないので安全牌とは限らない。

振り切り役を横眼に見てのおそいリーチというやつは、私の捨てる老頭牌や風牌を狙《ねら》って待ちにしていることが多く、この場合の西などは単騎待ちされる危険が充分ある。

できれば[西]は捨てたくないが、あと四巡とも老頭牌がくることはまずないだろう。すると急に対家のトクがチーをした。

ツモ山はトクの山。次の私のツモは[發]だったから、おそらく下ツモのクズ牌を私がツモるように喰《く》い変えてくれたのだろう。

下家の五分刈頭がひょいと顔をあげてトクを見た。それからおもむろに[發]をポンした。

トクの気持を見抜いての再度の喰い変え。ガソリン組とステテコ一派との源平《げんぺい》勝負のようになっている以上、こうした駈《か》け引きは当然のことであろう。(案のじょう、五分刈のところには[中]、[一筒]あたりが流れた)

私の次のツモは[六萬]。ここまでくる前なら別だが、完全に振り切れるだけの牌数がある以上、[西]が危険だとてオリている手はない。

スッと[西]を捨ててみた。

リーチ者のノッポは無表情。五分刈は一瞬の淀《よど》みもなく[中]をツモってツモ切り。しかし二人ともにサッと緊張した筈《はず》。

ここでドラ牌《パイ》の[西]が出てくる以上、振り切り完成の自信ありと見なければならぬ。

私は不思議だった。リーチは何で待っているか知らぬが、ノッポと五分刈が同じガソリン組である以上、通し（サイン）ぐらいは出し合っていよう。

ノッポのテンパイは五分刈にはわかっている筈《はず》。では何故狙《ねら》い打ちしないのだろう。🀂がここで出る以上、連中の大ピンチではないか。🀂が出たら、すぐにノッポにわざと打ちこむ。私ならそうする。自分がそうするくらいだから、相手が明瞭《めいりよう》にそれをやっても文句はいわない。

そうしないのは何故か。これだけたくさんツモ回数があっても、ノッポの待ちが、五分刈の手に一枚も溜《たま》らないほど変な待ちなのか。

それとも、ノッポは私を途中でオロすために空リーチをかけているのじゃなかろうか。

次のツモは🀡で、捨牌は当然、🀂。そのあと、最後のツモが🀚。私は三丁目の🀂を最終打牌として切って、ホッとひと息つこうとした。

「ああ、やっとまにあった――」と五分刈がいった。

「ロンだよ。混一トイトイ白発ドラ二丁で倍マンかな」

五分刈は上機嫌で笑った。「今[西]をツモって[五筒]と変えたんだ」

「リーチは何だったい――?」と私は訊《き》いた。

「馬鹿《ばか》なリーチさ、三色の穴[四筒]と来やがる」

しかし私は空リーチの疑いを濃くしていた。

「だがよゥ、何故、振り切りもできねえ癖に[西]なんぞ三枚おとしてきたんだ。ありゃァ三枚おとしと見えすくぜ」

「振り切りができない――?」

「ああ、[發]を鳴かしてただろう。ここは一丁でもポンチーさせたら振り切りは消えるんだぜ」

「おいおい、きいてないぞ、俺《おれ》は」

「だが前からそれでやってるんだ。嘘《うそ》なんかいわねえぜ」

私はもう一方の卓でやっている小道岩吉ことステテコの兄ィに声をかけた。

「おききのとおりかい、岩さん」

「そうなんだ、俺がいうのを忘れたらしい。ご免ね」

彼は背を向けたまま会釈の手をあげてヒラヒラさせた。「俺も頭が悪いからなァ、あらゆる場合を想定してルールをのべるなんて、とてもできねえよ」

私は私で、カッカと頭に来はじめた。最終打牌で打った倍満は、それほどこたえない。長く麻雀をやってれば、こんなことだってある。しかし、自分の手が反故《ほ ご》になったと知らずに進んで、倍満を打ったとなれば、こんな阿呆《あ ほ》らしいことはない。

私はその夜、一睡もせずに暁方《あけがた》まで打ちとおした。それでもトクと二人のトータルではまだいくらかマイナスしていた。

で、私はとろとろとしか眠らなかった。二卓のうち一卓は、ずっと寝ない組が打っている。そのそばで、納豆と香の物を運んで貰《もら》い朝飯をかっこんだ。

「お疲れさん、出勤かね——」とステテコの兄ィがいった。

「いや、出勤はしねえ。次の回から入るぜ」

ステテコはちょっと笑い、相棒のY組の若い衆にいった。「それじゃお前、今度は休めよ——」

久しぶりに私は身体がほてってくるほどの闘志をかきたてていた。何故だろう。

こんなことは本当に久しぶりなのだ。

私はステテコと一緒に卓についてからこういった。

「俺《おれ》ァあンたに借りがあるな。小指一本まだ借りてるんだぜ」（風雲編参照）

「そうだ、坊やと最初に会ったのも、ちょうどこんな長期戦だった」

「ポン中時代でね。あの頃《ころ》は最低だった」

「でも面白かったぜ。面白えことがいっぱいあった」

「本当だな。でもあンたたちはしょっちゅうこんな博打を打ってるんだろ」

「いや、だからよ。たまにはハメをはずしてと思ってさ——」

五

ステテコとのコンビは大体うまくいった。奴の攻撃力はさほど鋭くなかったが、そのかわり実に分厚い麻雀を打つ。

たとえば、序盤で四萬、三萬などを捨ててくる。そしてリーチだ。相手も盲目麻雀ではないから作りテンパイを相当に警戒する。二五万の筋はこの場合、かえって出にくい。

だが奴のテンパイは、穴八萬なのだ。

最初に奴からの通しで、テンパイは穴八萬と知ったとき、私は思わず頰《ほお》がゆるんだ。

なるほど巧い。ただ工夫がこっているだけでなくて、なんとなく俳味がある。そういえば奴のモヤ返し（ピースの空箱でする博打）なんかも日本手品のような味があって、下座《げざ》の三味線に合わせたいくらいの芸だった。

私は知らん顔して、三萬や四萬をいくつか捨ててやる。するとガソリン組には、ますます二五万が怪しく光ってくるらしい。

機を見て伍萬を、スパッととおしてやる。へええ、という気配が拡がる。誰《だれ》かが、おずおずと、二萬を捨てる。もうその顔には、八萬に対する警戒心はゼロになっている。

しかし相手もさる者、決して此方《こちら》ばかりのペースにはさせない。特に五分刈頭の三井という若者は、かなりの地力があった。

三井はステテコの兄ィと逆に、手作りがスピーディで仕かけが早い。俗にいう攻撃麻雀だが、一度ペースにさせたら手がつけられなくなるほどアガりまくるような鋭さが感じられる。

何チャン目だったか忘れたが、三井が親で第一打にを切り、続いて又手か

ら同じくを打ちだしてリーチと来た。

リーチ
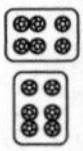

これだけしか捨牌はない。ステテコも私もこのときは考えあぐねた。当然、普通のピンフ手ではない。それはわかる。何故、ピンフ手ではないと誰《だれ》でもわかるこの捨牌で、リーチを宣言してくるのか。そこがわからない。

この手は四巡目に、彼がツモってアガった。ツモ牌《パイ》は。六九筒の振りテンリーチである。

こんな手だった。手を公開したあとなら、リーチをかける必要性が納得がいく。

しかしスピードがあるので考える隙《すき》をあたえない。

この三井が参加したときのテキは強かった。一人が攻めが早いと、そのパートナァは楽である。味方の待ちを、相手が捨てたくなるように仕むけていけばよい。

バレーボールのトス役のようなもので、自分では攻めなくともよいのである。

夕方近くになってステテコが退き、又トクと組んだ。このメンバーは（ステテコの兄ィをはじめとして）敵も味方も、お互い通しは使っているものの、比較的イカサマ芸がすくなく、正統派麻雀の色の濃い一座だったが、その中では、トクという男は山に気を持っていて、ときどき牌が片寄ってくる。

だからトクの積みこみ芸が皆に狙《ねら》われるのである。ある回は、三井が十万点近くの大トップをとったが、トクの仕込みが三井の方に流れこんだのがきっかけであった。

三井が浮きはじめたので、トクは挽回《ばんかい》するために益々《ますます》必死で仕込む。それが又三井の方に流れる。

夕飯のとき、私はトクにこっそりいった。

「仕込むなよ、地《じ》で打ちな。お前の積みこみじゃ効果はないよ」

「冗談じゃねえ、何もやってねえぜ。アヤをつけるない」

トクは眼を剝《む》いた。

「隠すこたァねえだろ、味方じゃねえか」

「何もやっちゃいねえ、三井が馬鹿《ばか》ツキしてたんだ」

よおし、と思った。次の回、親になったとき、万度《ばんたび》、仕込んだ。目と出りゃァよし、チョイ狂いなら山を崩してしまうつもりだった。

なかなか目と出なくて、私は懸命に安く連チャンした。五本場二飜しばりのとき、やっと目と出た。十と七、合計十七。

私は自分の山の右端から配牌をとった。第一集団が東東南南、第二集団が西西北北、第三集団のうち、私の山の左端からとった二枚が東中。都合十枚が入る出目徳式の大四喜《だいスーシー》十枚爆弾だ。（青春編参照）

この他に、第二集団の手前に西北がもう一枚ずつ並んでおり、第三集団の手前に南と中が一枚ずつある。この四枚の牌《パイ》は北家に入るのである。

北家はトクだ。

二飜しばりだと普通よりも字牌が粗末になる。トクは第一打で南を切り、私にポンされ、一巡まわって西を切り、又私にポンされた。こうなると風牌は逆に残しておけなくなる。もう一巡して北を切ると又ポン。

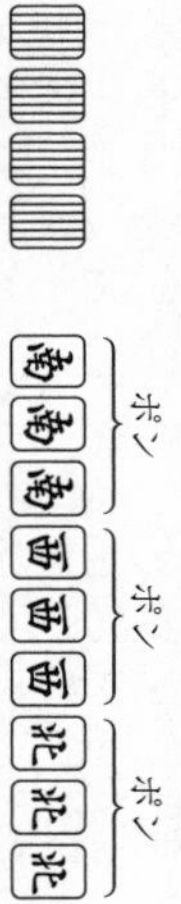

「なんだいこりゃ――」

トクはチラッと私の顔を見た。何かサインが出るかと思ったらしい。何の気配もないので、残り字牌の中をひとまず切ってきた。

「ロン、そう早く出されちゃ、俺《おれ》がびっくりするな」

私の手は東東東中。

トクは口をアングリあけたまま。

私とすれば、トクをギャフンとさせといてその勢いでトップになれば、トクの失点もカバーできると思ってやったこと。

ところが三井が不意にこう呟《つぶや》いた。

「トクはトクでも出目徳か――」

私は眼をみはった。

「出目徳を、知ってるのか」

「あんたは親父の、お弟子さんかね」

「親父の――？」

「俺《おれ》は徳次郎の息子さ」

「三井ってのは？」

「お袋の姓だ」

六

私は翌日も、その翌日も、とうとう会社へ行かなかった。むろん、一睡もしていない。

三日目には朦朧《もうろう》として飯も喰《く》えなかった。しかし牌《パイ》だけはさわればわかる。現在の私にはとてもそんな力はないが、このときは奇妙に身体が昂揚《こうよう》していた。

「おい、すこしは寝ろよ――」とステテコがいってくれる。「そんな無理を頼んだおぼえはねえぜ」

「いいよ、打ちたいんだ。放っといてくれ」

「寝ないとくたばるぞ」

「ああ、くたばってもいいよ。出目徳のおっさんみてえに俺も死にてえんだ」

疲労からくる昂奮《こうふん》もあったろう。それに、出目徳の息子だという奴をみつけた驚きも加わっていて、私はうわずったいい方をしたが、実際そんなことを本気で考えていたのだ。

これが博打だ、と思った。こうやって、他のすべてを捨てて、勝負に首まで漬かっていく。これが我々の博打だ。お互いに死ぬまでこうやって打っていくのだ。

チェッ、糞《くそ》、銀座の鎌ちゃんだと。スポーツカーの安さん、高利貸しの勇さん、――奴等も博打はたしかに巧い。皆、一芸を持っている。

だが面白くない。それぞれ本業があるのだ。博打は要するに、趣味って奴だ。

世の中には、例の社長みたいに、博打を遊びごとにして面白がっている奴等が増えちまった。誰《だれ》も彼も、負けたって、生きていけないほどの怪我はしやしない。

博打だけで生きていこうとするような古いタイプはだんだん影をひそめていって、私自身も趣味博打のお相手をして日を送っているような始末だ。

そんなふうな憤懣《ふんまん》が、心の底にずっとあったのだろう。出目徳の息子をみつけて、その感情が一度に噴きあがってきた。

私はもうあのインチキ新聞社には行かないつもりだった。少々不便でも、博打だけをやっていくのだ。それでなければ博打打ちになった甲斐《かい》がない。

四日目の昼さがり、面会者が来ていることを告げられて、私は首をひねりながら下の店土間に行った。

カウンターのところに、七十爺《じい》さんの編集長がチョコンと腰かけていた。

私はさすがに小さくなって、編集長の隣りに腰かけた。

「勇さんにきいたら、ここだってもンでね」

編集長はポケットから封筒を出して、バサッとカウンターの上に投げた。

「受けとり給え。君の月給袋だ」と彼はいった。「月給日は二十五日、三日前だ。なにが面白くてこんなところにいるのか知らんが、月給取りになったら、月給日をチャンとおぼえて、その日ぐらいは社へ出てこなくちゃいけねえぜ」

「ありがとうございます――」

と私は心から礼をいって封筒を受けとった。

「心配してくださるのは嬉《うれ》しいんですが、僕はもう月給取りはやめます。近日中に社長に会ってお話しするつもりです」

「月給取りをやめるって？ それで何になるね」

「博打打ちです――」と私は胸を張った。「元来がそうだったんですけど」

「そうか、博打打ちか――」と編集長は笑わないでいった。「勇ましくていいな。あたしも若い頃《ころ》は、やってたがね。サイコロ専門だった。だがありゃァ長続きしないぜ」

「いいですよ」

「体力がな、駄目になる。一生やれりゃァ、あんな面白い商売はないが。どのみち途中廃業しなけりゃならない」

「やってみなけりゃわからない。それに、死んだってかまいません」

「儂《わし》みたいに長生きしたらどうする」

「だったら、這《は》いずってでも博打場に行きますよ。月給取りになろうなんて二度と思いません——」

七

とうとう六日目の夜に入った。トクの奴は私に大四喜字一色を放銃してからなんとなくフテくされて、別卓の方でばかり打ちだしたので、私はエースのステテコの兄ィともっぱら組んでいた。

もっとも四日目の夜に、九時すぎから朝まで夜っぴて寝ちまったので、この間は私の代りに八郎という若者が打っていた。

ところが補欠選手扱いをされていた八郎がツイていて善戦し、本来、Y組とガソリンボーイ派全体の出来具合はまァ五分五分というところだったが、八郎がツイた分、ステテコ一派のY組の方が勝っていた筈《はず》である。

相手もかなりの打ち手揃《ぞろ》いだった。中でも、出目徳の息子だと自分から名乗った三井が鋭い。わりに攻撃型の多いガソリン組にあって、奴は守備も固く、

「このリーチはなんだろう、索子の下かな、二五索、一四索、六九万もワンチャンスだが嫌だな――」

とか、

「トイツ場だな、チートイツ、シャンポンのつもりで行くか――」

とか小さく呟《つぶや》く。さすがに血統馬だけあって、読むポイントがよいので、奴の相棒はいちいちそれを参考にしているらしい。

一度、私がこういう手でリーチした。

そうして捨牌はこんなふうだった。

リーチ

三井は最初一四筒だといった。これはある意味でもっともオーソドックスな読みであろう。しかし、をすぐに私が持ってきてツモ切りしてしまい、ふうん、と奴は考えこんだ。

「わからねえな――。棒テン（ストレートのテンパイ）でもなさそうだし、がとおれば筒子じゃないだろう。でもわからねえ、字牌かな」

私としては、これは読まれるかと覚悟しながらかけたリーチだ。何故といって、最初の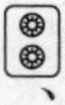、これは三井も読んだとおり、、又はあたりを固定させるための迷彩、だとすれば、万筒索の下メンツは充分警戒の要がある。三色手をいつの場合も考慮しなければいけないからだ。

、、、このへんのところは警戒の対象になってよい。奴の雀力《ジャンりき》ならば、そういう読みがあってよい筈《はず》だ。何故、そう読まないのだろう。疲れて頭がまわらないのだろうか。

「この牌《パイ》も、まだチャンスはあるんだな」

終盤近く、奴はちょっと考え、ええ面倒くせえ、とを暗カンした。

結局流れてしまったが、手を崩すときチラと見ると、奴の手にはも暗刻であった。

なるほど、をこれだけ使ってれば下メンツ三色、という手には読みにくい。そう読まなければ、私のこの手は、下メンツを浮かせる工作以外のことをしていないので、読む手がかりがないともいえる。

「へえ、🀉、これか——」と奴は私の手を見ていった。「麻雀はむずかしいな」

六日目の夜が明けて窓の外が明かるくなった時点でお開きにする、というきまりになっていた。

いくらか私たちの方が優勢だったが、六日目の夕方、ガソリン組のノッポが致命的なことをやった。

ラス場で、ステテコのヤミテンに放銃したのだ。

ドラ牌が🀁なので、チャンタ三色、南にドラ三丁、ゾロ場二つの計十飜、倍満であった。まだやっと中盤にかかったところで、ヤミテンだから、🀚打ちに関してはやむをえない事故といえるかもしれない。
しかしノッポは悔いの色を外に出して、手牌を倒した。

皆がその手を見た。🀚は手から出た牌だから🀝をツモって🀚を出したのであろう。索子は安くてその一、二巡前に私もステテコも🀖を切っていた。

それまでのトップは三井。ノッポが安くアガっていながら三色手に切りかえるまで見送ったとすれば、源平《げんぺい》スタイルのこうした麻雀ではあきらかにボーンヘッドである。

一瞬のうちにステテコにトップを奪われた三井は、しんしんとした眼でノッポの手を見つめていた。

次の回もその次の回も、三井はほとんど言葉を発しなくなった。これが奴の若気なのであろう。奴の親父の出目徳ならば、こういうときは、捕手が全軍に活《かっ》を入れる如く、声をはげまし、味方の気持をひきたたせる。

それをしないからノッポの気分が内向する。博打には結果の良否があるだけだから、反省して反省の資があがることはほとんどない。

ノッポが全然攻めに出られなくなった。私とステテコにとってはテキは一人である。その三井も、こうなると肩に力が入りすぎて、手を大きく大きく作ってくる。

いくらドロップに威力があっても、混ぜるからこそで、ドロップばかりでは簡単に山を張れる。大きい手のうち、比較的特徴がわかりにくいのは三色手ぐらいで、あとは捨牌のどこかに特徴が出ている。だから大物しかやらないとなれば、そのつもりで打てば放銃はしない。

それでも三井は時折りツモって反撃に出てきたが、ノッポの沈みがそれを上廻《うわまわ》る始末だった。

八

もう夜がかなり更けており、明け方には数時間を残すのみとなった。別の一卓の方でもガソリン組は気勢があがらず、全面的に敗色が濃くなっていた。

私とステテコは左右からはさむように交互に大物をアガる。もうじっとしていたって手がついてくるのである。

「いいか、手をゆるめるな」

「此奴等《こいつら》ァわかったか――」とステテコがいった。「これからは麻雀でデカい面《つら》ァするなよ」

ほとんど同時にノッポがを綺麗《きれい》に曲げて振り、だまって千点棒を投げだした。おそらく会心のリーチなのだろう。奴の濃い眉《まゆ》が少し中心に寄っている。

私は心を新たにして奴の捨牌を眺めた。歓声をあげているものの、まだ勝利が確定したわけではない。一度エラーをすれば攻守ところを変えることになる筈《はず》。

リーチ

平凡な捨牌である。いつの場合もそうだが特徴のない捨牌が一番難解で始末が悪い。私はとりあえずを捨てたが、次の三井が、少考の後、ドスンとを捨てた。はドラだった。

次のステテコが眼を剝《む》き、これも考えた。リーチへの安全牌《パイ》は、ドラが出てきた以上、三井に対して安全という保証はない。といっての筋も捨てられない。ステテコの打牌は（彼はアンコの三枚切りをしてきた）。リーチが。私は完全安全牌がタネ切れで、仕方なしに雀頭のをおとした。オンリである。

リーチ、そして三井のドラ振り。なんだか巧くとられたような気もするが、もし本当に勝負手がどちらかに入っている場合、ここで放銃すると、彼等に平生の場合より一層快哉《かいさい》を叫ばすことになる。それが拙《まず》い。反撃の芽を作る。ツモられるならまだよい。

私もステテコもオリて、結局流れたが、なんの待ちだった、ときいてもノッポは笑うばかりだった。

「空《から》リーチだろ——？」

「いやァ——」

　そうだと思う。三井の🀔振りがあまりに効果的で作りすぎているきらいがある。流局では得点にならないが、私たちの出足をとめた点には意味があり、こんなことで徐々にツキが移っていくのだ。しかしその回は、私たちの陣形を崩すまでに至らず、ステテコがトップ。

「あと二回かな、急がないと裏表できないかもしれないぞ」

と場所も変らずにはじめた次の回で、東の初《しょ》っぱな、出親の三井が五巡目にリーチ。

🀁🀄🀀🀁🀂《リーチ》

　これこそ数牌《パイ》を一枚も振らずの手だ。するとノッポが待っていたようにドラ牌の🀉を振った。

　私も続けてドラ振り。ドラ二丁の手だったがドラなどもう惜しくない。大きい手をアガる必要はないので、ただエラーをせず、じっと相手にもたれていればリード点を守れるのだ。

　ステテコは字牌を順に切っている。ところがノッポがひどく乱暴な捨牌で、三萬の次に六萬、四萬、四萬、一萬、と三井のリーチは二五万待ちかな、と思わせるように万子を乱打してきた。

　十二巡目、ステテコが南をツモ切りした。

「ロン――！」

　ノッポが烈しい勢いで手牌を倒した。その瞬間にわかったが、手はむろん国士無双。

　あッと思ったときはもうおそく、三井は手を崩していた。これも字牌をとめおきさせないための空リーチだったろう。

　ノッポがそれまでの屈託を遠くへ投げ捨てて猛連チャンしはじめた。ツモリタンヤオ三暗刻、ツモリ三色、出あがりのW東《ダブトン》アンコヤミテン、メンタンピン一盃口のリーチ勝ち、流局をはさんで八本積み、南風の親でも、三色ピンフ、面前チャンタなどをアガり、先刻までの形勢と逆に我々の親のときは、三井がそつなくジャンプでアガって隙《すき》を作らなかった。

　その一回が長くかかって窓の外が明かるくなっていた。

ステテコが大きく息を吐き、

「夜が明けたぜ、これまでだな。――そっちの卓は風はなんだい」

「南の二局だァ――」という返事があった。

今やめれば、まだY組側の逃げきり勝ちだ。

「ごくろうさん、あっちの卓が終ったら皆で手でも締めるか」

「まだ完全に夜が明けきっちゃいない――」

三井が身じろぎもせずにいった。

「いや駄目だ。もう明けてるよ」

「まだ裏があるぜ。表裏でやめようとさっきいった。裏だけやってやめよう」

悶着《もんちゃく》の末、もう一回だけやることになった。

「じゃァ場所変えか」

「いや、裏だから動かなくていい」

「だがこの前の回も変えなかったぜ」

「もうこうなったら場所なんか関係ないよ」

「まァまァ、負けてる奴の条件をきいてやろうよ」

三井の眼のまわりがふくれて黒ずんでいる。そういえば、奴は三日目の夕方にトロッと横になっただけで、ほとんど出ずっぱりなのだ。

最終ラウンドの三井は、今度こそ俺《おれ》の出番だとばかり、最初《はな》から気魄《きはく》をこめてアガりだした。アガり手は安かったが、南入りのときは満貫ひとつ分先行していたと思う。

南の奴の親でピンフ手を二回続けてヤミテンであがった。ヤミアガリは着実に星を稼ぐように見えるが、この場合のようにトータルで負けていて、しかも自分が先行しているときには適当な策とはいいがたい。親なら重しをつけてリーチとくるのが本策。それができないのは、勝ち気にはやりすぎていて、気持が安定していないからだと私は見ていた。

しかし二本場のこのときにアガらしては拙《まず》い。ここでアガらせれば決定的なペースになる。私も全力投球に移ったが、奴は七巡目に先制のリーチをかけてきた。

九

奴が七巡目でリーチ。そして私が二巡おくれて九巡目で追っかけリーチ。私の手はリーチ一飜のみの三六九索待ち。リーチをかけるとすぐにステテコに向かって、狙《ねら》い打ちの通し(サイン)を出した。

ステテコが早速🀘を出してくる。一瞬のうちに奴の親は飛んだ。

その時の三井の表情は、いまだに忘れない。伏せた手牌をしばらく崩さなかった。こんなに打ちまくっている人間が、手牌を崩さないなんてことはめったにしない。

三井は、アガれなかったことを悔いているのではなかった。リーチの瞬間に、三井の方こそ、ノッポに向かって狙い打ちのサインを出すべきところなのだ。おそらく手が大物だったのだろう。そのために、私かステテコから出るか、或《ある》いはツモアガリを狙《ねら》ったのだろう。しかしもう一回アガれば本ペースになる大事な局面、源平《げんぺい》麻雀でこんなときは、私たちがどんな策に出るか、それを考えるべきなのだ。この辺が、奴の若いところ。

がくっと三井の攻めがとまった。奴は今、反省してる筈《はず》。くり返すが、反省がいい結果を招くことはない。

私が親で二千六百点オールをツモリ、わずかに三井をリードした。

ラス場。中盤で三井が少考を重ねはじめた。あとからきけば、こんな手だったという。

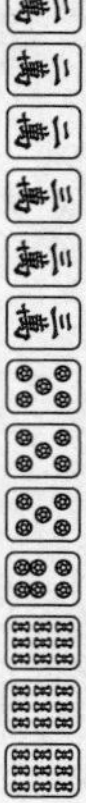

奴はをツモり、考えてを切り私がそれをポンした。私はこんな手だった。

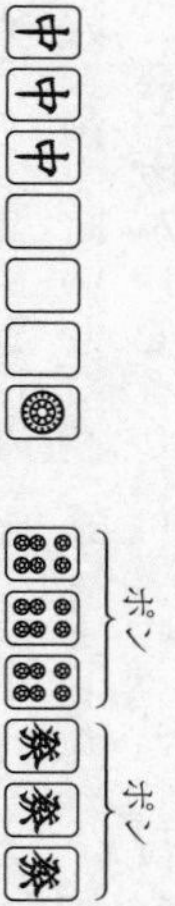

最初からホンイチを狙《ねら》っていなかったので筒子を乱打していた。次の三井のツモはノッポの山の右端だったが、ステテコが私の山の左端の方をツモったとき、手が触れて三井の次のツモ牌《パイ》がポロリと落ちた。

それがだった。

ノッポの打牌は、私が。三井が次にをツモっていた。

もも初牌《ションパイ》だ。

へへ――と三井が顔をゆがめて笑った。二枚の牌を手前に伏せ、人指し指で交互にさし示しながら、

「ど、ち、ら、に、し、よ、う、か、な。か、み、さ、ま、の、い、う、と、お、

り――」

打牌はだった。

その瞬間に、六日間の闘いがすべて片がついたわけだった。

「さァ、皆で手を締めよう、これだけ闘ったんだから、うらみっこなしにしようや」

ステテコが威勢のいい声で立ちあがり、総勢をうながした。

三井だけが立たなかった。奴は涙を流していた。

「俺《おれ》ァいいよ、このままでいい――」

「そんなこというなよ、おい、男らしくないぞ」

私やガソリン組の連中が、手を貸して立たせようとした。

だが奴は歯を喰《く》いしばってそうさせなかった。

「おい、腰を抜かしてるぞ、こいつ、立てねえや――」

必死にもがく三井の身体を皆で抱えあげた。足が硬直して、あぐらをかいたままの形になっている。

奴の坐《すわ》っていた座布団がぐっしょり濡《ぬ》れている。小便を洩《も》らしていたのだ。

連中がわいわいいいながら、奴のズボンを脱がせようとした。三井が猛烈に抵抗し、仲間の一人を突き飛ばした。

「やめろよ――」と私もいった。「奴は残して、皆、先に帰ろう」

親子だな、と思った。さすがに出目徳の息子だ。

どこかへ呑《の》みに行くという連中と別れて、私は一人でさっきまでの戦場へ引き返した。

奴は一人で隣室に敷きっ放しの布団の上に転がっていた。

「おい、いい麻雀だったな」と私はいった。「又やりてえな、お前と――」

返事がなかった。私は奴の隣りへ腹這《はらば》いになって煙草《たばこ》を吹かした。それから、ふっと或《あ》る計画を思いついた。

私は奴の顔をのぞき見た。

「寝たのか」

「いいや――」

「麻雀は親父さんに習ったのか」

「独学だよ。親父みたいなイカサマは嫌いだ」

「だが親父さんそっくりだったぜ。似てるよ」

「似ちゃいねえよ、あんな奴――」

「俺《おれ》ァ親父さんが好きだった――」と私はいった。「だからお前も好きだよ。――どうだい、しばらく俺と一緒に打ってみねえか」

奴はしばらくしてこういった。「麻雀はやめだ。もう打たねえ」

おうむ返しに私もいった。「俺《おれ》も同じようなことを二日前にいったよ。会社にはもう行かねえって、いったがな」

接待麻雀《マージャン》

一

私は盛り場新聞社にはもう行かないつもりだったし、三井は三井で、麻雀などもうやめると口走った。しかし一日眠ると、私はケロリとして出勤した。三井の方も、麻雀をやめるどころではなかったらしい。

一週間ぶりの出勤で、その間どろどろになって博打《ばくち》を打っていたのだから、いかにインチキ会社といえども敷居が高い。

そのうえ又定時に起きられなくて二時間ほど遅刻した。私は精一杯小さくなって隅の机で神妙にしていた。

おい、と肩を叩《たた》かれた。

「不良ッ子、お前にちょっと働いて貰《もら》いてえことがあるンだがな」

笠松《かさまつ》というヴェテランの記者だった。

「ちょっとこっちへこいよ」

笠松は浅草《あさくさ》のレビュー小屋の文芸部に居たこともあるという小男で、酒癖は悪かったが平生はなかなか気っぷのいい人間だった。

笠松のあとについて近くのコーヒー屋に行くと、古参の記者がもう二人、煙草《たばこ》を吹かしていた。

「どうだい、麻雀のやりっ放しだったそうだが、稼ぎになったか」

「ええ、まあ――」と私は遠慮して小声で答えた。「どうやらね」

「そいつァよかったな。お前は、麻雀やると必ず勝てるのか」

「必ずってわけじゃないけど、まァ素人が相手なら」

「よし、じゃァ、俺《おれ》たちの紹介するメンバーと打ってこい。新宿の靴屋の若大将で、素人だが金持ちだ」

「どの程度の腕か俺たちにはわからない」と笠松もいった。「だが、麻雀とききゃァ、誰《だれ》とでもやるんだ。で、俺たちァ、少しそいつの機嫌をとる必要がある」

「じゃ、負けるんですか」

「いや勝つのさ。下手《へた》の馬鹿《ばか》ツキって奴があるだろ、あれで行け。稼ぎは四人で山分けだ」

「なるほど――」と私はいった。「すると僕一人で打つんだな」

「メンバー次第さ。代打で俺が入ってもいい」

「笠やんが入るなら、笠やんの沈み代は、稼ぎとは別計算にして欲しいな。笠やんが沈んで赤字になったら、此方《こっち》もばかばかしいもんね」

二人が笑い、笠松は真顔で舌打ちした。

「チェッ、馬鹿《ばか》にするない。じゃァ俺《おれ》は打たないよ」

「しかし――」と別の先輩がいう。「本当に一人で大丈夫なのか」

「一人の方が気が合っていいです。なまじコンビを組むと相手に気を使うからね」

私は例のトクのことを思い出していた。

「じゃァ笠やんが連れてくから頼んだぜ。うまくやれよ」

「合点、といいたいが、一回だけですよ」

「何故だ――」と相手は立ちかけた姿勢を又元に戻した。「お前は麻雀小僧だろう」

「僕が一人で打って四人で山分けじゃきついや」

何かいおうとした笠松を制して私は続けた。

「新入社員のくせに社の仕事をちっともしないから、たまにはお役に立とうと思うからですよ」

「だが、客を紹介してやるんだぜ」

「もし何度もやれってんなら、二度目から僕は負けるよ。相手の一人と組めばいいんだ。そいつに勝たせて、山分けする方がいい。分配の方法を考えてくださいよ」

私は笠松に連れられて、靴屋と卓を囲んだ。下手《へた》が馬鹿ツキしたように勝て、といわれたが、その晩の私はツキすぎていた。笠松が付近の酒場で酒を呑《の》んで、頃合《ころあ》いを見計らって帰ってきたとき、オールトップで、私の一人勝ちだった。

麻雀はどうしても波があるが、TS会の金を返そうと懸命だった時分が低調時であり、盛り場新聞社の頃《ころ》は好調の波に乗っていたのかもしれない。

まもなく笠松たちとは別筋の先輩記者が、取材先の国税庁の役人と卓を囲む約束をとりつけて来、出かけていって鼻血が出るほど勝ってきた。

すると、どっとそういう用事が増えた。皆が、色々な出先で麻雀の席をこしらえて来、私を派遣する。利益は仲介者と私の折半である。

おかげで出社時間にほとんど出たこともない不良社員が、結構人気者になった。

昼間は私にはなんの仕事もない。

「まあいいよ、休んでろよ。気楽にしてな」

彼等にしてみると、社長に給料を払わしておいて、自分たちの小遣いを稼いできてくれる男を雇っているようなものだから、便利にちがいない。私もいい気になって、昼すぎに出てきては、夜の賭場《とば》のために電話を使い、自分の事務所のようにしていた。

ある日、結婚のために退社していく女事務員の退職金が、まだ彼女の手に渡らないうちに紛失したことがあった。誰《だれ》が使っちまったのかわからない。社としては、とにかく徹底的に調査して善処するから、しばらく待つように、と彼女にいった。しかし女事務員はひきさがらなかった。長いこと、事務所で泣いていた。

新世帯の道具類を月賦で買っていたし、結婚式の費用も要る。退職金をそれ等の費用に充てるつもりでいたのだ。

今、金を貰《もら》えなければ、道具類は自分たちの物にならなくなる。それでは世帯も持てない。

その日、私は前夜の麻雀の勝金を持っていて、それは退職金の額に匹敵しないまでも、それに近い線まで行っている筈《はず》だった。

笠松の紹介で行った席なので、彼と折半しなければならない。しかし私は、奴に渡さず、そっくり女事務員に寄付してやろうかと思った。

何故といって、私は、女事務員の退職金をくすねた野郎を知っていたからだ。

二

それより五日ほど前に、夜、事務所で外部のメンバーを集めて麻雀をやり、その末にチンチロリン（丼賭博《どんぶりとばく》）になった。チンチロは負けても勝っても金の動きが烈しい。

社長が負けて、事務所に入りこみ、小型金庫から封筒を出してきて、その中の金を張りだした。二十分ほどで、そいつも綺麗《きれい》にとられちまった。あれが、その退職金にちがいない。

もっともその大半は私が巻きあげたのだ。

しかし女事務員にとって、結婚は生涯の重要事であろう。かりにも経営者が、彼女の夢を購う金を、博打ですって知らん顔をしてる。

私は社長室へ入っていってこういった。

「社長、社長、チンチロの金でしょ。すぐ作ってやらなくていいんですか」

「なにを――」と社長は自尊心を傷つけられた表情をした。「又、芽が出たら返してやるよ」

で、私は女事務員のそばに行って、私と笠松の金を渡そうとした。

しかし、迷った末に、そうしなかった。私は、そういう相互扶助の社会に生きていない。社長の尻《しり》ぬぐいをして私が金を与えれば、彼女は喜ぶだろうが、笠松に不義理を作る。そればかりでなく、現在うまくいっている社員たちとの商取引が、一頓挫《いちとんざ》をきたすかもしれない。それは結局、無計算な馬鹿《ばか》げた行為で、私の生き方に少しも益しない。

私は、机に泣き伏している彼女を見おろして、こうささやいた。

「金を使っちまったのは、社長だよ」

せめて、直接の敵を教えてやろうと思ったのだ。だが昂奮《こうふん》している彼女の耳に届いたかどうかわからない。

それから私は、弱い獣のようにあらわになった彼女の首筋のあたりを眺《なが》めた。私は彼女に恵んでやる気持などさっぱり捨てていた。

自分はそんな善行などしない。そのかわり、自分が彼女のように弱い立場になったときも、人の力など当てにしないことだ。

自分は誰《だれ》の助けも拒絶する。そのためにも彼女を助けない。

遠からず、私も衰えて悲鳴をあげるときがくるだろう。きっと来る。そのときは覚悟して獣のように飢え死のう。

しかし自分に力が少しでもある間は、勝手に生き散らしてやろう。

実はそのときに、大物狙《ねら》いの計画を思いついたのだ。社員たちとは今のところ商取引が成立している。この時期なら戦いをしかけても孤立はするまい。

よし、それでは眼の前の大物を狙《ねら》おう。

私は社長にこう進言した。

「実は三井系の物産会社の社長の息子と友だちなんですがね。一度会ってみるお気持はありませんか」

「何故だ」

「だって仕事がとれるでしょ。あそこに食いさがれば、宣伝パンフレットひとつ請け負ったってかなりの量ですよ。狙ってる奴はたくさん居るゝです」

社長は疑わしそうに私をしばらく眺めていた。

「どうしてそんな連中と友だちなんだ」

「家の関係で、親たちが知ってるんですよ」

「そうか、お前は、なんとかって呉服屋の倅《せがれ》だったな」

勇さんの嘘《うそ》っぱちがこんなときの役に立つとは思わなかった。社長は急に気を許して、私の話に乗ってきた。

「奴は麻雀が好きなんだ」

「そりゃいい。じゃ近いうちに一席作ろう。相当なレートでやるんだろ」

「そりゃもう。でも社長、会場はここじゃ駄目ですよ。寒々しくって」

「よし、料理屋をとるよ」

「奴は、ぜいたくですからね」

「まあいい、社用だ。俺《おれ》とお前と、メンバーはもうひとりだな」

「誰《だれ》か適当なのがいますか」

「さあ、な、三井系の社長の息子とつりあうような奴は、と」

「よかったら、箱根《はこね》の温泉旅館の息子にも知ってるのがいるんですよ。スポーツカーを乗りまわしてるプレイボーイですがね。温泉旅館のパンフレットなんかもやってみたらどうです。連れてきましょうか」

「お前、――」と社長がいった。「どうして今頃《いまごろ》になって急に、そんな連中のことを持ちだすんだ」

三

翌日、社長がこういった。

「考えてみたがな、ありきたりの料理でくだらん金を使ってみたってしょうがないじゃないか。そうだ、北鎌倉に俺の巣があるんだが――」

「ああ、あの、いつかリュックを背負《しょ》って行ったところですね」

「そうだ。あそこなら閑静だし、空気はいいし、手料理だって拙《まず》くない。麻雀なら絶好の場所だがな」

それは社長のケチ精神から出ていることは明白だった。しかし私としては願ったり叶《かな》ったり。あの美しい女に会えるだけでもよい。

「いいですね、友だちも、実をいうと料理屋なんかあきてるんですよ。かえって喜ぶでしょう」

「それじゃきめたぞ。必ず連れてこいよ」

「ことわっときますが、社長、接待麻雀ですよ」

「接待？　なんだ、負けてやるのか」

「最初は普通のレートで負けるんです。でなくちゃ話がこわれちゃう。二度目にレートをあげて、やっつけましょう」

社長室を出たその足で、私は人形町《にんぎょうちょう》のガソリンスタンドへ駈《か》けつけた。そこに三井が働いていたからだ。

「三井よ――」

彼は洗車していたが、眼をあげて私を見た。それからすぐに車の方へ視線をおとした。意気ごんでいた私は、それでちょっと鼻白んだが、

「この間は、面白かったな」

「なんか用かい」

「だからあのときいっただろう。お前と一緒に又打ってみてえって」

三井はホースの水をフロントグラスにぶつけながら気がなさそうにいった。

「――そうだな」

「麻雀は、やめたわけじゃあるまい」

「ああ、打ってるよ」

「だったらいい場が立つんだよ。落っこってる銭《ぜに》を拾ってくるような所だ。俺《おれ》がすべて、お膳《ぜん》立《だ》てしといたんだぜ」

「だったら、あンた一人で行きな。俺は俺で打つからよ」

「そういうなよ、な、お前が居なくちゃ、拙《まず》いんだ。お前が主役なんだよ」

三井はやっと、私の方を見た。

「はっきりいわせて貰《もら》うけどな、俺ァ、あンたが嫌いだ。クマ五郎（ばいにん）は皆嫌いだよ」

「だがお前だって、この前は、通し（サイン）を使ってただろう」

「ああ、通しだけはね。仲間と一緒だったから。でも面白くなかった。インチキってのは、弱い奴の考えることだぜ」

「へえ、そうかい——」と私はいった。

「じゃァ強い奴ってのはどんな奴だ」

「いつも一人で打って勝つ奴さ。なんにも種子《たね》を撒《ま》かないところから、芽を出す奴だ。俺はそうして見せるよ。種子を撒く奴が、何をアガったってでけえ面《つら》ができるかい」

「お前は、死んだ親父の麻雀を見たことがあるか」

三井は首を振った。

「じゃァ、そうしたいい方はひっこめろ。お前は三流の雀《ジャン》クマ、しか知らねえんだ。

親父の出目徳なんぞはありゃァ人間じゃねえ。百獣の王だった。あれを見りゃァ、博打って奴が、綺麗《きれい》も汚ないもない。本当の総力戦だってことがわかるよ」

「いいよ、あんたは自分の博打をやんな。俺《おれ》はコンビは組まねえから」

「じゃァどうだい――」と私はいった。

「今度の席で、お前は一人でその綺麗な麻雀て奴をやってみな。それでお前と俺と、どっちが強いか、お互い敵になって打とうよ」

「だって、お膳立《ぜんだ》てがあるといったろう」

「ある。最初はお前が勝ち役なんだ。俺と社長が負ける。だから、その場合は、お前の勝った分を山分けだ」

「次に――」と私は続けた。「もう一度、場所を作ってお前を招《よ》ぶよ。その時はレートを高くしてお前をやっつけるという筋書だ」

「で、あンたは社長と山分けか」

「いや、お前からはそんなに金が出ないだろう。俺は社長と組んだように見せて、実はやっぱり社長を叩《たた》いちまうつもりだ」

「どっちにしても、俺は、一回目に稼いだ分を吐き出させられるわけだな」

「どうなるか、そこが喧嘩《けんか》だ。お前のやり方で、しのいでみな」

面白いな、と三井はいった。

「ケチなコンビ打ちじゃなけりゃ、参加してもいいよ」

私はスポーツカーの安さんにも、似たような口調で誘いをかけた。

春先きの日曜日、三井系の物産会社社長令息の三井と、箱根の温泉旅館の御曹子《おんぞうし》安さんと、私と三人、安さんのスポーツカーに乗って北鎌倉に出かけた。社長はすでに、自分のドタ車で先発してる筈《はず》。

円覚寺の濃い樹立《こだ》ちを左に見て、人家と畑のまじりあった静かな道を半丁ほど行くと、見おぼえのある寓居《ぐうきょ》が見えてきた。

この前は気づかなかったが、横手の小さな庭に花壇がしつらえられてあり、春の草花が咲き乱れている。そうして、ベゴニヤの一群れに水をやっている女の姿が見えた。

明かるい陽差しの中で遠眼に見るせいか、勝負にはやっている我々とは、別世界の人間のように私には見えた。

我々の車に気づいて、女は小走りに枝折戸《しおりど》の所まで出てきた。

「ようこそこんな田舎にいらっしゃいました。なにもおかまいできませんけど、ごゆっくりなすってくださいまし」

「いろいろお世話になります。社長は？」

「もう大分前からお待ちしております」

部屋にとおって、三井と安さんを紹介した。老婆が出てきて、すぐ酒の支度をするか、それとも風呂《ふろ》に入るか、と訊《き》いた。

「お風呂《ふろ》がいいでしょ——」という彼女の声が台所の方からきこえた。「今、ちょうどいい湯加減ですわ」

私はトイレに行くふりをして、彼女の居る台所へ入った。

「この前は失礼しました」

「こちらこそ、有難うございました」

「あとで気がついたんですけれど——」と私はいった。「あのリュックの中味は、お金でしたね」

え——？　と彼女の眼がうろたえた。

私に他意はなかった。女があまりに汚れを知らぬげに見えたので、意地悪をしてみたくなっただけだ。

見たまま。

四

まず、社長が堂々と二ラスした。社長としては恐らく予定の行動のつもりであろう。一チャン目は三井がトップ、二度目は安さんのトップ、私は出ず入らずで、見たまま。

安さんは、彼のスポーツカーで社長に信憑《しんぴょう》性をつけるために呼んだだけだから、三井に連勝して貰《もら》うのが理想的だったが、帰る頃《ころ》まではなんとか沈ませて、三井の一人浮きという形にすればよい。

二チャン終ったところで、客たち、つまり三井と安さんに風呂へ入って貰い、ゆっくり寛ろがせた。

女が小さな膳《ぜん》を運んできて四人の左脇《ひだりわき》にそれぞれおいた。

「田舎なもので、なにもございませんけれど――」

「やりながら喰《た》べましょう。どうせ素人料理だから」

「社長さん、あの方は――」と安さんが身を乗りだして訊《き》いた。「ご令嬢ですか、それとも――」

「はっはっは、なんに見えます」

「わかりませんなァ。しかし逸物です。なんにしても、鳶《とび》と鷹《たか》だね、失礼。しつこいようだけど、お名前は？」

「名前かね、弥栄《やえ》ですよ」と社長は鷹揚《おうよう》に答えた。「気に入ったらチョイチョイ遊びに来てください」

「ええ伺います。お嬢さんでなくたってかまいません。僕は人妻が好きになるタチですから——。ところでなァですなァ、これからはパンフレットの時代ですね。社長さんの眼のつけどころはいいですよ。僕も是非、お力になりましょう」

彼等が呑《の》み喰《く》いしているあいだ、私は風呂《ふろ》に入れて貰《もら》った。風呂などどうでもよくて、私もただ女のそばへ行きたかっただけだ。

「湯加減どうでしょ。ぬるかったら燃やしますけど——」

「いや結構です。ちょうどよい加減ですから」

曇りガラスの戸に映った女の黒い影が立ち去ろうとした。

「待ってください弥栄さん——」

私は湯の中から半身おこして、直立不動の姿勢になった。

「思いきっていいます。貴女が好きです。一度でいいから貴女と街でお茶を呑《の》みながら話がしたい。それ以上のことは全く考えていません。明日の午後、僕と会ってください」

私は自分で呆《あき》れ返った。今日、折りをみつけて、彼女にバンをかけてやろうと思ってきたのだが、こんなふうないいかたになるなんて考えてもみなかった。

もともと私は、女の子をコマすのは不得意なのだが、なんという古めかしさ、気の利かなさ、風呂《ふろ》から立ちあがって、性器《いちもつ》丸出しで口走っているのだから、まさにポンチ絵だ。

気が抜けて、早々とあがろうとしていると、ガラッと戸があいて社長が怖い顔をして立っていた。一瞬、彼女の口から今のことが通じたのかと思ったくらいだ。

「何をしてる、早く来い」

「今、あがるとこです」

「俺《おれ》はもう負けんぞ。二度負けてやればたくさんだ。これだけ接待すりゃァいい。いくら負けてやろうと思っても、相手の腕が悪けりゃァ負けられゝときもある」

「社長、麻雀でなく贈り物をしたと思って眼をつぶってくださいよ」

「第一、あゝな若造、どれほどの役に立つかわからゝじゃないか」

まァまァ、となだめながら一緒に座に戻ったが、大分酒が廻《まわ》った安さんが、弥栄の片手をつかんだまま、なにごとかかきくどいていた。

「おや、社長さん、まだ居らしたンですね、東京のお宅へでも帰られたかと思った」

「そりゃどうも失礼。だが勝負はこれからですぜ。私は酒が少しでも入ると強くなるんでね」

三チャン目の初《しょ》っぱなに、社長がいきなり国士無双をアガった。

「ははは、どうだい！　四倍満貫だ」

酒焼けで赤くなった胸をはだけて、社長は溜飲《りゅういん》をさげたように大きく笑った。

安さんが眼玉をくるくるっとさせていた。

「こりゃ凄《すげ》え、早いなァ、ちっとも知らなかった。持ってきたら俺《おれ》、打っちゃうよ」

「そうでしょう。八巡目にテンパイしてたんだからな」

「社長さん、ウマをいきましょうか」と安さんがいった。「十一時でお開きということにして、この回から終りまでのトータルで差しウマをいくんです」

「しかし、この回からじゃ、もう役満分、私がリードしてます」

「かまいませんよ、負けてるから挑戦するんです」

「なんだか、あたしはひどく弱いと思われてるんだなァ。それでいくらのウマを

「いくら？　金じゃツマらない。あたしはこれを賭《か》けましょう——」と安さんはポケットからスポーツカーの鍵《キイ》をとりだして社長の手に渡した。「そのかわり僕が勝ったらお嬢さんをいただきましょう」

「ほほう、生意気をいうね」

「いいでしょ」

社長はチラッと私を見た。

「いいですよ。しかし私は勝つぜ。もう遠慮はしないからね」

やるのかな」

五

私も三井もこの成行きをだまって眺めていた。

もう接待麻雀のムードはとうにこわれている。社長としてはこの方が本意であるかもしれないが、私の方は、三井に勝たして社長が大敗しなければ稼ぎにならない。

では安さんとも提携して社長を沈ませるか。しかしこの場合は弥栄さんに対して何等かの既得権が安さんに生じる。まさか中世風に女を横抱きにして帰るということもなかろうが、この男のことだから何をやるかわからぬ。

もうひとつ、社長には好き勝手に打たせといて、私が三井に大敗し、その負け銭を会社から出させて三井と山分けするという手もあるが、この社長のようなタイプは、いかに接待麻雀であろうと社員の負け銭を出すとなると、必ずあとでぶつぶついうものだ。

私は原点前後を守り、社長の一人沈みにするのがぜひとも望ましい。すべてうまくいくためには、社長を大沈みさせ、それ以上に安さんを叩《たた》かなければならぬ。

親になったとき、私はせっせと山を作った。このメンバーは皆手さばきが早いから牌《パイ》をひろって積みこむのもなかなか苦労する。置きザイができる相手でもない。ひとつ目と出ればゾロッと入るのだが、二度振りなのでどうもうまくいかない。

目と出るまで、安く連チャンして何度でもサイコロを振る算段をしなければならぬ。

四本場で、三元爆弾が一度入った。

ドラ牌は🀇。序盤で🀡をポンした。しかしあとのツモが悪くてなかなか手が変らない。もっともこの🀚🀜は変りにくいし、ここでやって小三元などでアガる意志がない以上、🀅を三枚にしてからテンパイにかけるつもりで、🀚🀜をあらかじめ落し、単騎用の牌を持っておく手もある。散家なら、ためらいもなくそうしたろう。

親で、状況に応じて連チャンしたいためにそこのところが中途半端になり、🀚🀜を崩せなかった。私はずっとツモ切りを続けた。

「変だな、🀡鳴いて、どうしようってんだ」

私の早鳴きに対応して、字牌が出なくなった。三元牌のみならず、東南西北、場に一枚も出ていない。

「いやな場だ、気味が悪いな」

上家の社長が一枚一枚慎重に捨てている。彼はダントツで、なまじっか勝負にかける手はない。

私に🀜が入ってきた。拙《まず》い変り方だが🀚打ちで、🀜と🀅のシャンポン。

「どうせこれが打てないんだから――」と下家の三井が🀙🀛を開いた。「ひとつ喰《く》っちまうか」

三井の捨牌は🀘。

「俺《おれ》も喰おう、ひとつどうだ！」

安さんが🀘をポンして🀁振り。

次の社長が又考えた。

「よし、もうひとつ行ってやれ。🀃、通ればリーチ」

「🀃当りです——」と三井がいった。

🀀🀀🀀🀁🀁🀁🀂🀂🀂🀃　🀙🀚🀛（チー）

三井が声を出さずに笑った。

「社長さん、振出しに戻ったね」

🀅🀅🀃🀃🀞🀞🀠🀠🀇🀇🀐🀐🀀

社長の手はこんな形で、ドラ二丁入りチートイツの形。これもアガりにくい手なので、ダントツで勝負に行くのはいけないが、国士をアガった勢いを過信していたのだろう。

社長は黙して語らなかった。

だがそのあと、私は思わず顔を笑み崩した。安さんが珍しく、三井の面前チンイチに放銃したのだ。

その局は、私が早い一色手をテンパイしていた。

これが六巡目だ。ドラが。

「又、へんな喰《く》いをしやがる」

安さんは別な手（たとえばチャンタ三色）を想定したらしい。このメンツは待ち辛《づら》いから早目に落すよ、といってとおとしてきた。そので当ったのだ。

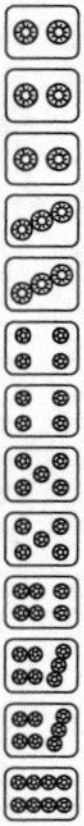

「かなら倍満なんだけど——」

三井はケロッとして手を倒した。

その瞬間から、場の空気が急に猛々《たけだけ》しくなった。二人が手負獣になったからだ。しかし荒れ場がすぎて誰《だれ》にもさしたる手がつかない小場に移行して居、大勢は三井にばかり有利になっていた。

五チャン目、ゲーム廻《まわ》しの巧い安さんが次第に復活してきてアガリの速度が増してきた。東場の親で六本まで積んだ。ほとんどの局にW東《ダブトン》がアンコかトイツかである。弥栄が来て部屋の電燈をつけたが、すると安さんの両方の指にはまった指輪がキラリと光った。

六本場の局に私がドラ牌《パイ》のをポンした。親の安さんが早番にドラを打ちだしてきたからだ。

ポン

その時私はこんな手で、捨牌の方は、

となっていた。そこへ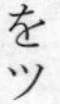をツモってきた。私はを一丁おろした。私のつ

もりでは索子手に見せたい。索子をしぼって高くしておき、🀑か🀒🀕を引き、🀌をもうひとつ切って穴八万待ちにとりたいと思っていた。

もし五八万を引いたら、慎重に🀑を二丁切りして万子メンツを伸ばしていく。

すると手順よく次のツモで🀕が来た。こうなると🀌を続けて二丁切りし、トイツ整理した形に見えるので穴八万の受けには理想的である。

安さんが🀏を切りかけてひっこめた。

「野郎め、ちょいと臭いな」

代りに🀓を振った。

「索子じゃねえよ。ドラを早鳴きしたらホンイチに持っていくことはねえからな」

続いて社長が🀋を振った。私と三井がそれぞれ無難な牌《パイ》をツモ切りし、安さんが、

「あ、そうか、こっちの方ならいいんだな」

と私の現物牌🀈を切った。

「ロン――！」

三井が静かに手を倒した。

六

「もう一丁来りゃァ九連宝燈なのにさ」

と三井はいったが、今度は私も笑わなかった。

面チン自体はさほど珍しくはないが、三井がこういう手を作っているときは必ず私の方にも派手な手が入っており、私の芸に隠れた裏技《うらわざ》のような作り方をしている。三井は何にもいわないが、私は彼のおヒキ（引出し役）にでもなってるかのようだ。

「強いなァ三井、こんなに強いとは思わなかったよ」

半ば本気で私はいった。

このメンバーでは雀力《ジャンりき》がひとクラスちがう社長は、小四喜《しようスーシー》放銃以来がっくり来てほとんど攻めに廻《まわ》れない。で、彼等の賭《か》けはかなりの点差で安さんがリードしていた。

これが最終回という九チャン目までその形勢が続き、この回も南場のオーラスまで社長はノー和了だった。

この局、七巡目で親の安さんがリーチ。配牌時に自分の山の尻《ケツ》を四枚抜いたのを私は見ていたので、又W東《ダブトン》アンコのリーチかな、と思っていたが、一巡目のツモにかかる安さんの手がツモ山に行く寸前に、下家の三井の手が伸びて安さんの右手をバタッとつかんだ。

「いけねえよ、俺《おれ》、いたずらは嫌いだよ！」

「いいよ、三井――」と私がいった。

「わかってるよ、でも、ここン家じゃァ、イカサマなんでもありってえことでやってるんだ」

「何故だ――？」

三井は不思議そうにいった。

「現場を押さえてもか。押さえなきゃ一発でツモっちまうんだぜ」

「だから戻さして、そのまま正規のところをツモらせりゃいいじゃないか」

「だって――」

「いいからよ、そうしろよ」

私も汗をかいていた。チョンボ代ぐらいじゃ安さんを社長の下位にすることはできない。

三井は不承不承ながら、安さんの手指の下から二枚の牌《パイ》を奪いとり安さんの山の右端に戻した。

「べつにこんな手アガらなくたっていいよ。俺《おれ》、もう勝負は捨ててるんだ」

安さんは照れ臭そうに正規の山をツモった。私は下ッ腹に力を入れた。だ、を持ってこい――！

だが安さんのツモ牌はだった。そのまま二、三巡がまわった。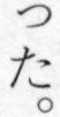は場に一枚、三井が振っている。あと三枚あるのだから、リーチが持ってきたっていい。

ふと、補助牌のが四枚、最初にのけて脇《わき》の小膳《ぜん》の下に転がっているのを思いだした。私はそっと手を伸ばしてその一枚をとった。

次の私のツモ牌をとったそのあとへ、すばやく補助のをおいた。

私のツモ牌は。ドラそばだったが眼をつぶって捨てた。通ってくれ――！

いい案配《あんばい》に安さんはなんにもいわず、次の山をツモった。

「白板《パイパン》――！」

「ロン――！」

これで勝負がついたわけだ。安さんはポロリと手牌を投げて、どうにでもしろよ、といった。

差し馬を計算してみたら千六百点の差で安さんより社長の方が上だった。

「車は差しあげます。又の機会に致しましょう、社長さん、好運でしたね」

「そりゃいいけど――」と私はいった。

「ウマ以外は現金で願いましょ」

「取りなよ――」

安さんは財布を投げだすと、終電車に間に合わないからとずんずん帰っていった。

社長が私を小突いた。彼の手をのぞくと、□が暗刻である。私は苦笑して安さんの振った□を握り潰《つぶ》した。

「社長、弥栄さんを泣かせるところでしたね」

私と三井はまもなく寓居《ぐうきょ》を辞したが、安さんの車はむろん影も形もない。彼は車の鍵《キイ》など無数に持っていて、鍵を渡して安心させ、負ければ車に乗って逃《ず》らか

る。これはドサ健も前にひっかかったので私は百も承知。

北鎌倉の駅で、三井と金を山分けし、終電に乗ったが、さすがに疲れていたらしく、乗ってすぐ眠りこけてしまった。

眼がさめたのは東京駅だった。三井はどこか途中の駅でおりたらしい。

私は一人で上野へ出た。早朝の汽車で発《た》つ人の列がもうできていて、構内はなんとなくざわざわしていたが、地下道はすでにひっそりしている。

排便の臭いと、チョロチョロと石畳を濡《ぬ》らす水の流れの中に、一人二人、ボロのように寝崩れている人影があった。

花と牌《パイ》

一

上野駅の構外にはかなり烈しい雨が降っていて、その雨水の流れが地下道の石畳を大きく濡らしているのだった。

流れのひとつは眠っている浮浪者の頭部を浸していた。そして彼の股《また》のあたりからも又一つ新しい流れが端を発していた。

そうした風景は私にとって、むろん目新しいものじゃなかった。数年前ならば、この地下道は浮浪者の人いきれと体臭でむっとしていたものだ。

更にその前、敗戦直後の頃《ころ》の上野は、どこもかしこも浮浪者で鈴なりだった。当時、浮浪者というのは職と住居を失った人たちの名称であり、それは少しも珍しい存在ではなかった。

月日がたって自然に数はすくなくなり、字義どおりの浮浪者が残ったが、地下道の中はまだ満員で、一種の活気を呈していた。右を見ても左を見ても、同類がうようよと居るために、これもひとつの生き方だと思ったかもしれない。

だが今はちがう。地下道をざっと見渡してもその影は三つか四つ。数がへれば、脱落した特殊例というにすぎない。誰《だれ》よりも本人たちがそう思うだろう。で、彼等はかつての闊達《かったつ》な気持を失って、ふて寝をするより策がなくなる。他人事《ひとごと》じゃなかった。私は地下道を足早に通りすぎて、雨の中に立った。駅の大時計が一時近くを示している。

上野は私にとって、戦後の故郷のようなものだった。知り合いもたくさんある。ドサ健もアメ横の二階に逼塞《ひっそく》してるかもしれないし、かに屋の親父の所もまだやっているだろう。

だが雨の中を歩くには少し遠かった。もっと近くで休むところを思いだして、私はそこに駈《か》けこんだ。

それは〝あずま〟という店で、以前に本郷《ほんごう》で麻雀《マージャン》屋だった頃《ころ》、麻雀《ジャン》ボーイ代りに大分居候《いそうろう》を続けたことがある。

ちょうどお内儀《かみ》が暖簾《のれん》をしまいに戸口のそばに歩み寄ったところだった。

「あれ、まァ――」とお内儀は眼を丸くした。「まだ生きてたのかい」

「降られて行くところがねえんだ。一杯呑《の》ましてくれよ」

「もう何にもないよ」

「いいんだ。コップでキュッとひっかけるからさ」

奥の小座敷でひっそりと牌《パイ》をかきまぜる音がした。

お内儀がいった。「あれの匂《にお》いをかぎつけてきたんじゃないのかい」

「いやもう仕事は終ったんだ。邪魔はしないよ。一人で朝まで呑《の》んでるから鍵《かぎ》しめちゃってくれ」

お内儀《かみ》は舌打ちしながら「あンたまだ一人でごろついてるのかい、しょうがないねえ」

それからお店着をもう着かえた年増の女中を呼んで燗《かん》をつけるようにいった。

「二階にこの人の布団を敷いといてやって。——あたしこのところツイてるのよ、それじゃね」

不機嫌そうな女中と二人でしばらく呑んだ。

「お内儀、これが来てるんだろう」

「これって——？」

「鳥屋のお兄さんさ」

「ううん、あの人、もう来ない。この頃《ごろ》居ないようよ、旦那《だんな》以外にはね」

「じゃ、なんであんなに嬉《うれ》しそうなんだ」

「さァ――、嬉しそうかしら」

女中が生あくびをかみ殺していた。

「そうか、じゃァ寝かして貰《もら》うかな。布団敷いてくれ」

「はい、――布団はおひとつ？」

「おや――」と私はいった。「ここの家はそんなこともやるのか」

「べつに。ただ訊《き》いてみただけよ」

女の顔は冷たく痩《や》せていて、鼻孔が黒く汚れていた。もう四十七、八だろうか。

北鎌倉の弥栄のことが念頭から去らない。明日、来るか来ないかはわからないけれど、一応彼女とデートを約束しているのだ。こんなお袋のような年齢の女など相手にするのはよそう。

「ひとつだ――」と私はいった。

二階の小部屋で布団に入ると、酒の酔いで鼾《いびき》をかいて眠った。

そのうち、ふっと眼がさめた。あれは不思議なもので、私のようにドヤ街の集団ベッドで寝るのに慣れてくると、空気の揺れですぐに眼がさめる。

さっきの女中が敷居際に四つん這《ば》いになっている。

部屋の中は暗かったが、外のネオンの照り返しで、向こうの身体の動きはよくわかった。

(畜生奴《め》――、男に餓えていやがるのかな)

半身をおこして、よう、まごまごするな、こっちへ来い、といってやれば簡単なのだが、私はそうはしなかった。なんだか様子が変だったからだ。

這った彼女の足もとには座布団がおいてある。おそらく畳をきしませないためなのだろう。その座布団をずらしてそのうえに手足を移動させる。ひとつ手足を移動させるたびに長いこと私の方を見ている。

薄物の寝衣姿である。彼女の表情まではよく見えないが、私はたちまち眼を伏せて、わざと軽い寝息をたてた。

しばらくして、うす眼をあけてみた。女の身体はびっくりするほど近くに来ていて、今度は表情が見える。

私もさすがにゾッとした。彼女はもう女の顔をしていなかった。凶賊の表情だった。すぐに眼をつぶったが女の表情が瞼《まぶた》の裏で消えない。

彼女は長いこと動く気配がなかった。じっと私をにらみ続けているのだろう。

しばらくして、そろっと動く気配があった。私の方にではなく、私の脱ぎ捨てた洋服の方へ――。

二

私は寝息を立てながら、又うす眼を開いていた。しかし部屋の隅の方を見ていた。視線を合わせては拙《まず》い。暗くても、視線が来ている感じがすぐわかるものだ。

運がいいことに私の所持金は枕《まくら》の下に突っこんであって、洋服のポケットには小銭しか入っていない。ドヤで寝つけているのでそれが習慣のようになっていたのだ。

視線の端で、彼女は私の衣服を探っていたが、ついに小銭しか得られなかった。そうして再び私の方をじっと眺めだした。

そろっとこちらに近づいてきた。私は又眼をつぶった。押し殺した彼女の息が、かすかに私の頬《ほお》にあたるようだ。

何をする気だろう――。私は眼をあけて、彼女と対決してしまう誘惑にかられたが、結局そうしないで、相手の次の出方を待っていた。

その静寂はかなり長かったように思う。ひょっとしたらもう立ち去ってしまったのではないかと思ったが、そのとき、私の枕《まくら》がかすかに揺れた。

枕の下に手がすべりこんだのだ。その気配を私に気どられぬように、虫が這《は》うような動きですべってくる。

この金を何に使うのだろうか、と私は考えていた。何故、こんなことまでする必要があるのだろう。

女の手は、手首のあたりまで枕の下に入っていた。鋭くなった私の神経が、女の指先きが持ち金に触れたことをキャッチした。

ううん——、私は呻《うめ》き、寝息をとだえさせ、大きく寝返りを打った。女の手がすっと逃げた。

そうやって私は、所持金の真上に頭部を持っていった。

やがて枕の反対側から、又女の手が入ってきた。彼女は手の動きをスムーズにするために、私の頭上に長々と腹這《はらば》いになっている。

頭から遠い方から入ってきた彼女の手が所持金に届きそうになると、私は寝返りを打った。

何度かそうやって、やっとあきらめた彼女が部屋を去ると、奇妙なことに、女の身体を何発も責めたあとのような、どことなく充足した疲労感に覆われていた。

階下からは、まだ時折り牌《パイ》の音がきこえる。お内儀《かみ》の甲高い笑い声も。

お内儀は四十歳そこそこだが、さっきの女中はそれより大分年上だろう。おそらく紅燈《こうとう》の巷《ちまた》を漂泊してきて、来る日来る日を当てもなくすごしているのだろう。そうして、自分の肉体すら売りはぐるような年齢になってしまった。

こうやって得た金を何に使うかと先刻は考えたが、のっぴきならぬことをするには、のっぴきならぬ理由があるのだろうと考えるのは素人《しろうと》で、ただその日をすごしていくためにだらだら使ってしまう金なのである。

逆にいうと、ただだらだら生きていくだけでも、のっぴきならぬ金が必要というわけであろう。

私はもともと、盗みなど屁《へ》でもない環境に育ってきた。先日も勇さんにこの手をかまされたばかりだが、次第によれば私自身が盗みのプロになりうる自信もある。盗みは、博打《ばくち》と同じくらい愉《たの》しいものである。

しかし、今の女のやりかたはこたえた。もう盗みしかやることがないという表情である。私はその前に眼にした地下道の住人たちを連想した。奴等と女中は、私とどこがちがうのか。

奴等とどこがちがうか、この考えは、私を再び眠らせなかった。

もはや戦争の跡は残らず整地され、人々は自分たちの家庭や職場を本建築で囲ってしまった。地面は、本来誰《だれ》のものでもないのに、あの女中や私のように身ひとつで生きてきた連中はもうどこへも入りこめはしない。

はじめ、博打の世界に飛びこんだ頃《ころ》、決してうす汚れた所業をしているとは思っていなかった。熊《くま》が食用鶏を襲うように、勇壮で当然な行為だったのだ。

だがもう今は、枕探《まくらさが》しをしなければ明日の食物にもありつけない漂泊者にすぎない。その私に女中を告発する気はおきなかった。

眠れぬままに、朝早く、支度をしてその店を飛び出した。満員電車に揺られて、会社に行った。

出勤時間のおそい盛り場新聞社はまだガランとしていた。たったひとり、退職金を貰《もら》えなくて、退社をしばらく延期している女事務員が黙々と掃除をしていた。

彼女は私を見ても声をかけない。典型的な不良ッ子と思っているのだろう。社長にくすねられた退職金を、今私が彼女の手に握らせたらどんな顔をするだろう。懐中を叩《たた》けばそのくらいの金額はある。

(――この野郎、誰《だれ》が手前等《てめえら》を助けたりするものか)

(――俺《おれ》と手前等は、助けられたり助けたりする仲じゃねえんだ)

（——俺だって、どんなに困っても手前等にすがったりはするもんか）

私は、彼女を喜ばせようとするいつもの衝動を辛《かろ》うじて押さえた。

三

弥栄との約束時間は午後一時。場所は新橋駅。昨日、彼女の鏡台の上にそっと紙片をおいてきたのだ。

万にひとつも来てくれるとは思っていなかった。しかし、心が落ちこんでいる今、慕情がしきりに募った。美しいものをひと眼見て口直しをしたい。

その一方で、落胆を防ぐために、来るわけがないと思いこもうとしている。ホームの横須賀線の時刻表を何度も見て、電車がつくたびに胸をおどらせた。

しかし、一時かっきりの電車でホームにおりたった弥栄の姿を見たときには、唖然《あぜん》としてしばらく声が出なかった。

「ほんとに、来てくれたんですね、わざわざ鎌倉から——」

「お話があったんです。それで——」

「じゃあ、それじゃァ——」と私はどもりながらいった。「お茶でも呑《の》みながら、うかがいましょう」

春らしい淡色の和服を可愛く着こなした弥栄は、これがインチキ社長の玩弄物《がんろう》だとは考えられないほど初々しい。

「なんですか、話って――」

「ええ、それが――」

喫茶店でも彼女はいい淀《よど》んでいた。

「――実は、山岡（社長）に内緒で、どこかへ働きに出たいんですけれども、何をしたらいいかと思って――」

「何故？　貴女にそんな必要があるのかな」

「ええ――、あるんです」

「社長に内緒で？」

「ええ――」と弥栄はうなだれた。「貴方は、そう聞いたら山岡に報告なさいます？」

「とんでもない。貴女の秘密なら死んでも守りますよ」

「本当に？　あたしのためを思ってくださいます？」

「もちろん」

「よかった、あたし、相談する人がないんです」

「しかし又、何故、社長に秘密にしなければならないんです」

弥栄は長いこと黙っていた。それから突然いった。

「あたし、泥棒なんです――」

「泥棒？」

ふだんなら笑い出すところだった。だが笑えない。私の脳裏に例の女中の四つん這《ば》いの姿が浮かんだ。

「冗談いっちゃいけない――」と私は弱々しくいった。

「貴女が泥棒だなんて――」

「いいえ、きいてください、貴方がいつか持ってきてくださったお荷物、あの中味は金だろうとおっしゃいましたね。そのとおりです。山岡は会社の利益を個人財産にすりかえて、社員の方を使って鎌倉まで運ばせ、私名義の預金にしておりました」

「その金を盗ったのですか」

「――ええ」

「いいじゃないか。社長の方もくすねた金だ。お互いっこで文句はないさ」

「でも、山岡はああいう男ですもの。あたしが一銭でも自由にしたとあれば、どんな目に遭うかわかりませんわ」

「又しかし、何に使ったんです」

「それは――」

「いえないこと――？」

「いいえ――。でも、ここでは――」

弥栄はマッチをすって、私の煙草《たばこ》の火をつけてくれた。

「貴女は、バーかなにかに居たことある？」

「ええ。でもほんのすこし、ふた月ぐらいで、山岡に、ひかされました」

「何故？　ほれたんですか」

弥栄は首を振った。

「じゃァ、お金のため？」

答えがない。

「貴女はよっぽどお金が必要な人なんだな。まァそりゃ誰《だれ》だってそうだけれどね。咎《とが》めてるわけじゃないから気にしないでください」

うなだれていた弥栄が、必死の表情で顔をあげた。

「あたし、引揚者なんです。家族は向こうで皆死にました。あたしだけ生き残って、品川《しながわ》の引揚寮に居たんです。きっとあの当時、ヤケになってたんですね」

彼女は急に立ちあがって私をうながした。

「これからちょっと、ある場所までつきあっていただけません？」

「いいですよ――」私も立ちあがった。「貴女の行きたいところに、どこにでも行くつもりなんだから」

弥栄は先に立って新橋駅へ戻り、国電で新宿まで行き、そこからタクシイをひろって甲州《こうしゅう》街道を飛ばした。

話は向こうでするから、それまで何もきかないでくれ、という。

車がとまったのは大きな寺の前だった。門前に見事な八重桜が枝をひろげていて、びっしりと花をつけていた。

「ある場所ってのは、ここのこと？」

「ええ、線香臭いところはお嫌い？」

正面の本堂に行かず、その前を折れて彼女はまっすぐに墓地に向かった。墓地の周辺にも八重桜が爛漫《らんまん》と咲いている。

本堂からは一番離れた隅の一郭に真新しい石塔が建っていた。弥栄は振り返って私を見た。清水家之墓、と石塔にはきざんであった。

「泥棒して、これを買ったの」

「亡くなった家族のお墓だね。でも、お墓ならば社長に話せないこともあるまいに」

「あたしは女房じゃないんだから、あの人にそんなお金を出させることはできないわ。それに、あたしは、おねだりが下手《へた》なの」

おねだりが下手だから、盗むってわけか。こいつァ、面白い。俺《おれ》と似ているな——。

しかし私は、盗んでまで建てたというこの墓を見ても、ほとんど感銘を受けなかった。

死んだ魂にまで、仕切りをして居場所を作り、せまい所に閉じこめてしまうなんて、馬鹿《ばか》げてる。叩《たた》いてもこわれない本建築の住居なんて生きてるうちでたくさんで、死者はもっと自由にさせてあげるべきだ。

四

弥栄と私は二人で石塔に水をかけ、線香を焚《た》き、花を供えた。そのあとで彼女はしゃがみこみ、長いこと合掌していた。

「これだけのお墓は、そうとうしただろうね」

「――山岡が通帳をみれば、すぐにわかるような金額ですわ」

「しかし、内緒で働きに出るったって、不可能でしょう」

「ええ。でも、パートのお仕事とか、内職的なものとか――」

「パートね、そういえば――」

私は弥栄をうながして清水家の墓地を出て歩いた。この話は眠っている彼女の家族には聞かせない方が無難だろう。

「家の中でやれることで、社長が全然気づかないうちに稼げることがあるよ」

「どんなこと――？」

「麻雀――」

「だってあたしできないわ」

「貴女がやるんじゃない。――テンパイの形ぐらいはわかるんでしょう」

「ええ、まァ、ときどき見てますから」

「それで充分。――貴女は僕のスパイとして相手のテンパイを教えてくれればいいんです」

弥栄の眉根《まゆね》が、かすかにけわしくなった。

「あまり楽しいお仕事じゃなさそうね」

「何故?——じゃ、楽しい仕事っていうのはどんなものですか」

「そういわれても、困るんですけれど——」

「僕はただ、心配しているだけですよ。僕の方は、スパイなしだって負けやしない。誰《だれ》にも気づかれずに稼げるなんてこと、そうざらには転がってないからな」

弥栄は、墓地の細道をしばらく黙って歩を運んでいた。八重桜の小さな花びらが粉雪のように舞っている。私は例の如く気おくれでモタついていたが、

(——リーチだ、リーチをかける手だってば!)

我れと我が身をはげまして、彼女の手をとり抱き寄せた。むろん烈しい抵抗にあったが、リーチをすればもう私は変えられない。無二無三に進むだけだ。そのうえ私自身も慄《ふる》えるほど昂奮《こうふん》してきて何度も突き放されかかりながら腰にまわした手をほどかなかった。

いつのまにか、私たちは熱い空気の層の中に居る案配《あんばい》になった。

「いいんです、あたし、もうどうなっても——」と彼女は叫んだ。「本当は、山岡のところを逃げたかったんですわ。あの家を出て、働いて、お金を返します」

私はだまって女の顔を眺めていた。

「今ならなんだってできます。キャバレエだって平気だし、芸者にもなれるわ。どうして今までそんなふうに考えなかったんでしょう」

弥栄はふと私を見た。

「何故、だまっていらっしゃるの？」

「無理だろうな、そいつァー」と私はいった。「美人だからって、女給や芸者で成功するとは限らない。世間の風の中で生きるには、汚れることに無神経になる必要がある。だが君にはできまい。君は今まで一番大事なものをそっくり銀行に預けて暮してきたんだ。銀行預金で喰《く》ってる奴は、いくら銀行が憎らしくなっても、どうすることもできないのさ」

「ずいぶんひどいおっしゃり方ね」

「じゃァ何故、麻雀スパイができないんです。社長を負かして、社長の金を、社長の通帳に入れるだけだ。なんてことはないじゃないか」

「あたしに勇気がないと、思ってらっしゃるのね。いたしますわよ、なんでも――」

私はやっと笑った。

「まず通帳の穴を補塡《ほてん》しておいて、社長と別れるかどうかは、それからきめたらいい」

私は紙片に、指関節を使うサインを全部書き記して彼女に渡した。普通、玄人《くろうと》は言葉のサインを使うが、それは慣れないとむずかしいし、平常寡黙な彼女が急にベラベラしゃべりだすのも不自然だ。テンパイのサインだけなら、親指を他の指の各関節に充てることでさまざまな意味を発信する奴の方がめだたない。

弥栄はその紙片を、袂《たもと》に入れた。

それから私たちは寺を出て、車をひろうつもりで甲州街道沿いにぶらぶら歩いた。少し行ったところに小さな古道具屋があった。

「あたしも麻雀を、おぼえようかしら――」

弥栄はショウウインドウの麻雀牌《パイ》を眺めながらいった。

「ひとつ牌を買ってもいいわね」

「この前使った奴は？」

「あれは山岡が、会社から持ってきたんじゃないのかしら」

「買うんなら、骨牌《こつパイ》の小ぶりな奴がいいな。それに角が減って丸くなってるようなのがね」

彼女は眼をあげて、不意に私の姓を口にした。

「何故、お家へお帰りにならないの？」

「え？」

「お家は大きな呉服屋さんなんですってね。何故かしら、結婚もしないで――」

呉服問屋大福の息子というのは、入社するときのまとめ役、勇さんの捏造《ねつぞう》で、彼女もそう思ってるとわかったとたんに気が楽になった。

「家だの会社だの国家だのなんて、みんな小汚ねえや。立派そうな顔して結局手《て》前等《めえら》のことしか考えてない。僕は、家も会社もいらない代りに、偉そうな顔もしないのさ」

「いつまでそうしてる気？」

「二度と帰らないよ。自分の食い分だけ、博打で稼ぐ。それ以上はとりこまない。いいねえ、博打って奴は、単純に悪いことのようだから大好きだよ」

「それじゃ、さっきのことも、あたしを仲間にひきこむためにしたことなの？」

私はちょっと考えた。

「君は好きだよ。正直、憧《あこが》れてもいた。でもだからって、マイホームを持とうとは思わないな」

「そう――」

折りから来たタクシイを停《と》めると、彼女は先に乗り、続こうとする私を手でさえぎった。

「悪いけど一人で帰るわ。そうしたいんだから仕方がないでしょ。それじゃ、サインは練習しておくわね」

五

私は弥栄ばかりでなく、その機会に、社の先輩たちにも何通かのサイン（通し）を教えた。

同じ親指の形体サインにも何通りもあって、指関節のもの、肘《ひじ》関節を中心とするもの、へその位置を中心とするものなどがある。それ等を教えたので、このあと社長と麻雀を打っているときに、周辺を社員が徘徊《はいかい》していたら、それは私の味方で、相手のテンパイを通してくれると思ってよいことになった。むろん、彼等も、私と組んでの麻雀収入を当てにしてのことである。

社長は珍しく広告業者と伊豆《いず》に行って二、三日留守している。

しかし社長も、先日の麻雀みたいな有様では、いろいろとやりかたを考えていよう。

だいいち、あれからこっち、社長は私を見ても声もかけない。何故ならば、安さんのスポーツカーが鍵《キイ》ばかりで、実体を手にすることができなかったからである。

伊豆から帰ってきた社長と、トイレで顔を合わせたおりに、私の方から切りだした。

「社長、もうそろそろ例の奴をやってもいいんじゃないですか」

「例のとは、なんだ」

「先日の接待麻雀の続きですよ」

「麻雀か。伊豆で徹夜をしてきたばかりだ。もうゲップが出るよ」

社長が旅疲れでへバっているときにやれば、と思ったのだが苦もなく一蹴《いっしゅう》されてしまった。

そのくせ二、三日もすると、ケロリとそんなことは忘れて、社長室で、私を含めた三人と、ひと晩打った。

社長のひとり負けである。

「どうも落ち目だな。伊豆でもツイていなかった」

「仕事が巧くいくときは、麻雀が駄目になるんでしょう――」と私は慰めておいた。「運は限りがありますからね。どっちもいいってのは無理ですよ」

「そうそう、あの箱根の息子なァ」と社長がいった。「腹が立つから、名刺を見て電話をかけてやった」

「めったに家なんかに居ない奴だから――」

「ところが居たんだ。馬鹿《ばか》な奴で、電話に直接出てきたのが奴だった」

しかし直接安さんが受話器をとったから、まだ好運なので、他の者に出られたら、箱根の旅館の息子といった嘘《うそ》がたちどころにバレてしまう筈《はず》だったのだ。

「近頃《ちかごろ》の若い奴はひでえなァ。いや、金持ちのグータラ息子にはよくあんな卑《ひ》怯《きよう》な奴が居る。俺《おれ》が電話したらなんていったと思う。『あたしゃなにも車を賭《か》けたんじゃない、車の鍵《キイ》を賭けたんだ――』とさ」

私は笑いを押さえていった。

「僕も見そこないました。以後あんなのは呼ばないようにします」

「うん。今度は俺の方からもメンバーを呼ぶよ」

そりゃその方が好都合だ、と思ったがむろん表情に出さなかった。

ところがその次の日、甚だ穏かならぬ人事が発表されたのである。

というのは、伊豆に一緒に行った広告業者が盛り場新聞社に少しまわすことになり、ついでにその広告業者の甥《おい》っ子を二人、ほんの給仕に毛の生えたような若者だが、使ってくれということになったらしい。

で、この社のいつもの例で、人員を二人増やす以上、その分の人件費を増やさないために、現役の誰《だれ》かに退社して貰《もら》わなければならない。

そんなときは社長が馬鹿《ばか》に早く出社してくる。そして、その日キチンと出勤時に来ていたのは、老編集長と、例の退職金を貰《もら》えずにまだ結婚できない女事務員だったのである。

社長は二人を見て、迷うことなく老編集長にいった。

「編集長、ご迷惑な話ですがね、今日限りでひとつ、やめていただきたいのです」

老人はなんのことかわからず、キョトンとしていた。

「今度、若造を二人入れることになっちゃいましてね。弱っちゃうんですよ。どうしてもいやだというわけにいかんのです。まァここらが小企業の辛《つら》いところでね」

「はァ、そうですか――」と老編集長は大きな眼玉をギョロつかせながらいった。

「あたしは年寄りだし、もうお役には立たないからね、文句もいえませんがね」

「いや、決して。――役に立つ立たんじゃないのです。なにしろ若造は二人ですからな。貴方に退いて貰えば、退く方は一人ですむわけだ。なにしろ、当社で一番高いサラリーを出してるんだから」

「いや、わかりました。お世話さまでした」

「ご苦労さまでした」

これで、ことがすんでしまったのである。老編集長は出勤時を五分ほどすぎたばかりでもう帰っていった。

六

私は午後になって出勤してきてそれをきいた。すぐに社長室に行った。

「社長、編集長の代りに私をやめさせてください」

「そうはいかんのよ。入ってくるのは二人だ。ギャラの高い人にやめて貰《もら》う」

「でも編集長はあのお年じゃ、もう他の仕事ができません」

「そりゃ自分でなんとか工夫するだろうよ。七十年もそうやって生きてきたんだ」

「どうですかね。――でも僕の方が工夫しやすいですよ。僕は給料は要りません。

やめたってちっともかまわないんです」

「じゃ、やめろ。とめはしないよ」

「ただ、社へは毎日出てきますが」

「なに？」

「給料は要らないけど、社へは出てくるんです」

「そんなわがままは許さん」

「しかし僕は、会社の都合で勤めだしたんじゃないんだ。自分の都合で勤めだしたんですから」

「なんだかお前のいってることはわからんぞ」

「はっきりしてますよ。給料なしで働きます。だからせめて僕の給料分を、編集長にあげてください」

「アホ抜かせ。編集長は編集長、お前はお前だ」

「まァいいや、こうしましょう。僕は給料なしで毎日出てきます。編集長も給料なしで毎日出てくるんです。それで僕の給料分の金額を編集長にあげてください」

私はこの会社を、かなり気に入っていたのだった。こういう所は、私の性に合っている。ただひとつだけ気に入らない点は、給料などを支給されて、へんに身体を縛られることだった。要するに、連絡事務所的なものになればよい。

だがそううまくはいかなかった。社長の方も意地になったようで、どうしても私には給料をくれようとする。

だから私の方も意地にならざるをえない。

社長が給料をくれようとくれまいと、そんなことには関係なく、麻雀ではぎとらないわけにはいかない。何故なら、社長が麻雀を打つからである。

「社長、三井に連絡をとりますが、例の件はいつにしますか」

「麻雀か。うん、やらないわけにはいかないな」

「そりゃそうです。銭を抱かしてやりっ放しはない。今度は回収をしなければ」

「お前、本当に――」と社長はいった。「どっちについてるんだ。三井の方か俺《おれ》の方か。本当のことをいえ。なにかカラクリがあるんじゃないのか」

「社長だって、麻雀ではずいぶん場数をふんでるんでしょう。カラクリに負けないように社長もカラクリを作ればいいじゃないですか。それが勝負ってもんです」

「よし。だが貴様が敵か味方かわからない。敵だとしたって俺《おれ》は平気だぞ。はっきりせんのはいかん、男らしくない」

「本当をいうと、僕はバイ公です。都合のいい方へつきますよ。社長についた方がよければ社長側です。その力が社長になけりゃそれまでのこと。博打ってのは、強きを助け、弱きをくじくものですからね」

「ちょっ、貴様、そんない方で俺を誘惑するんだな」

「三井はいくら大きいレートでもイヤとはいわない奴です」

社長は立ちあがって背広の上衣のポケットから紙片をとりだしてきた。

「これはお前だな」

私はだまってそれを見ていた。指関節のサインを記して弥栄に渡した紙片が、早くも社長の手に渡っているのである。

「弥栄が麻雀牌《パイ》など買ってきた。あいつが麻雀などに興味を持つ筈《はず》はない。どうもおかしいと思って調べてみたら、これだ」

「このサインをおぼえてください――」と私はいった。「お互いのテンパイを知らせっこしましょう」

「ふん、笑わせるな。お前は私と組むつもりはなかった。私と組むつもりなら、サインはもっと前に、直接私にいってくる筈だ」

「じゃ、誰《だれ》と組む気だったんでしょう」

「弥栄にこれを渡したのだから、彼女とだろう。彼女と組んで、私の手を盗むつもりだったのか。信じられん。お前はともかく、弥栄がだ。奴はそういう女じゃないのだ」

「そうです、弥栄さんはそんな女じゃありません」

「もうひとつ訊《き》こう。どこで、これを彼女に渡した」

私は笑った。

「どこでって、北鎌倉にお邪魔したときですよ。それ以外に無いでしょう」

「だが、この紙片は弥栄の春着の袂《たもと》に入っていた。お前等が来たとき、奴は着物など着ておらん」

「あとで入れかえたんでしょう」

社長は妙にねちっこい眼で私を眺めながらいった。

「お前をクビにしないわけがわかったか。お前はまだ野放しにはできない。捨て金をくれてやって、しばりつけておく」

「クビにしたってかまわないんですよ。どっちみち、当分僕は社長のそばを離れません。社長に博打で負けるお金がある間はね。もう一度いいますけど、僕は自分の都合で、ここに勤めているんですから」

「お前の都合じゃない。私の都合だ」

「その点は五分五分ですね。僕はここが気に入ってます」

「クビにしたら、事務所内には入れさせせんよ。弥栄とのことがはっきりしたら、もう用事はないんだ」

「でも社員はちがいますよ。僕が居なくちゃ小遣い稼ぎが減るんです」と私はいった。「おそらく、ある意味で社長さんも離れられないでしょ」

決戦

一

その日、三井と私はばらばらに北鎌倉の弥栄の家へ行った。今度はもうお互いに味方ではないのだという意識がある。三井が勝つか、私が勝つか、どちらが最終的においしいカモの肉にありつくか、決戦というわけで二人とも眼尻《めじり》を吊《つ》りあげていた。

だから、三井の方からもあれ以来電話もかかってこない。そうして今回は安さんは誘っていなかった。この前、自動車の鍵《キイ》だけおいてズラかった以上、誘ったところで安さんの方も来る意志はないだろう。

その分のメンバーは、社長が仕事関係の客を連れてくるという。

ちょうどメーデーの日で、電車の中にはプラカードなどを持った若者がたくさん眼についた。大勢との連帯感に染まって幸せそうな奴等だ。しかしまァ、大勢の中に居た方がよい場合もあるし、一匹狼《いっぴきおおかみ》の方が気楽な場合もある。両方いいところだけはとれないからどちらか一方をえらばなくてはならない。

弥栄の家の玄関を入ると、もう男の靴が二足脱ぎ捨ててある。社長のは靴箱の上だし、三井の進駐軍放出品らしき頑丈な奴はこの前見おぼえがある。もう一足は小柄だが上等品だ。

廊下で、弥栄に訊《き》いてみた。

「あと一人のお客はどんな人？」

「鎌田さんとかって。銀座のキャバレエの経営者ですって」

私は急にしゃんとなった。〝銀座の番長〟鎌ちゃんがここに来ている以上、今日の仕事《マージャン》は楽にはいかない。

「しばらくです」

「おや、どうもしばらく。あいかわらず勝ってますか」

鎌ちゃんは柔和な眼を細めて、そつのない挨拶《あいさつ》を返してくれる。

「でも社長、鎌田さんを呼ぶとは考えましたね。最後の手段ですか」

「何故だ。鎌田さんは我が社のれっきとしたお得意様だぜ」

「ルールは今三人で打ち合わせたんですが、この前通り——」と三井が私にいった。

「はい、承知」

「ただ、僕はひとつ提案があるのです。サイ二度振り、オール伏せ牌《パイ》を励行しましょう」

「二度振りはいいが、伏せ牌は面倒だな。それに、牌がまざりにくいよ」

「いや、伏せ牌でやりましょう。それが礼儀ですから」

「よし。きまった。あとはレートの問題だな」と社長がいった。「どうする。この前のじゃ我々が遊ぶには安すぎるようだが――」

私と鎌ちゃんはだまっていたが、三井が、緊張した表情で又口を出した。

「二度振り伏せ牌なら、僕はいくら大きくてもかまいません」

「うん、それじゃこうしよう」

社長が指一本を立てて突きだした。千点一万円だというのである。

まだ一万円札がない時代のことだ。私が勝負の場にいつでも出られるように、道路に寝たとて手をつけずに貯めこんだタネ銭が約二万円。つまり千点棒二本分にしか当らない。当時としてはベラ棒な高いレートである。

しかし私は屈しなかった。

「結構でしょう。それでやりましょう」

東一局、最初の配牌は実に悪かった。

🀀🀀🀁🀃🀄🀅🀙🀛🀟🀟🀡🀖🀖

第一ツモで風牌の南が二丁になり、🀟を一枚切った。しかしなんとも手にならぬ。このメンバーでは大振りは損で、バットを短く持ち、ミート打法でいく方がよい。序盤戦は、三千点級の手を大事にあがって、戦局をまず自分のペースにすること。それは百も承知しているが、なかなか思うようにならぬ。

上家の三井から東が出た。それを見送ったのが、あるいはよかったのかもしれぬ。ばたばたっと東、南がアンコになり、北が二丁になった。

🀀🀀🀀🀀🀁🀁🀁🀃🀃🀙🀚🀛🀟🀡

十巡目に西をツモリ、四喜和《スーシーホー》への足場ができた。大振りすまいと思えど、これでは仕方がない。西は二丁出ている。

社長が完全安全牌の中などを無雑作にツモ切りしているあたり、ヤミテンしてるとにらんだ。だから北をツモってアンコにしたとき、ツイてるな、と思った。西を二丁にして、初牌《ションパイ》の北を頼りのテンパイより、地獄待ちの西単騎の方がよい。

「リーチ――！」と私はいった。

すかさず社長が追っかけリーチをかけてきた。これが私のツケ目で、ヤミテンの社長には誰《だれ》かが放銃するかもしれぬが、リーチをすれば牌の出もとまる。私としては、みずからリーチを宣言し、他の二人を警戒させて、なんとか長丁場もたして西を山から発掘したいのである。

しかし、社長の手をのぞいて、慄《ふる》えた。

□□□二萬二萬二萬三萬四萬伍萬六萬七萬八萬九萬

一四七、三六九万の待ち。しかもドラが□。これは絶体絶命。私は単騎待ち、しかもワンチャンスの単騎待ちなのだ。せめて放銃だけはまぬかれたい。

社長が六萬をツモって、河《ホー》の中に捨てた。あッといって、すぐ取り戻そうとした。その一瞬前に、三井から、ロン、という声がかかっていた。

「失礼、ツモリだ。ツモってる」

「ロンです。僕のアガリが優先でしょう。一度河へ捨てたんだから」

「しかし——」

社長はけわしい眼で三井を見、一同を見まわした。私も鎌ちゃんも無言だった。

「チートイツのみです。失礼しました」

年に似合わぬきびしい声で三井はいい、社長から点棒を受けとった。

「糞《くそ》ッ——」と社長がいった。「🀋だと思った。モウ牌《パイ》ちがいだ。こんなことってあるかね」

二

最初から荒れ模様の感じだったが、しかしガメりだしたのは手負獣の社長一人だったために、東場は案外スッと終った。鎌ちゃんが🀅アンコ穴🀛待ちの一発で、又三井はW東《ダブトン》をつけてドラ一という手をサラッとアガった。いずれも放銃は社長。

しかし南に入って再び私に勝負手が入った。

🀁🀁🀁🀋🀌🀍🀎🀎🀏🀙🀛🀒🀓🀔

私はW南《ダブナン》で、ドラは🀜だった。私はドラそばの穴三筒を嫌って🀙から切った。次にツモったのがなので気をよくしを切り、リーチ。

「――それ」と鎌ちゃんがいった。「喰《く》いタンありでしょ。しようがないものね」

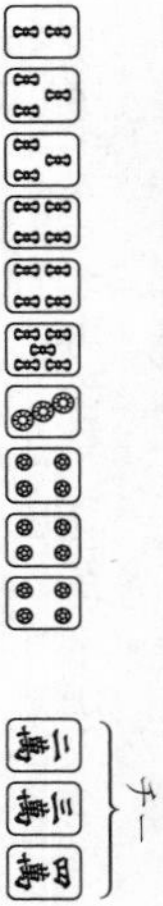

私はスッと立ちあがった。トイレに立つ振りで、弥栄の部屋の唐紙をノックした。

「――どうぞ」

入って、あっ、と思った。四畳半の和室に大きなダブルベッドががっしりとおかれている。弥栄は、わずかな空間に据えた鏡台に向かって肌の手入れをしていたらしい。

「――あら」

「僕です、すいません。早速だけど、例のリュックはどこにありますか」

「え――?」

「社長は銀行嫌いなんでしょう。いそいでリュックを出してきてください。例の使いこみの始末をつけてあげます」

弥栄は半信半疑のまま、つられて立ちあがったが、

「始末って、どうなさるんですの」

「まァここへ持っていらっしゃい。そうすればわかります」

私はもう一度押した。彼女はベッドの向こう側の押入れの奥から、リュックのひとつをとりだしてきた。

私はリュックの紐《ひも》をほどいて、中の札束をひっつかみ、すばやく内ポケットに入れた。

「ま！　貴方なにを――！」

「これでいいんですよ。今までの減り分そっくり僕が肩代わりします。この家へリュックを運ぶ途中で盗んだということにしましょう。どんなことがあったって、貴女のことなんか口を割らないから安心してください」

「それに――」と私は続けた。「もし今日勝ったら、貴女の分まで一緒にこの中へ返します。貴女のためにそのくらいのことをする理由が僕にはあるんだから」

「でも、負けたら――」

「負けない筈《はず》です。きっと勝ちますよ。いずれにせよ、貴女はもう、お金の心配なんかしなくっていいんですよ」

それだけいって私は元の座に戻った。

「何してたんだ。おそかったじゃないか」

「ええ、便秘してましてね。出そうで出ない。気持がわるくって」

「フフン――」社長が笑った。「弥栄を又籠絡《ろうらく》しに行ったな。だめだよ、サインの紙ももう破らせた」

一回戦はそのまま鎌田が逃げ切ってトップ。三井が浮き二着。私が沈み三着。二回目は接戦で、ラス場まで帰趨《きすう》がわからなかったが、最後に社長が鎌田から、面前チャンタをあがってトップ。それまでのトップ走者三井がわずかにかわされた。

三井は又しても浮き二着。細々ながら毎回収入を得ているが、一度沈めば足が出る筈《はず》。その表情からは何もうかがえないが、このレートで安心して打てるだけの資金を用意してきたのだろうか。

三回戦は、私が断然千切ってのトップだったのが、ラス前の鎌ちゃんの親でリーチ負けして親にピンフドラ一丁を放銃したのがきっかけで、どうにも手が落ちてきてアガれなくなった。

サイ二度振り、オール伏せ牌《パイ》、その効あってか、この日の麻雀《マージャン》は総体に片寄りがすくなく、臭い手があまり見受けられなかったので私も山に気をもたずに打っていたのだった。

だがここに至って、ちょっと首を傾《かし》げた。鎌ちゃんの振るサイの目はほとんど六、たまに二か十が出るが、それを受ける彼の下家の三井が何の目を出すにせよ、三井の山からとりだす。三井と鎌田の山で配牌をとって、大事な序盤から中盤へのツモは、鎌田の上家の社長の山からとる。

バイニンは何もかも疑ってかからなくてはいけない稼業だが、この場合の鎌田と三井が知り合いでナアナア（話し合いがついていること）だとは信じられない。

からくりがあるとすれば、鎌田と社長の間だ。

二度振りの場合、サイの目の合計が偶数の場合は、鎌田の対家の私は、最初のツモ山が中筋、次のツモ山が外筋になる。サイの目の合計が奇数の場合はこの反対で、最初のツモ山が外筋、次のツモ山が中筋になる。

これは玄人《くろうと》の常識であるが、今までは、サイ二度振りだと偶数が出るか奇数が出るかわからなかったので、二度振りの元禄《げんろく》（互いちがいに好牌を積みこむこと）は狂いやすいとされていた。

しかし、考えてみれば、親の鎌田が自分の山の端牌二牌をぶっこ抜くか、たぐって自分の手に入れる、それだけのことで、サイの目合計が奇数だろうが偶数だろうが、私の序盤のツモ（社長の山）は全く中筋（或《ある》いは外筋）に一定してしまうのである。

三

私は眼を押し開いて、次の局に臨んだ。そのとき、親の鎌田はもう四本積んでいた。それぞれの牌山《やま》が作られ、それは皆十七枚ずつ並んでいた。サイは六と七。計十三で、配牌をとったあと、私のツモは社長の山の外筋からはじまるべきだったが、やはり中筋のツモになっていた。

おそらく社長と鎌ちゃんの打ち合わせで、鎌田、社長、私、という並びになった場合、社長はせっせと上山の中筋にクズ牌を仕込んでいるのであろう。

それにしても、配牌を持ってくる間に、鎌田の左右どちらの腕にも不自然な動きは全く見られなかった。この種の抜き業を自分でもやる私の眼にとまらないのだから、なにかすばらしいテクニックがあるのだろう。

私は二巡目に、鎌ちゃんの捨てた二萬をポンすることで、ツモを変えてみるより仕方がなかった。

その時点で鎌田も相当浮いてはいたが、まだ私の方がトップの座を占めていた。喰《く》いタンで蹴《け》ってもよいのである。

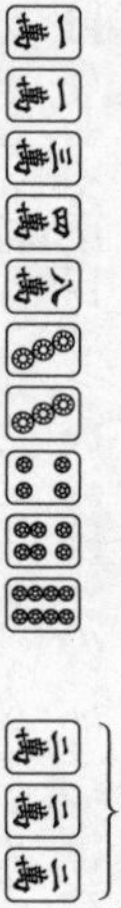
ポン

これから老頭牌を切って手を整えていこうという段階だったが、三巡目、不意に三井がリーチをかけた。

と切って、即リーチである。もし三井にそこそこの点数があり、なんでもアガればよいという局面だったらば、こうした即リーチは、逆に相手の足を止めるためのペンチャンリーチなどを想像するが、今回の三井はかなり沈んでいた。まだ手に伸びる要素があれば、こんな早くからリーチして手を定《き》めない筈《はず》。では、重たく早い手の見本なのであろう。

私はひとまず現物のを捨てようとしたが、とたんにがスポッと入ってがメンツに使えてしまったので、のカベ（三牌見えている）を信用してのトイツをおとしていった。

私の思ったとおり、ポンしたことでツモはよくなったが、早リーチがかかってから中張牌ばかり持ってくるのでは逆に手がツマる。

　七巡目、私の手牌は危険牌で満ち溢《あふ》れ、を捨てておりてみたが次にをツモって、結局又二五万でテンパイし、どうせ危険牌を振るならテンパイの形で突っ張ろうと、を捨てた。

ロン――、ロン――、と二人から声がかかった。三井と鎌田だった。三井は残念そうに上家の鎌田を見ている。

鎌田はややおくれて手牌をあけたが、

という手だった。私はショックをかくして苦笑しながら鎌田の手を眺《なが》めたが、ふと、整然と左から順に小さい数で理牌されている奴の手牌のうち、だけが逆の並びになっていることに気がついた。
　それはひどく不自然というほどのことではない。しかしその瞬間、鎌ちゃんが、他者より牌を二枚多く持っていることに気がついた。サイの目の合計数が奇数になった場合、私のツモをクズ牌の筋に合わせるために一幢《トン》（上下二枚）抜く必要があるが、その二枚が、後には十五枚の手牌で戦っている有利さを生むことにな

るのだ。

　この場合、奴は🀀🀀🀡🀡という手にしていたのであろう。そして卓の下に🀠を握っていた。私から🀟が出た瞬間に、俗にいうエレベーター方式で🀠と🀡をスリ変えて牌を倒したのだ。

　あとでわかってもなんにもならない。隠し牌《パイ》を使う打ち手には、これまでずいぶんぶつかってきたが、これほど手の動きが小さく素早い相手ははじめてだった。私はこの一見柔和そうな小男を改めて凝視した。

　弥栄が、この前のときと同じように膳《ぜん》の物を運んで部屋に入ってきた。

「どなたが勝っていらっしゃるんですの？」

「鎌田さんだよ、圧倒的だ。たいした腕だな」

「社長もいいですよ――」と私がいった。「若者が一人、惨敗です」

　弥栄は、チラリとではあったが、感情のこもった視線を私にそそいだ。

「うーん、二飜しばりですね――」三井がそういって考えこんだ。「リーチばかりかけてアガれないが、しょうがない、又リーチといくか」

🀅を切ってリーチした。ポン、と鎌ちゃんがいった。すぐそのあとに、社長が場に一牌出ている🀄を切り、又鎌ちゃんが鳴いた。それから二巡ほどして、三井が持ってきたを又ポンした。

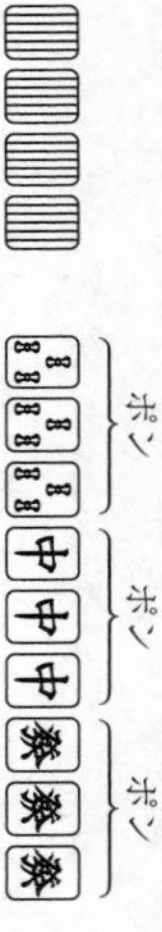

「ちょっと見せてください――」

と三井が鎌ちゃんの手牌四枚を片手でつかんでそっと眺めた。その局はサイの目の合計が偶数だったので、鎌ちゃんも牌《パイ》を抜いていない筈《はず》だ。弥栄が三井の横で膳《ぜん》をしつらえている。三井の手牌は伏さっていない。私はじっと、弥栄の手指を眺めた。たしかに、サイン通りの形をしている。二五索だ。弥栄が約束どおり、サインを飛ばしてくれた。

「リーチ――！」と私もいった。それから鎌ちゃんの手牌に手を伸ばして「僕も拝見」

それはだった。

鎌ちゃんは次の牌をツモってちょっと考えこんだ。駄目だな、やめよう、と呟《つぶや》き、伏さったままの四枚の手牌の一番右を軽く捨てた。

「ロン――！」と三井が手牌を倒した。

「えッ——？」

そのときの鎌ちゃんの驚いた表情。彼の捨てた牌は🀃でなく🀑だった。いつのまにか🀑とスリ変っていたのだ。

白状すると私はヤケのノーテンリーチ。ただ🀑を敵の手に迷いこませたくてかけたものだった。

四

午後六時——。

まだ時間はかなりある。だが、ことは順調に運んでいるとはいいがたかった。二度、弥栄の居る四畳半に忍んでいって、リュックの札束をつかみだしている。むろんきっかけをつかんで二、三回連勝すれば、そっくり戻ったうえにお釣りがくる可能性は充分ある。

まだ勝負はついていない。勝負がつくのは下駄をはいたときなのだ。けれどもそのきっかけが、惜しいところで実を結ばない。サイ二度振り、オール伏せ牌《パイ》という制約があるため、人工的な大業は彼我《ひが》ともにできない。せいぜいがクズ牌をどの筋かに固めたり、山の牌をできるだけたくさんおぼえたりという程度であろう。

だから、運勝負の感じが濃くなる。イカサマが制限され、ヒラ場の技倆《ぎりょう》が伯仲していれば、あとは運とゲーム廻《まわ》し（要領）の問題になる。

たとえば、

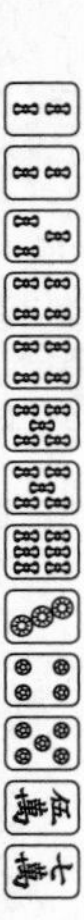

こんな手でなんとか三色にしたいばかりに一盃口のをツモリ捨ててまでじっと待っていた。下家と対家がテンパイの感じで、対家は皆に強いをツモリ捨ててきた。

上家がすかさずをポンした。とたんに私がツモったのが。眼をつぶって、を捨てる。とおった、とひと息つくまもなく、対家が穴待ちをツモリアガってしまう。

こうハンチクになってくると、間一髪の差で、いつもアガれない。麻雀は、一巡早くをツモって三六万待ちになるか、或《ある》いは一巡おくれて無駄骨を折るか、この間一髪の差でいつも勝負が決するのだ。

🀑🀑🀑🀖🀖🀖🀙🀛🀜🀜🀜🀎🀎

こんな手が六巡目でもうできている。私は親。だが🀚はまったく出てこない。
下家の三井が一度出しかけてひっこめた。一巡後、彼から🀙が出てきた。で、
次こそはと期待するが出てこない。トイツになったらしい。
上に🀜三枚が壁になっているから、放っといても🀚はトイツになりやすい。
その証拠のように、対家の鎌ちゃんと上家の社長から🀛がパラパラと出た。
ああ、又アガれないかな——。なんとなく敗戦思想にとりつかれている。それ
に相変らずツモが悪い。🀙🀛を落そうにも、落せば、テンパイがずっとおく
れるような気がする。そうしてすでに🀄三枚、🀃二枚、🀌二枚を切っている。
ところがそのとき、突然、🀎をツモってきて、いっぺんに眼がさめた。
四暗刻だ——。親の四暗刻。🀙も🀛も場に二枚ずつ出ている。
どちらで待つか。
もし持ち点にもう少し余裕があったなら、迷わず🀛を切って🀙で待っただ
ろう。親だし、二五筒をツモったってタンヤオなら満貫だ。このきっかけを逃が
したら、又次のきっかけまでは相当な時間を要するだろう。

🀙を切った。次にツモってきたのは🀘だった。🀘は初牌《ションパイ》、しかし索子は場に安い。🀛はただのワンチャンス。🀘だってアンコで使われているかもしれないが、或《ある》いは山にドサッと寝ているのかもしれない。

どうせならやってみろ。🀘🀗待ちだ。私は🀘を捨てているし、アンコ使いをしている奴が、半分オリ気味に🀘をおとしてくることだってある。

胸が高鳴り、ツモるたびに汗で牌がじんわりと濡《ぬ》れた。千点一万円というレートで親の四暗刻だ。ロン、というだけで四十八万円の収入になる。当時の五十万はデカい。

だが、アガれない。上家の社長にリーチがかかった。社長の捨牌も索子が安い。それなのに、🀗すら出てこない。

十二巡目、🀐をひいてきた。

「うーむ、こりゃいけねえな」

そういっておいて、私は考えた。🀐も🀒も社長が捨てている。🀐は場に二枚出ているが、ここまでくれば、初牌の🀘よりも🀐の方が出やすいかもしれない。

オリたふうを装おい、内心は眼をつぶって🀘を捨てた。

誰《だれ》もなにもいわない。

悪いことに次のツモはドラだった。ドラは🀂。万事休す、か。

行け、行け、とどこからか声がひびいた。勝負なら臆《おく》するな、完全四暗刻じゃないか。但《ただ》し、ドラを捨てれば私が突っ張っていることは明白だし、ドラ単騎では脇《わき》からは出てこない。いずれにしてもヤミテンにしている意味はない。ツモはあと三巡。どちらにするか。

ここまでくれば必ずドラは誰《だれ》かの手にあるから万一あっても一牌《パイ》。🀐も一牌。ドラは放銃する危険大だから押さえたい。しかしつかめば浮くのは🀐だ。ドラを捨てて、これがとおればアガリのチャンスがあるように思える。今までの経験でも、強烈な牌がとおったあとは、運が向いてくることが多い。だが、もし当ったら――。

「とおれば、リーチ!」

🀂を捨てた。私は思わず太い息を吐いた。どこからも声がかからない。下家の三井が無表情で次の牌をツモる。

三井、🀄、鎌田、🀘、社長、🀇、私、🀚、三井、🀚、鎌田、🀘、
野郎、持ってこい、そら、絵と絵と合っちまえ。

社長、、私、、三井、、鎌田がちょっと考えたが、。もう欲はいわない、でもいい。だがひょっとしてじゃないか。ドラまでとおしたのだ。一丁合わせてくれ、！

社長のツモはだった。私が、、そして海底《ハイテイ》の三井が、。

私の眼は、社長の最終ツモ牌から離れなかった。

五

午後八時――。

まだ時間はある。ひとつのきっかけさえつかめば、挽回《ばんかい》はラクにできる。勝負はこれからだ。

それはそうだが、私以外の三人についても同様のことがいえたのだ。皆、わずかのきっかけさえあれば頭へ駈《か》け抜けることのできる奴等だった。

現に鎌ちゃんは、なんでもない地味な手を、三井のエラー（と思える）でアガリをひろって以来、積極的に攻めたてて三連勝しているのだ。

きっかけになった手はこうだった。

鎌ちゃんは親だったから、要するに足止めリーチ（散家の手の発展を防ぐためにかけるリーチ）だったのだろう。

ところが三井の手にドラのが四枚あった。

鎌ちゃんのリーチの捨牌は、

リーチ

の筋はむろんとおっていない。鎌ちゃんのリーチ直後、三井は安全牌のをツモったが、一発役消しのために暗カンをした。新ドラは、そして嶺《リン》上《シャン》からひいた牌はだった。

「リーチ——！」

三井はを打ち、リーチ棒を投げだした。結局三巡目にをつかみ、つか

むやいなや、

「いけねッ――」

といったがまにあわなかった。五十符の親五飜場（ゾロ二飜含み）で九千六百点。

「カンで何が来たんだ」と私は奴の手牌を手で倒しながらいった。

「さ――」

「フン、甘えな。まだ麻雀の尻《しり》が青いよ」

「何故――」

「新ドラを増やさないようにするのがドラ麻雀の常識。そういう手はテンパイしてからカンの手さ。すりゃァ嶺上開和《リンシャンカイホー》だって狙《ねら》える」

「しかしこっちがテンパイする前にツモられたらどうする。或《ある》いはここへ又危険牌を持ってきてオリる感じになるのじゃつまらない。早いところ、嶺上でもなんでもツモ数を増やしてテンパイし、勝負に行こうと思ったんだ」

「そんな手はな――」と私はいった。

「他人がテンパイする前にを一丁切っておくもんだ。そうすりゃドラは自分だけが独占して打てるんだ」

三井は蒼白《そうはく》になった。私のセリフがこたえたのであろう。

三井はそれまで、私の見るところ、ノーエラーだった。実に立派に打っていた。よくしぼり、よく押さえ、場がもうひとつ荒れない因を作っていた。つまり、そのためにラクにアガれるケースしかアガれなかった。要するに二着選手で、成績がもうひとつ伸びなかったのだ。

麻雀は、人々の織りなす実生活のドラマに不思議に似ているが、品行方正、堅実無比のためにどうも大成できない人がいる。勝つには、どこかで、ノンシャランに勝ち運に乗じていかねばならぬのだ。

三井もそれは意識していて、内心の焦りがあったのだろう。彼も又、勝つきっかけに餓えていた。皮肉なことに、勝ち運に乗っかろうとして、足を踏みはずした奴が、敗者になる。

三井がそうだった。そして逆に鎌田の手にドラが集まりはじめた。彼は目ざましい大物は何も作らなかったが、大概はいつもドラがトイツになって居、そのため四、五千点級のアガリを実に効果的に奏功させていた。

鎌田の三連勝のあと、接戦の末の小さなトップを私が一回とり、それから新しい回の東のしょっぱなで、三井の振ったが、早くも当った。

アガったのは鎌田で、まだ四巡目だった。

「ああ、三井さん、交通事故だね」

「なにが――?」

「当りなんだ。気ィ悪くしないでくれ。オール伏せ牌《パイ》でやってるんだから」

鎌田はおちついて牌を倒した。

「オールグリーンか!」
しかもドラが。三井は深々とした眼でその手を見つめていた。

六

午後十時――。

私はトイレに行くふりをして、又、弥栄の四畳半をそっと開けた。

一瞬、ぎょっとなった。ベッドランプの淡い灯りの中で、弥栄の大きな目がこちらを凝視していた。

「駄目なの――?」

「ハコテンというわけじゃない。まだ少しある。でもちょっと心細いんだ。後半に、君の部屋に忍ぶわけにもいくまいからな」

私はベッドの裾《すそ》をまわって押入れをあけ、リュックに手を突っこもうとした。弥栄の手がそれをさえぎった。

「もう、駄目よ」

「――何故?」

「駄目。きりがないわ」

「借りるだけだ。勝てば残らず返すんだ。君の分も――」

「勝てないわよ。このリュックがある限り、勝てっこないわ。貴方は、今のところ何にも賭《か》けてないんですもの。あたしにはよくわからないけど、賭け事ってそうしたもんじゃなくて? リュックなんか、無いつもりでおやりなさいな」

私は恐らく不興気な顔つきになっていたにちがいない。しかしそれを押して手が出せなかった。まァ男の見栄という奴だろう。だまって彼女の額に唇を押しつけて席に戻った。

(――俺《おれ》が、何にも賭けてないって?)

あるいはそうかもしれない。私は自分の金を賭けていないばかりでなく、この

六、七年、毎夜修羅場をくぐり抜けてきていた私の本当の地力を、賭けの場に差し出さずに温存してきたようだった。
ばれて、総なぐりの目に遭ったっていいではないか。何故、イカサマを使わないのだ。二度振り、オール伏せ牌《パイ》でとまどっているのか。牌が伏さっていれば、モウ牌で積めばよい。それもやらずに小手先きだけで常識麻雀をやっていて、負ければ他人の金を出すのではあんまり虫がよすぎる。弥栄のいうとおり、失敗したとき、自分が傷つく条件をどこかに作らなければ、博打《ばくち》じゃない。

私はそばにあったおしぼりのタオルで、手の汗を綺麗《きれい》に拭《ふ》きとった。洗牌の最中に表面を見せる牌をできるだけ頭に入れた。同時に親指を掌《て》の下にかくして、牌の腹を探った。下家の鎌田が親で、うまい具合に鎌田の山にサイの目が出て、私の山が配牌のとり場所になった。

充分な仕込みとはいえなかったが、それでも配牌で八枚、他の山からの二枚と合わせて十枚の筒子が来ていた。

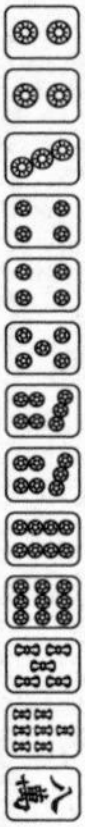

だがそのとき、上家の三井が、

「待った——！」

鋭く叫び、長い手を伸ばして、今、尻《しり》から三枚目のドラを開けようとしていた鎌ちゃんの手をつかんだ。

「掌《て》を開いてみろ！　俺《おれ》、イカサマは嫌いだ！」

鎌ちゃんは三井のいうなりに、掌を開いて見せた。

「なんだね。あたしが何かしていたってのかい」

掌の中にはむろん何もない。ただ、中指に、ずっしり重そうな黄金の指輪がはまっているのは、スポーツカーの安さんと同じだ。

「さっきはたしかに——」といいかけて三井は唇をかんだ。

「たしかにどうしたんだ、はっきりいえよ」

「ドラのすり変えをやっている。さっきはたしかに見たんだ。オールグリーンのとき」

「変だな——」と社長がいった。「鎌田さんがそんなことやってりゃ、我々だって気がつく筈《はず》だぜ。なァおい、お前は見たか」

私は、見ない、といった。そうして三井にこう告げた。

「御用だといったって証拠がなくちゃ、お前が逆にはじかれるぜ。まァ、女みたいな真似《まね》はよせ。やられてるな、と思ったら鎌田さんの山のときは、自分で手を伸ばしてドラをめくっちゃうことだ」

「わかったよ、何をやったってかまわないさ——」

三井は社長と鎌ちゃんの冷たい視線を浴びながら、そう答えた。

「でも俺《おれ》は、インチキをやるのは弱い奴だと信じてる。俺に勝ったって、自分が強いだなんて思うなよ」

「——阿呆《あほう》」と私はいった。「強いも弱いもあるもんか、ただ勝ちゃァいいんだ。博打ってのはそういうもんだよ。それがいやなら博打に手を出すなよ」

のろのろと、その局がはじまった。序盤の手の動きはおそかったが、結着のつき方は早かった。五巡目で、三井の🀠で私がアガったからだ。

🀙🀚🀚🀛🀛🀜🀝🀝🀞🀟🀟🀠🀡

「おう、早いなァ、危ねえとこだ」

といったのは🀚を浮かしていた社長で、三井は無言だった。だがその回は、オーラスまで彼は一度もアガれなかった。オールグリーンと面前チンイチの失点で、ハコテンをはるかに割っていた。

「それじゃこれで、悪いけど失礼します」

「なんだ、もう帰るのかね——」と社長。

「ええ、もうこの状態では挽回《ばんかい》が利かないでしょう。それに——」

と三井は口淀《くちよど》んで坐《すわ》り直した。

「もう持ち金が、無いんです」

「オヤ、そんなに負けなすったかね」

三井はポケットから千円札を二枚、卓の上に出した。しかし負けはこの一回でざっと四十万円。

「あとは貸してください。いつかきっとお払いします」

「いつかじゃ困るね」と社長の声が荒くなった。「この前はあたしもずいぶん払ったんだからね。——あんた、金が払えないんで、さっき、鎌田さんにアヤをつけたんだね」

「いいよいいよ、僕はもう忘れてるよ」と鎌田が愛嬌《あいきょう》のある笑顔になった。「かまいませんよ、三井さん。明日、お払いくだされぱいいんです。お宅に使いをさしあげますから」

三井が苦しそうに、

「明日というわけにはいきません。これが僕の全財産ですから――」

といったので、部屋の空気は急に硬くなった。

七

「三井さん、その手はないぜ――」

社長が酒焼けのした顔を振りたてて口を切りだした。

「男一匹、これくらいの金額でハコテンになるわけはない」

「でも、この前と同じくらいのレートかと思っていたもので」

「冗談いっちゃいけない、そりゃむろん普通の若い衆にとっちゃきつい額だろう。だがあんたは三井のお坊ちゃんだ」

三井は顔をあげ、チラと私の方に怨《うら》めしげな視線を投げてよこした。

「あたし等みんな、これが商売じゃない。たかが遊びだから、筋さえとおれば待たないものでもないよ。しかし初手《しょて》から無いの一点張りは困るよ。そうでしょ三井さん、いったい、あんたは今夜、どのくらい金を吐いてるんだ」

社長のセリフはフシがついて堂に入っている。私は知らん顔で牌《パイ》をもてあそんでいたが、ここらが口のはさみどころと思った。

なにしろ、今、三井が降参して一座を解散させられては、ともに沈んでいる私が迷惑なのだ。

「そうだ、精算はしなくちゃいけないよな、博打なんだから――」

と私もいった。

「わかってるよ、トボけるつもりはない。ただ――」

「まァいいさ。俺《おれ》にまかしとけ。社長、要するに三井君の負けは、明日の朝までに精算がつけばいいんでしょ」

ふっ、と社長が小さく笑った。

「不思議だな。払いそうもない奴が払いたがって、客だと思った人が払わない」

「じゃ、電話します」

「誰《だれ》に――？」

私はだまってダイヤルを廻《まわ》した。

「あ、勇さんかい。眠ってたところならごめんよ。明日の朝までに、タネ（金）を持って北鎌倉まで来て欲しいんだ――」

受話器の向こうでは、ようやく私の声だと覚った勇さんの不機嫌《ふきげん》そうな声がきこえた。

「坊やか、時間外の営業はおことわりだよ。第一、お前は俺との約束を守ってないぞ。例の社での利益は山分けの筈《はず》だ。誰があの社へ紹介したか、思い出してみろ」

「北鎌倉の駅から北へ数分のところだ。そう、例の社長のお宅だよ。千点一万円と風速の奴を打ってるんだ——」

「一万円でも百万円でも勝手にしろ。だがあたしは知らねえ。いいか、融資を頼むならエチケットを守りな。担保がどのくらいあって、お前は並みの担保なんぞ持っちゃいねえだろうがな、その場合の利子の条件をきめて、物件はいくらで、とこう順を踏んでこい。お前が自由に羽ばたいている以上、こっちも特別待遇をするわけにはいかねえや」

「負けてるのは俺《おれ》じゃねえんだ——」と私は委細かまわずにいった。

「友だちだがね。信用できる男だよ。物件をいおうにも、まだゲームが途中なんでね」

「途中？　途中なのか」

「そうさ。朝までやるってことだったんだが、友だちが途中でタネ切れになったんだ。で、勇さんに、保証人になって貰《もら》いたいと思って——」

「フム——」

受話器の向こうの勇さんはだまりこんだ。結局、この場の様子や、なんで私が電話したか、おおよそのところを呑《の》みこんだらしい。

「なるほどな——」と勇さんがいった。「あたしは金は都合しない。だが、社長たちには、明日あたしがそちらに行くといってもいいぜ。その場合、金は廻《まわ》さなくとも、朝までやって挽回《ばんかい》できたら、アガリ（儲《もう》け）の三割は欲しい。それで手を打つか」

「オッケイだ——」

「わかってるだろうが、嘘《うそ》をついても駄目だぜ。調べる方法はいくらでもある」

私は受話器を切って、社長の顔を見た。

「いいよ。勇さんが請け合ったんなら」

「明日の朝、こちらへ来るそうです」

そうして私は、三井にこういった。

「無条件で負け分を貸してやるとさ。その代り、朝までやって挽回できたときには、利益の七割をくれと。いいかね」

三井は頷《うなず》いた。奴とすれば、この場の収拾さえつけば、先のことはどうでもいいくらいの気分だったろう。

ゲーム再開である。ほとんど一人浮きの鎌ちゃんは、もめごとなどに全然染まらぬ表情で、自分の勝因、そして道中での奇手などを面白そうに物語っている。

起家は社長――。まだ序盤のうちに三井にリーチがかかった。すると鎌ちゃんがひどくきびしい表情でツモ牌《パイ》をそのまま切り、

「リーチ!」といった。

そのまま二、三巡、二人でもみ合った。これまでだとこのへんで、コンビの筈《はず》の社長が鎌ちゃんに放銃して、三井を未発に終らしてしまうのだが、このときは放銃牌が手にならなかったのか、それとも親を可愛がったのか、社長も手を突っ張っていた。

「うん――?」という声とともに鎌ちゃんがひいたで三井がアガった。

「そうら、風がかわった」

社長がひと声笑ったが、鎌ちゃんは無言。

手の値段は安かったが、それがたしかにひとつのきっかけになったらしい。

次の鎌ちゃんの親で、彼が第一打牌にを打つと、

「ロン――!」

やにわに三井が手牌を倒した。

「これ、人和《レンホー》でしょう」
「人和か、これ――」と社長。
二人の渋い顔。私は思わず笑った。この席では三井ともまったくの敵同士ながら、朝まで金の心配をしなくてもよくなった三井の気持のゆとりが、これだけの手をツケてしまう、そういう勝負の不思議なあやがなんとなくおかしかったのだ。

八

約十五時間目ぐらいに三井は初の一勝を飾った。

次の回、三井の起家で、七巡目、リーチをかけてきた。すかさず、今度は社長がおっかけリーチ。

ばかやろう奴《め》、と私は思う。調子に乗りやがって。テンパイ即リーチなんて、まっとうな麻雀を打ってるから、すぐに向う町同士で狙《ねら》い打ちされて、ツキをふさがれていくんだ。これだけ苦しめられてるのに、まだわからねえんでやら。

これが三井の捨牌。

リーチ

これが社長の捨牌。

リーチ

二萬一萬と手からおとした鎌ちゃんが、烈しく三萬を切って、リーチ。

「ロン――」

「ロン――！」

続いて声がおこって、上家の三井が手牌を倒した。

早いし、捨牌も純チャンのようには見えない。おそらく社長と鎌ちゃんのエンドラン失敗であろう。

ここに至ってやっと、三井が平常の生気をとり戻したようだった。彼は次局に、又早リーチをかけてきた。

(——先リーチをかけるな、馬鹿《ばか》。このメンバーでリーチなど、なんの武器にもなるものか)

とにかくトップコースに居るときは、特別の理由(ひっかけ待ちなど)がなければ先リーチは危険なのである。そのセオリイを承知してない筈《はず》はないが、あくまで真正面からくるつもりだろうか。

こういう三井のまともさを、存分に打ち叩《たた》いてやりたい。そうして又、このまともさが、私の方から笑いかけたい魅力にもなっていた。

今度は敵の追い上げが三巡目ほどおくれたが、社長が必殺の気をみなぎらして、追っかけリーチをかけてきた。

次が私の捨番。私はぐっと考えた。

これが三井の捨牌。

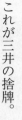

これが社長の捨牌。ドラ牌は。

私は無難に打ってもむろんかまわないのである。しかし私の次が鎌ちゃんの捨番。三井の親をおとすために、鎌ちゃんは社長に狙《ねら》い打ちだろう。今回大沈みの鎌ちゃんは社長を浮かせて、三井とせらせることを考えるだろうから、ここは狙い打ちがコンビ麻雀の常識。

前局の失敗にこりて、今度は頭ハネされないような待ちを作っているだろう。は強烈だったから、といって親リーチの現物ではリーチをかける意味がない。おそらく鎌ちゃんがあたりを捨てて、社長にドスンと当るような仕組みになっているのだろう。

どっちみち、もう三井のツモまでには行かないのだ。では、どうするか。三井に狙《ねら》い打ちしてやろうか。

三井とは完全な敵だが、彼が浮いていれば勇さんと私に浮きの七割くるのだ。

どうせなら三井を浮かしてやろう。それで社長と鎌ちゃんにスカを喰《く》わせば、奴等は落ち目に輪をかけるだろう。

さて、しかし、三井は何で待っているか。私はもう一度奴の捨牌を眺めた。この捨牌相から理由づけできる待ち牌を探せば、[五索]がとおった現在、まず六九索、一四万。だが六九索はいかにも見え見えの待ちで、これならヤミテンではないか。第一牌に[二萬]を切っての一四万、これならややシャレている。だとすれば[四萬]打ちか。

しかしドラが[發]なので変則待ちもおおいにありうるところ。そうなると[四萬]よりも[一萬]の方が当る確率がある。

こうした早いリーチは、捨牌相とまったく無関係な待ちも多いものだが、それを考えていたのでは多数の牌の中からえらぶことはできない。

運を天にまかせて、私は振った。

「[一萬]——!」

「はい!」

馬鹿《ばか》野郎奴《め》、鬼の首をとったように手牌を倒しやがる。奴の手は、あけてみたらなんのことはない一四万待ちのただのピンフ。

鎌ちゃんが唇をゆがめて笑った。

「いいとこ打ちましたね」

「そうですか。でもこっちの手も勝負だった」

私は儀礼的にそう答えた。どうせプレイの魂胆は彼には見えすいていよう。

それにしても、鎌ちゃんほどの打ち手にして、あの人和《レンホー》打《う》ちが響いている。いや、そのひとつ前の、追っかけリーチで安手を打った、あれに端を発していたかもしれない。あそこはたしかに親を惜しんだ社長のエラーで、慎重に狙《ねら》い打ちをすべきだったのだ。勝負の流れのなんという不思議さか。

こうして三井の親の二本場。

こんな配牌が私に来て、しかも二巡目に北もトイツになった。西をポンしたとたんに南がアンコになる。

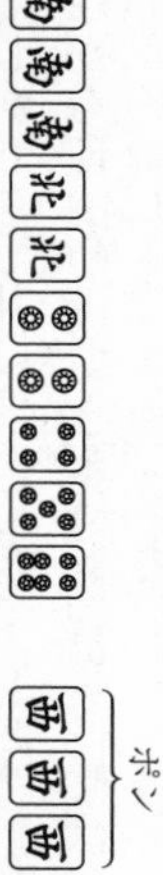

北が出たらハジくか。ハジけば、このメンバーだ。風牌《パイ》はもう出てくるまい。

頼む。アンコになってくれ。

北乃至《ないし》◎◎でアガる気は毫《ごう》もなかった。さりげない風を装おってはいたが、ツモる牌がキリキリ鳴るほど力をこめた。途中で南が来て、ツモ切り。このとき、ひょっとしたら、という気がしたが、そのすぐあとに北をツモった。

むろん◎◎切り。あとは東だ。もうひと息だ、それ、持ってこい！

今度は誰《だれ》にもリーチがかからない。しかし社長が西を切った。この完全安全牌を切る以上、ヤミテンが充分考えられる。

三井が東を振り、さっと場面が緊張した。が、声なしと見て、ヤミテンとも思えた社長が続いて手の中から東切り。

次のツモが、東だった。私は声が慄《ふる》えた。

「フェー、なるほど——」

そうして眼をつぶった。あと一牌の東は落ち目の鎌ちゃんが握りこんでいよう。その可能性は八割。とすれば、続いて東を切ってくる。そうでなくてはならぬ。気合で、無理にもそうさせる——！

カサッと牌を捨てるかすかな音がした。私は眼を開いた。

「やったぞ！　今ひいたんだ！」

東を捨てた鎌ちゃんの手が、まだその牌から完全に離れきっていなかった。

汗が、私の顔に一気に噴きだした。

九

熱い汗が一度に噴き出し、それが又乾いてしまった頃《ころ》、もう私は本調子に戻っていた。

次の回も、その次の回も、手数多くアガって追いすがってくる三井を凌駕《りようが》して大物手を連発し、大差の三連勝をした。

三井と同じく私も、十数時間、頭を低くしつづけてきたのである。

私は皆の眼の前で、わざともったいをつけて札を算《かぞ》えた。

（もうひと息だ――！　あとすこしで彼女の穴も埋められる）

そのひと息は、なんの苦労もなく実った。上り調子になってくると、打つ手打つ手がうまく行く。

夜明けから午前中いっぱい、私と三井とで交代トップをとり続けた。とうとう鎌ちゃんが、シャッポを脱いだ。

「やめよう、こんなこともあるさ。あたしは昼すぎに事務所へお客を招《よ》んであるんでね」

「おい、まだいいだろ、逃げるなよ」

「逃げやしない——」と鎌ちゃんがいった。

「やるときには店なんか売っ飛ばしたってやるよ。ただ、アツくなって無計算に続けるのはまっぴらだ」

私も三井も放心状態で卓をみつめていた。

「じゃァしょうがない。三人打ちでもやろうか」

「いや、やめましょう——」と私もいった。

「ここらがキリのつけどころですよ。又日を改めてやりゃァいい」

「勇さんは、来ないようだな——」と社長。

「でも三井は勝ってるからいいでしょ」

「畜生、又計りやがったな」

「おい三井——」と私はいった。「約束だ、七割よこせよ」

「やるよ。浮き全部やる」

三井が札をこちらに投げてよこした。そうして大きく息をつきながらこういった。

「これでもう、やめだ。麻雀は二度と、やらない――」

私はその札を鷲《わし》づかみにし、便所へ立って手早く算えた。それから、便所の戸を開け放したまま、そっと廊下伝いに弥栄の四畳半に行った。

鏡台の前にひっそりと坐《すわ》っていた彼女が、大きな眼をあげて私を見た。

「これを、早く――」と私は息声で叫んだ。

「リュックに戻せ。君の分も入ってる!」

弥栄が私の手に飛びつき、札束を抱えてベッドの向こうの押入れをあけ、リュックをひきずりだした。

ふと気配を感じて、私は廊下を振り返った。そこに、社長が、狂い出しそうな眼をして突っ立っていた。

「おかしいと思ったぞ! おい、お前はクビだ! いや、クビにはしない。合法的に殺してやる。俺《おれ》がひと声かければ――」

「こっちでやめてやるよ。

「但《ただ》し、リュックの金の件は、二、三か所でしゃべるぜ。事務所と、税務署と警察だ」

社長が大きく唸《うな》った。

「社の金は俺の金だ。社員など給料ばかりとるだけで何の役にも立っとらんわ。お前のようにな！」

「当り前じゃないか。お前の都合で働いているんじゃないぞ。勘ちがいするな」

「糞《くそ》、この、飼犬奴《め》、ごろつき奴、お前の処置は、ちょっと寝てから、考える！」

私は堂々と、社長野郎の前をとおって玄関に向かった。リュックをそのままにしていくだけ感謝して貰《もら》わなければならない。

背後で、こんな声がきこえた。

「弥栄、お前も、覚悟しろ！」

鎌ちゃんも三井も、もう姿が見えなかった。私は一人で、北鎌倉までの道を歩いていったが、まもなく背後にもうひとつ足音がきこえた。

弥栄だった。着のみ着のままで飛びだしてきたらしい。私は彼女が横に並ぶのを待ってやった。一言も口はきかなかったが、あのリュックのかわりに、女を一人、かかえこんでしまったと思わぬわけにはいかなかった。

餌食《えじき》

　社長の家の者が女を追ってくる様子はない。

　北鎌倉の駅で、私はだまって東京までの二等（現在のグリーン車）の切符を二枚買い、弥栄に渡した。こいつァ恰好《かっこう》よかったが、それで彼女の身柄はすべて私の責任になってしまったのだ。

「ご迷惑でしょ——」

と彼女はいい、私はうすく笑った。

　富裕な身装《みな》りの客が多い二等車の車内でも弥栄の美しさは抜群で、よく社長が簡単に手離したと思ったほどだった。車内の男客の視線が彼女に集中していた。

　だから決して、迷惑というわけではない。けれども私は宿なし。自分一人ならばドヤ街に寝れば御《おん》の字《じ》だが、こういう女を抱えてどこに行ったらよいかわからない。徹夜麻雀《マージャン》の疲れで眠くて、先のことなど考えるのは特に面倒くさかった。

私たちは東京駅でおりてステーションホテルのフロントに行き、ツインの部屋をとった。当時、この種のホテルがまだすくなかった頃《ころ》だ。

怪訝《けげん》な表情をしている弥栄に、

「新婚旅行さ――」

と私はいった。それはまんざら冗談ではなかった。女房子供を作っておちつきたいと思ったことはまだ一度もなかったので、たとえ弥栄がどんなに美しかろうと所帯を持とうという気にはならなかったが、こういう偶然のことから二人きりになったのを機会に、世間の男たちがやっていることを真似《まね》して楽しんでみようと思っていた。つまり〝家庭ごっこ〟というわけだ。

私はひとつのベッドに弥栄を抱いて横になった。

「あなたって――」と彼女が小さい声でいった。「ほんとにひとり者なの。あたし、信じられないわ」

「何故？」

「奥さんが居るんで家に帰るとまずいからこんなところへ泊るんでしょう。ご迷惑ね、あたしが居ちゃ」

「たしかに二人で俺《おれ》の巣に帰るのはまずいが——」と私は適当なことをいった。「かみさんが居るせいじゃない。叔父《おじ》の家で、うるさいんだ。なにしろ突然のことだからな」

「ほんとなの。でも、恋人は居るんでしょ」

「だァれも居ないよ。信じろよ。当分、この部屋が俺《おれ》たちのホームさ」

「あたしのこと、好き？」

私は弥栄の顔を見た。

「好きだよ」

「もっと烈しくいってよ」

「ああ、好きだ」

「あなたの女にして、かわいがってくれる？」

「そうだな——」私はちょっとつかえた。「そうしよう」

「いやァねえ、気のないいいかた」

「とんでもない。俺がどんな眼つきで君を見てたか、ちゃんと知ってるだろう。ただね、君のためにだけ生きていくわけにはいかない。俺にだってやりたいこともある。——いや、その、君をどれほど幸福にできるか、つまり、自信がないいんだ。俺は世間並みの男のようには生きてこなかったからな」

「いいわよ——」と彼女はいった。「なんでもいいわ。あたし、働く。あなたにご迷惑はかけないわ。そのかわり、捨てないって約束してね」

私たちは短いキッスを何度もした。それから、いつかの墓地のときとは反対に彼女の方から挑んできた。そうして私はいつのまにか眠った。

盛り場新聞社とも切れたことだし、すぐさま新しいカモを探しに街を歩きまわらねばならなかったが、その日は開店休業として、ゆっくりホテルで静養した。

もっともその金が馬鹿《ばか》にならない。晩餐《ばんさん》にはシャンペンをあけ、フルコースをとった。べつに彼女が希望したわけじゃない。街に出てカレーライスですましてもよかったのだ。ところがそれができない。そのくせ、出銭を切歯して惜しんでいるのだ。

博打打《ばくちう》ちは総じて、ケチで、しかも見栄坊だという。私も例外ではなかった。しかしここで博打打ちの側から陳弁すれば、タネ銭がもし無くなれば再起しにくくなる専門職としてはイヤがおうでもケチにならざるをえないのだ。そうして、世間の風に逆らって生きる無冠の男であるがゆえに、ことあれば見栄坊にならざるをえない。

私の場合でいえば、住む家もない、世間で認められる渡世でもない、そういう劣等感が不必要な出銭を強いる。そうしてそのたびに、俺《おれ》ひとりで暮しているのなら、こんなことをしなくてもすむのに、と思うのである。

私はその夜早くも、北鎌倉の社長の家のリュックに、金を返してきたことを悔いた。どうせ、社長がくすねるようにして隠しておいた金ではないか。返してやる必要なんかなかったのだ。

だいいち、リュックごと強奪してくる手もあったのではないか。

弥栄とリュックと、どちらをえらぶべきだろうか。

そんなことまで思って、さすがにすぐさま打ち消した。

明日から、気合を入れて、稼いでやろう——、そんなふうに考えを変えた。うまくいきさえすれば、この渡世はどんな稼ぎだってできる可能性がある。うまくいったときのことを空想することは自由である。

そんなふうに思わなければ、好きな女と一緒に居ることですら、いらだたしくなるのである。それは、勝負という方向にだけ全力を投入していた生き方が長すぎたせいかもしれなかった。

二

翌日から私は再び街のクラブを歩きはじめた。

こんな場合、麻雀ごろは以前打ったことのあるクラブには決して寄りつかない。荒しすぎたとか、イカサマがバレかかったとか、逆に借銭があるとか、何らかの意味でマイナスの理由がそれぞれにあるからだ。まったくマイナスの理由がなければ、現在までそのクラブに巣喰《すく》っているだろう。

だから新設の店をえらんで歩かなければならない。

ところがこの時期になると、麻雀クラブの方でも、商売人の打ち手の場荒しを非常に警戒して、顔見知りか紹介客でもなければフリーのメンバーには加えてくれなくなっていた。そのうえ麻雀大衆化が進んで、四人連れの仲間同士で打ちにくる者が増えていた。

見知らぬ新しい店では打たしてもらえない。顔を知られているところではまずい。街を流して打つクマゴロウ（バイニン）は、いずれも商売困難をきわめていた時期だ。

ある者は、元刑事が暴力組織にかかえられる逆を行って、麻雀クラブのボーイになり、バイニンを追い払う係りになったりしていたし、又ある者は苦心してその土地の若い衆を手なずけ、彼等に歩《ぶ》を切りながら、その紹介でわずかにクラブに出入りさせて貰《もら》っていたりした。

本編に登場するドサ健や、女衒《ぜげん》の達など専門職がいずれも逼塞《ひっそく》しているように見えるのも、以上のような背景があったわけである。

私も、二、三日はまったくの無駄骨で電車賃にもならなかった。昔打ったことのあるクラブで、なんとか店の中に入れてくれそうなところをあれこれ考えた。四谷《よつや》三丁目に芸妓《げいぎ》あがりの女経営者がいて、気っぷがよかったことを思いだして、さっそく行ってみたが、店はあとかたもなく、パチンコ屋になっていた。

私が以前オヒキ（子分）に使っていた学生崩れが、王子《おうじ》で雀《ジャン》ボーイ（関西流にいえば雀マネ）をしているときいて、ひょいと顔を出してみたが、彼の顔を見て笑いかけるまもなく、

「あ、兄《あに》さん――、ちょっと待っておくれよね」

一度店の奥に姿を消し、すぐ出てきて近寄ってくると、私の手に薄い紙包みを握らせようとした。

「すンません。ここは雛《ひな》っ子ばかりでね。これで一杯やってよ」

「こんなもん貰いに来たんじゃねえよ。そばまできたから、元気かなと思って」

「わかってるよ。──そうだ、いいとこ教えよう。兄貴も知ってるだろ、西巣鴨《にしすがも》のK荘、あそこはフリーでもどんどん打たせるよ。行ってごらん」

「Kか、あそこは駄目だ。友達が前に無理なサマ使ってあげられている」

「平気だよ。昔のことなんか忘れてるさ」

そう彼はいったが、いざ行ってみると私は犬の仔《こ》のように蹴《け》ころ出された。

新宿の裏通りの二階にある東々荘というクラブでもそうだった。ここは私は初めてだったが、メンバーに以前私にカモられたことのある奴が居て、マスターに注進したらしかった。

「あンた等《ら》ァ、いくら来たって駄目だよ。あたしの眼が光ってるうちは絶対打たせない。まごまごしているとぶっ喰《く》らわすぜ！」

客にきかせるためにわざと大声を出す。もっとも何をいおうと、向こうのいい分も当然なのである。甘い顔をしてれば私たちに入りこまれて喰い荒されてしまうだけだ。

こういうふうに扱われるのは慣れていたがそれでも愉快ではなかった。私はクラブ廻《まわ》りを半ばあきらめて、盛り場新聞社に顔を出した。

私の顔を見ると、デスクの菊野がまっさきにこういった。

「何しに来たんだ」

「何しにって――」私は硬化してる部屋の様子を窺《うかが》いながらいった。「まだ退社の挨拶《あいさつ》もしてなかったし――」

ふん、と菊野は鼻で笑った。

「挨拶だァ？　クビになった奴に口が利けるのか。ここはもうお前なんかに用事はないんだ。なぐられないうちにさっさと出ていけ」

「そっちに用事がなくたって此方《こっち》にはあるんだよ。退職金の件もあるし」

「社長のところへ盗みに入ってたらしいが、それでもまだ退職金を貰《もら》いてえのか、なんて図々しい野郎だ」

「社長から貰うケチな金のことじゃァねえや。事務所の皆さんは俺《おれ》と組んでそれぞれ儲《もう》かっていた筈《はず》だ。その餞別《せんべつ》を貰いにきたんでえ」

私は凄《すご》んで社員の一人一人を見廻《まわ》した。中腰で様子を見ていたヴェテランの笠松が頃《ころ》やよしと立ちあがって私のそばに来た。

「おい、哲ちゃん、まずいよ、外に出よう」

私は笠松にひきずられながら隣りの喫茶店に行った。

「でもお前、いいことしたよ。お前がやめたんで編集長がひとまずやめなくてすんだ。爺《じい》さんだけはお前に感謝してるだろうよ」

「笠松さん、そんなことより、あッたには一番貸しがあるぜ。どうしてくれる」

「どうもこうもねえよ。お前は知るまいがな。今、うちじゃお前のためにみんな減俸《げんぽう》を喰《く》ってるんだ。社長が取引き先へ出かけて調べて、お前と一緒に麻雀打ってた社員はみんな減俸さ。社用を利して個人的な稼ぎに走り公私を混同した、とこうだ」

「てやんでえ、社長だって公私混同して、社の金をこっそり隠しているじゃないか」

「そうか、そんなことをやってたか。でもお前もいい度胸だな。気配はわかるだろうが、ウチの社長の前身も、元何々組だ。そんなところへ一人できてタンカなど切りゃア、タダじゃァ帰れねえのが普通よ。ま、いい、まかしとき、俺《おれ》が社長によろしく計ってこれは内々のこととして伏せてやる、だから安心して帰りな」

脅されたりスカされたり、結局手ぶらで帰ってきた。本当は、社員の誰《だれ》かにこちらから頼んで麻雀のメンバーでも紹介して貰《もら》おうと思ってやってきたのだ。

三

とうとう最後の手段に出た。私の持ち金はたかが知れている。それもタネ銭まで使うわけにはいかない。

弥栄もまたダンスホールに勤めはじめたが、なにしろホテルの生活は金がかかる。

そこで牛込榎町の勇さんのボロッちい巣へいった。此奴《こいつ》は大狸《おおだぬき》なのでなるべく近寄りたくなかったが。

「おそかったな、何をしてたんだ」と私の顔を見るなり勇さんは切りだしてきた。

「三割の利子はその日に届けてくれるのかと思ったぜ、それで、どのくらい勝ったい？」

「それなんだよ。勇さんには一丁名前を使わして貰ってほんとにいいにくいんだが、奴は浮かなかったんだ」

勇さんは表情を動かさずに、ほんのすこし上体をそらした。

「沈んだのか？」

「いいや。浮きも沈みもしない。原点さ。そんなわけで利を払えねんだ」

「そうか、そりゃァまァ結構だったね」

勇さんは小屋の中でのただひとつの近代兵器である電話の方へ片手をのばし、盛り場新聞社のダイヤルを廻《まわ》しはじめた。

「待ってくれよ、本当は三井はすこし浮いたんだ。社長に訊《き》けばそういうだろう」

貧相な勇さんの表情が、眼に見えてきつく鋭くなった。彼はだまって私の次のセリフを待っていた。

「だが奴は浮き点を全部手離して俺《おれ》にくれたのさ、もう麻雀はやめると吐《ぬ》かしやがった。そんなわけで、奴は原点さ」

「なるほど、それであたしの方はヒャーにもならなくなったわけだな」

「なにもケチってるわけじゃない、いろいろ事情があってね、今、こっちも少し金が要るんだ。実は、もう一度、勇さんにメンバーでも世話して貰《もら》って、ひと働きしてそのときにこの間の分も一緒に利を払おうとこう思ってきたわけなんだ」

私は、社長のところのリュックの金の件や、弥栄がお荷物になってホテル住まいをしていることなどを手早く話した。

「そんなわけで仕事をしたい。なんとか場を作ってくんねえか」

「まァ、場をつくるのはいいぜ。だがな、その結果、又原点だの沈んだのといわれちゃ、あたしは骨折り損になるからな」

「そんなことはないよ。俺はきっと勝つ。あんただって実績は知ってるだろう」

「過去は過去さ。あたしの世話した勝負で、勝つか負けるか、だ」

「勝つとも、誓う」

「ふうむ。じゃまァ、勝って五割、山分けだ。負けても二割はいただくぜ」

ぐうの音も出なかった。私は勇さんの顔をうらめしげに見つめたが、これもまァ、頼みに来た私の方が弱い尻《しり》があるのである。

二日後、私は勇さんが指定した場所に行き、勇さんが指名したメンバーと卓をかこんだ。

相手は三人とも紺の背広に赤っぽいネクタイを締めた管理職サラリーマンらしいタイプだった。

最初は敵も味方も礼儀正しかった。

だから、南に入って私の親になったとき、サイの目が出たとたんに、下家の手が牌山《やま》に触れて、ドサーッと崩れ、

「ア、失礼――」

積み直したがそれも偶然だと思っていた。

私の親が軽く流されたあと、一番年嵩《としかさ》の眼鏡の親になって、バタバタと他の二人がリーチをかけてきた。

私の手もそれほど悪くなくて、

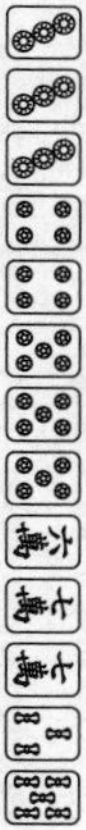

なんとか突っ張ろうと思ったが、なにしろ対家が三巡目、上家が五巡目と、リーチが早い。そのうえ、ツモる牌《パイ》がすべて中張牌で手がツマってくる。八巡目だかに西をツモってきた。西は追っかけリーチが振ってとおした牌だった。私はなんの気なしにツモ切りした。
「ああ、出た出た」
リーチをかけてない眼鏡が手牌を倒した。

国士無双にちがいない。しかし私はすぐ他の方に視線をずらした。
「あッ、そのリーチ――」と手牌を崩そうとする対家に声をかけた。「手牌が一

枚足りないね。少牌してて、君、リーチをかけたの」

上家の崩した手牌が、そのうえにバラバラと振りかかり、あっと思うまもなく洗牌されて、跡片もなくなってしまった。

「少牌だって、馬鹿《ばか》いうない。少牌でリーチがかかるかい」

「だがおかしいぜ。君のは確かに――」

「おい、アガったのは此方《こっち》だぜ。此方を問題にしてくれ」

眼鏡をとると、ちょうど縁の当っていたところに横一線の傷痕《きずあと》があって凶暴な面《つら》になった。

四

私はぐっと押し黙って、次の局を続けるために新しい牌山《やま》を積みはじめた。

麻雀ごろは、これが商売なのだから、打ってるときに不機嫌な顔は見せない。客は旦《だん》べェ(旦那《だんな》)なのだから充分に楽しんで貰《もら》う。たいがいのことなら、ご無理ご尤《もっと》も、ヘイコラして許してしまう。そのかわり、ごってりと吐きださせるのだ。

博打打《ばくちう》ちは、ただ勝負だけをやって生きていくのが理想であるが、実際には博打の場における男芸者なのである。

今の国士無双、アガった方の眼鏡はともかく、リーチをかけていた対家の馬面《うまづら》の方の手牌は、たしかに一枚すくなかった。

馬面が卓の下から眼鏡に渡したか、眼鏡が素早く抜きとって自分の手に使ったか。いずれにしても強引業《わざ》がおこなわれたのは確かなのに、がちっと口を結んでゲームを続行しようとしたのは、この時点では私のバイニン心理だった。

が、私の点棒は四倍満貫分へこんでいて、その傷が埋められぬまま、あッというまにオーラス。

三巡目にドラ二丁含み三色の早いリーチをかけたが、とたんに上家が眼鏡の出したをポン、上家が捨てたを対家がポン、そして対家の捨てたで、上家がロン。私に一度もツモらせないであっけなく終った。

眼鏡が私にこういった。

「おい、出せよ」

「なにをだ」

「わかってるだろう。半チャン現金《キャッシュ》だ」

しかし、赤鉛筆と計算用紙が眼鏡のそばにおいてある。

「じゃァ、そりゃァ何だね」

「トップ払いのゲーム料をチェックしとく紙だ。トボけるな」

口調も最初とはガラリ変ってサラリーマン風ではなくなっていた。ここで逃《ず》らかれば、怪我《けが》がすくなかったのだ。それができない。一度喰《く》いついた相手からなまじっかなことで降りられるものか。

ただ内心でこう思った。

（勇さんの奴、ひでえ客を押しつけやがったな）

二回戦がはじまった。私はしょっぱなの親で、出目徳ゆずりの大四喜十枚爆弾を積みこみ、幸い目と出て、（目と出なければ連チャン中に何度も積み続けるつもりだった）ごっそりと配牌できた。

この式の十枚爆弾については前編で紹介したので簡単に書くが、自分の牌山《やま》の真ン中の三幢《トン》（上下六枚）に西北三枚ずつを並べ左右の端二幢ずつ（上下四枚ずつ）に東南三枚ずつ中二枚をおくとすると、サイの目二度振り計十六で、

東南西西北北東南中中

の十枚が、サイの目計十七の場合、

東東南南西西北北東中

の十枚が配牌で入る。山には十四枚ずつ積みこんであるので、目十六の時は、東南西北一枚ずつ計四枚が南家《ナンチャ》に入る。目十七の場合、西北南中の四枚が北家《ペイチャ》に入る。

このときはサイの目計十六で、第一例の十枚の他に、八筒八萬九萬それに東が配牌でまじっていた。三枚仕込んで残り一牌の東が偶然まぎれこんできたのである。

私の第一捨牌が九萬、南家が北を捨てた。

「ポン――」

八萬を捨てる。南家が次に西。

「ポン――」

八筒を捨てる。南家の眼鏡がちょっと考えた。西家《シヤーチヤ》も北家もまだ一牌もツモっていない。眼鏡は考えたが、西北と鳴かれてしまうと、南東の始末に困る。途中ならば、しぼってしまうところだが、だが最初、まさかと思うから、二丁にならぬうち放ってしまいたい。

それでも眼鏡は、やや逡巡《しゅんじゅん》しながら南を切った。

私はだまって手牌を倒した。

東東東南南中中　西西西（ポン）北北北（ポン）

「親の役満ですね、これ——」

配牌《はいパイ》をとっただけで牌山《やま》にさわらなかった西家と北家があっけにとられて眺めている。

眼鏡の身体から、むっと殺気のようなものがほとばしった。しかし奴も、アガリ手についてはいっさい何もいわない。

「うむ。そうなのか。面白え——」と奴は声をくぐもらせていった。「お前も好きなことをやれ。だがことわっとくぜ、俺《おれ》たちは辰満《たつまん》一家の者だ。それをおぼえといてくんなよ」

私の親は、それ一回の連チャンで崩された。筋者《すじもの》ときいておびえたわけではなかったが、私はちょっと後悔していた。私のような一匹狼《いっぴきおおかみ》の雀《ジャン》ごろは、組織とまともに争うのは不利だ。私たちは警察よりも何よりも、こういう組織を怖れていた。雀ごろの方が充分気をつけて、衝突を避けていたのだ。

(勇さんの野郎――)と私は思った。

(向こうからも歩《ぶ》をとる約束で、この場所を設営したんだな)

なるほど、考えてみれば客ひでりで、私以外のバイニンも皆困っているのだ。

ちょっと水を向ければすぐに話に乗ってくるだろう。我々は、勇さんの歩を稼ぎだすために、ここでにらみあっているようなものである。

五

東二局、眼鏡の親。

私は相手三人が組む姿勢の逆をつこうと思っていたから、スムーズなピンフ手を作ろうとは思わなかったが、その局は役満をアガった余裕からか、ただのピンフが自然に早くテンパイしていた。むろんヤミテン。一四万待ちだ。

眼鏡の出したを私の上家のリーゼントスタイルの若者がポンし、馬面《うまづら》があわててツモ牌《パイ》を山に返した。ちょっとイヤな気がした。〝送りこみ〟といって、こんなときは往々に眼鏡の当り牌が私の方に流れこんでくる。

ひいた牌は東だった。思ったとおり、初牌《ションパイ》だ。しかも眼鏡の連風牌。或《ある》いは当り牌じゃなくて、私をオリさせるために送りこんだかとも思われたが、金持喧《けん》嘩《か》せず、私は雀頭を捨ててオリていった。

それから三巡ほどしたときだった。不意に、卓の下で私の足と眼鏡の足がもつれ、私は身体を沈めて向こう側の馬面《うまづら》の手を蹴《け》った。

「なにをしやがる！」

「お寒いことをするない！」

私はすぐに卓の下に頭を突っこもうとした。その鼻先きに匕首《あいくち》が来た。

「おい、姿勢を正しくしな。妙な恰好《かっこう》で打つと痀僂になるぜ」

匕首《あいくち》がつんつんと私の鼻を突くので、私も上体を起こさざるをえなかった。眼鏡は馬面に向かって、畳の上に落ちている牌をひろえ、といった。

それは東で、私から出ないために馬面が眼鏡の卓の下で渡そうとした牌だった。眼鏡は悠々と、東を自分の手に入れた。

「なにか文句があるか、おい、若いの！」

私は刃物で鼻柱を押し潰《つぶ》されながら、黙っているばかりだった。

連中はそれからなお、私の見ている前で堂々と牌を交換し合った。

「ははは ァ、よおし！」

眼鏡がビチンとツモ牌を卓に打ちつけた。

をツモったという。これが一万六千点オール。

次がメンタンピンの三色の方をツモでハネ満。次がやはりW東《ダブトン》アンコの三暗刻ツモリーチでハネ満。

私は必死で安くアガろうとした。三人の誰《だれ》にも打ちこまずにアガるには、よほど早い手がつかねばならない。中盤に来たら、とても攻めになどまわれないのだ。奴等は皆、私に放銃させてアガることを目標にしている。たとえ親の四暗刻をツモっても、ツモアガリでは一人分の一万六千点の収入しかないのだから。

だから、私が放銃しない限り、三人対一人はそれほど不利ではない。最初こう考えた。私は誰《だれ》からでもアガれる。しかし敵は私からしかアガれない。では私の方が自由だ。三度に一度アガっていれば負けやしない。

ところがこれがとんでもない甘い考えだったのだ。中盤に来たら、誰がどういうテンパイをしているか、おそらく私に放銃させるためのトリックとして、お互いの当り牌《パイ》をわざと振り、それを見逃がしておき、安全牌と錯覚して私が同じ牌を振れば、山越しでアガろうとするだろう。

三人がいずれも捨てている牌か、上家が捨てた牌をすぐ捨てない限り、安全は保証されない。そういう牌だけを捨てていって放銃しないようにするだけでもむずかしいことなのに、そのうえ自分の手を作るなんてとてもできない。

やっと四本場で、完全に先制できる早い手が来て（ヤミのピンフで千点の手だったが）眼鏡の親をおとしたが、それはほとんど意味のないことだった。次は馬《うま》面《づら》の親、その次はリーゼントの親、条件は眼鏡の親とまったく変りはしないのだ。馬面の親で、ついに私は通貫ドラ三丁という手を放銃した。充分気をつけていたにもかかわらず、山越し牌だった。

そのことが私の気持を沈ませ、なお守備に専念させることになった。しかし私が攻撃に出なくなれば、敵はしたい放題のことをする。

三人は直線コースでテンパイし、私は忽《たちま》ち安全牌に窮する。守備に専念していたにもかかわらず、私は続けて二度、そう高い手ではなかったが、馬面に放銃した。するとと配牌がどんどん悪くなってきた。

私は四人の牌山《やま》ができるのを見届けてからトイレに行き（山を造る前に立てば三人に自由な仕込みを許すことになるから）水で顔を洗って気を変えた。やはり攻めなくてはならぬ。どうやって攻めるか。完全先制で、配牌に仕込んで入れるよりない。

しかし相手も警戒して、私の山から配牌をとるような目はなかなか出さなかった。馬面の親も長い。彼がツモるか流れるか。私がアガらない限り、散家は誰《だれ》もアガらない。そのくせテンパイだけはしているらしい。

三人の手作りのコントラストもなかなか見事で、親はピンフ系かトイツ系の手。他の二人のうち一人は国士無双を必ずやりだす。そのため、中張牌も老頭牌も息が抜けない。

ポンチーもめったになくなった。ポンチーするよりは、卓の下で交換し合ってアンコにしてしまう方がよいからだ。たまにポンチーがある場合、次に私に来る牌は当り牌だと思わねばならぬ。

そのうちこめかみのあたりが痛くなってきた。最初にとった四万八千点は消え失せて赤字が出ている。もうなんでもいいから早く終らしちまえ、とやけくそで思ったとたんに、ひょいとひとつの考えが浮かんだ。

そうだ、散家のテンパイはそれほど恐れる必要がなかったのだ。散家に放銃すれば、風が動く。親を連チャンさせて長引かせるよりはよい。親だけは警戒し、散家にはある程度向かっていけば、こちらの手も進んでいくし、放銃しても四万八千点の限度でとまったかもしれない。

だがもうおそかった。今からではたとえ散家にでも放銃する点棒の余裕がない。

馬面が八本場、リーゼントが十二本場まで積んだ。長い半チャンでここまでで三時間余かかっている。いくら長くても、奴等は平気だ。私は蟻地獄《ありじごく》の底に居て、ただ汗を流すだけだった。

六

南風の私の親がイチコロで流されたとき、

「まいった——」

と私はいった。麻雀を打ちはじめてから、一度もいわなかった言葉だったが。

「大丈夫だよ。まいってねえで早くやれよ」

「まいったよ、お手上げだ。これでやめさせてくれ」

私は顔をひき吊《つ》らして、ツモった牌《パイ》をカラリと投げた。

「ほう。お前のルールじゃ、ツカないときはいつでも途中で止められるのか。馬《ば》鹿《か》に虫のいい麻雀だな」

私は卓に両手をのせて、頭をさげた。

「悪かったよ。ニイさんたちにはとてもかなわない。俺《おれ》は生意気だった。虫のいい提案だが勘弁してくれないか」

「そうかい。まァしょうがないな——」と眼鏡がいった。「そんなにいうなら勘弁してやろうか。じゃ、計算しな」

私の点棒箱には、赤棒一本と黒棒が四、五本残っているきりだった。私は前回のレートどおりの負け賃を卓の上においた。

「じゃァ、これで帰らして貰《もら》うよ」

「うん、だが違約金がおいてねえぜ」

「違約金？」

「ひと晩やるって約束だったろ。俺《おれ》たちは皆これで中途半端になっちゃった。違約金二十万円。こりゃ今でなくてもよいが、俺たちが勇さんに払う勝金の四割、それはお前が負担してくれ」

私はごくっと唾《つば》を呑《の》んだ。

「——出せよ」

奴等は冗談をいってるのではない。それは私にもわかっていた。一度、下手に出てしまったら、何をされても仕方がない。

「――無いよ」

「すっとこ野郎！　手前《てめえ》も素人じゃねえだろ。無いですむかい！」

「まァいいよいいよ――」と馬面《うまづら》。「あるだけ出しゃァいいんだよ。あとはここで払わなくたってかまわねえ。お前の家へ行こうじゃないか。ねえ兄貴、そのくらいの手間は仕方ねえだろ」

上衣の襟《えり》をぐいと引かれた。一人の手が内ポケットに来、残りのわずかな金をひっぱりだした。他の手が左右のポケットに入った。それから、左右から腕を引っぱられて立たされた。

「じゃァお供するよ、家《ヤサ》はどこだい」

女中たちが二、三人、遠くから眺める中を、私はひきずられて外に出た。

「家はどこなんだよ」

「家も金もあるかい。これっきりの男よ！」

いい終らないうちに一発、顎《あご》に来て、私は黒板塀《くろいたべい》に大きな音をひびかせてぶつかった。

「家はどこだときいているんだぞ」

「家があるぐれえなら――」

「この野郎、居眠りしてやがるな」

今度はボデーに来た。うつ伏せになりかかるのを腕を引きあげられ、上衣を裂かれる音と一緒に左のストレートで一気に道の向こうまで飛ばされた。そのはずみを利用して私は転がるように逃げた。

眼鏡たちに追いすがられながら夢中で走ってるうちに、どうやらタクシイが行き交う広い道に出、交番の赤い灯が向こうに見えた。むろん赤い灯は素通りしたが、彼等はさすがに遠くなったらしい。

しかし私はそのままの勢いで、深夜の道をどこまでも走った。上衣の袖《そで》が片っぽう無く、口から血が噴き出ていた。もしこれが映画だったらと私はへんなことを考えた。このまま走っていって、やがて姿が見えなくなったところで終るのだが。

でも現実は何も終らない。血まみれで、服の裂けた男が、行き場をなくしているのだ。ステーションホテルにも、もう行けない。弥栄との縁もこれまでだ。私は命の次に大切なタネ銭を無くしている。勇さんの所へももう行けないし、タネ銭も仲間も無しには、博打渡世はむずかしい。しかし、現実は何も終らないのだ。

私は小公園を見つけ、そこの水呑《みずの》み場で顔を洗い、ベンチに腰をおろした。

あれは、もう麻雀じゃなかった、と思う。麻雀ではなくて、暴力だ。私に筋者《すじもの》を凌駕《りようが》する力が無い以上、こうなるのもやむを得ない。

考えてみると、今夜の勝負でなくとも、もともと博打というものが、暴力を変形したものではないのか。私自身が今まで、変形の暴力で客をねじ伏せてきたのではないか。

(――恨みっこなしだな、弱い奴が負けるんだ)

勝負の世界に入った以上、他人には優《やさ》しくしない。どんなことをしても勝つべきだ。だから、その逆に、何をされても不服はいわない。困ったからといって、人の情など当てにしないこと。それが私たちのたったひとつのルールだ。

しかし、さすがに弥栄には気が残った。十日あまりの、女を伴った生活は私にとって初めての経験だったから。

弥栄の勤め先へ行って呼び出せば、よりを戻す方法もあったろうが、私は女にすがる気はなかった。

終点

一

夜が明けたのが五時頃《ごろ》、それから又一時間近くほっつき歩いて、なんとなく鶯谷《うぐいすだに》の駅に出た。むろん、鶯谷に用事があったわけでもなければ、国電に乗ろうとしたのでもない。乗ろうにも、五円玉もなかった。

六月だが、夜明けの風はやはり冷たい。袖《そで》の千切れた上衣は、顔の血を洗った例の小公園に捨ててきたし、血で汚れた個所をかくすために、オープンシャツの腕をまくっていた。そのうえ不眠からくる疲労があった。

以前よくやったように、環状線の座席で、ぐるぐる東京をまわりながら眠りたいものだ、というのがそのときの一番大きな希望だった。

サラリーマンたちはまだそれぞれの家庭で眠っている時間だったが、そのかわりこの駅には、お揃《そろ》いの制服をつけた娘が、三々五々現われて駅に吸いこまれて行く。国鉄の駅の売店の売り子さんたちだ。

近くに宿舎があるらしく、彼女たちは長い陸橋を渡って続々とやってくる。

私は、陸橋の袂《たもと》で下の線路をぼんやり見おろしている中年男に話しかけた。

「いい天気ですね――」

「ああ――」

「ゆうべ麻雀《マージャン》で徹夜しましてね――」と私はいった。「でも朝は気持がいい。ここは眺めがいいですな」

男はだまっていたが、私につられて浅草の方角に視線を投げた。

「ちょっと面白い遊びをしませんか、なに、ほんの十五分ほどです」

私は男を小突いて向きを変えると橋桁《はしげた》に背をもたせた。

「売店の売り子さんたちがたくさんやってくるでしょう。今思いついたんですが、これで競馬をやるんです。一回百円ほどでね」

私は男の反応にはおかまいなく、私たちの前に靴痕《くつあと》で一本の線をひいた。

「これがゴールです――」と私はいった。「三、四人ずつ一群れになって女の子たちがくるでしょう。右から一枠、二枠、三枠、四枠、彼女たちがこの線を通過するとき、誰《だれ》がハナを切るか、単勝式で当てるんです」

幸運なことに、男は勝負事に無関心ではないようだった。

はじめ男は、気がなさそうに、一枠とか、三枠とか、ポツリと洩《も》らすだけだった。

しかし、眼の前まで二、三歩リードしていた娘が、ゴール寸前で立ちどまって他の娘に話しかけたり、ほとんど横一線にゴールに突入したり、まったく予測がつかないだけに意外に面白い。

「こりゃ写真判定だな」

「二枠がひと足速かった」

「いや、同着だ。勝負なしさ」

長く論議しているヒマはない。あとからあとから、娘たちはやってくるのである。ほんの十五分といってはじめたことが、三十分近くやった。その頃《ころ》には娘たちの出勤の波もとだえはじめていたからだ。

トータルで、私が四百円勝っていた。

「百円札三枚しかないよ。まけとけ」

「ああいいよ、結構面白かったね」

「フフン――」

私はそれで国電の切符を買った。寝るつもりだったが座席が空いていなかった。急に空腹をおぼえて、上野駅でおりた。昔なじみのかに屋へ行って朝飯でも喰《く》おうとアメ屋横丁の方へ歩いた。

しかしかに屋はピタッと戸を閉ざしていた。ヤミ市時代は昼夜休みなく店をあけていたのに、大分残して、営業方針にも余裕ができたのだろうか。

こんなことなら上野駅の構内食堂で喰ってくればよかったと足を廻《まわ》しかけたが、張り札に午前八時よりとしてあるので、もうひとしきり待ってみるつもりになった。

かに屋のおやじのところへ行けば、ドサ健をはじめとする上野界隈《かいわい》の近況もわかるだろう。

時間つぶしに新聞でも買って立ち読みする気になったが、御徒町《おかちまち》のガード下には売り子のおばさんの姿はなく、朝刊の束がドシンと路上に投げ出されてあるきり。

そのへんにしゃがんでいるうち、いつのまにかウトウト眠ってしまったらしい。乱暴に肩を揺すぶられて、眼がさめた。

「坊や――、何してやがるんだ、おい、坊や――」

サンダルを突っかけた大きな素足が、まず眼に入った。私を、坊や、と呼ぶ人間は、とおりいっぺんの知り合いではない。

「健――？」

私は勢いよく立ちあがった。

「今、かに屋に朝食を喰《く》いに行ったら、八時からだってから」

「ここで待ってんのか。そりゃ無駄だ。おっさん、病気でしばらく店を閉めてるよ」

「なあんだ、そうか」

私はあいかわらずのドサ健のインド髭《ひげ》を、なつかしく嬉《うれ》しく眺めた。

「おツヤ（徹夜麻雀）明けでね、腹はへるし、眠いし」

「ふうん、俺《おれ》もこれから帰って寝るとこだ。よかったら俺ンとこでゴロ寝していけよ」

私は笑ってうなずいた。

「景気はどうなんだ――」

「駄目だな、麻雀打ちには喰いにくい世の中になったぜ」

しかしドサ健はかつての磊落《らいらく》さを失っていない。この男はやはり、肩で風を切って歩いている。

以前、此奴《こいつ》と張り合って、此奴をバタバタにしてやろうと闘志を燃やしていた頃《ころ》があった。私にとってドサ健は、唯一の目標であり敵だった。だが結局、テレンとしていつまでも生きるのはこの野郎の方だろう。博打打《ばくちう》ちとして、此奴は本物、私は本物になろうとジタバタもがいている贋物《にせもの》。

「例の、二階の麻雀屋はまだやってるのかい」

「ああ、なんとかな。メンバーを集めるだけでも四苦八苦さ。そうだ、ちょうどいい。今夜、おいしい客が集まるんだが、頭数が一人不足なんだ。お前、その気がありゃ打たしてやるぞ」

二

ドサ健の店の、バネのはみ出たような長椅子《ながいす》で眠った。

中国服のチャンカァ（かあちゃん）がまだ居て、毛布を一枚かけてくれた。三時すぎに眼がさめて、チャンカァがとってくれたラーメンをすすって、ようやく人心地がついた。

「すげえ鼾《いびき》だったな、坊や。地震みたいにこの家が揺れたぜ。こっちは眠りもどうもできねえや」

ドサ健はじっと此方《こっち》を見て、お前もよっぽど疲れてたんだな、といったが、私はそれ以上に見透かされるのを警戒して、できるだけ表情を殺して微笑していた。

「昨夜は、どんなところで打ったんだ」

「鎌倉だよ、オカ釣《づ》りさ（素人の家で打つこと）。いいメンバーだったぜ」と私はいった。「旦《だん》べエは新聞社の社長さ、それに銀座のキャバレエの経営者だ。あ、それからね、健さん、俺《おれ》の相棒は誰《だれ》だと思う。――出目徳の息子だぜ」

健は向こうむきになって煙草《たばこ》に火をつけた。

「勝ったか――？」

「むろんだとも。置いてある金を持ってくるようなもんだぜ」

「ふうん。――今度ここへ連れてこいよ」

「出目徳の息子かい、ああそうしよう、奴は父親を軽く見てるから我々で――」

「そうじゃねえや。鎌倉のカモをだよ」

「ああ、そうする。――一宿一飯の義理ができたからな」

「お前はいつも俺から離れていようとするが、もっと俺たちはくっつかなくちゃいけねえ。その、相互扶助、って奴だ。こんな時世になりゃなおさらだぜ。なァ、気にしねえで、どんどん俺を利用しなよ」

「もちろん、俺もそうしたいよ。なにしろ古い因縁だからなァ俺たちは」

「博打はいいときばかりじゃねえ、悪いときだってあらァ。そんなとき突っかい棒が欲しいんだ。お互いにな。俺ァこの頃《ごろ》考えたぜ、仲間をつくらなきゃいけねえ。味方ってえ奴を持たなきゃ、人間、生きちゃいかれねえや」

健と私は、しばらくお互いの出方を眺めていた。それから、健が、まず差しだしてきた。

「さァ、握手しようや」

「いいとも――」

私たちはお互いの手を握りあった。

「裏切らねえな」

「何故だい、そんな必要はないだろ」

「うん。これでいい――」

しかし健はそれでも落ちつかない様子で、うろうろと部屋の中を歩きまわった。

「坊や、兄弟分になろうか」

と突然、健がいった。

「たしか俺《おれ》の方が二つか三つ、年上の筈《はず》だから、お前が舎弟《しやてい》、俺が兄貴」

私は黙って笑っていた。なにしろ此奴《こいつ》には、一宿一飯の負い目があるからな。

ちょっとの間、神妙にしといてやろう。

「こりゃいいぞ、ひとつ、ひとつ、呑《の》みわけをやろう」

健はひとりで張り切って、チャンカァを呼ぶと、盃《さかずき》を二つ持ってこさせ、それになみなみと酒をついだ。

「こいつ、交したうえからは、お互い一心同体、何ごとがあっても手を握りあっていこうぜ」

大時代に口上《こうじょう》を切り、盃《さかずき》の酒を半分呑《の》み、交換しあって酒を足し、今度は一気にあおった。

ははは——とドサ健が笑った。

「ところで、今夜のメンバーってのは」と私はいった。

「どんな奴等なんだい。旦《だん》べエかい、それとも、山に気のある連中かい」——

前夜の三人組のことが、まだ念頭から去っていない。私はすこぶる臆病《おくびょう》になっていた。

「むろん旦べエだよ。そこらの商店主やアメ横の兄さんたちだ。日銭が入るから毎晩でも集まってくらァ。ただ大物じゃァねえ。三万、五万、ととられりゃァ、すぐにお休みになっちまう」

「そのかわり毎晩だろ。細く長くって奴だな」

「細く長くのうちはいいや、たまに大きく負けるだろ。一定限度を越すと私製小切手を出しちまうんだ。つまり、借りよ。借り倒すわけじゃねえよ。しかし、気分が悪かんべ。で、俺《おれ》ァ考えたんだ」

「健さんは昔から、いろんなことを考える男だったな」

「そこで麻雀無尽という奴を作ったのさ。ひと口五千円、二卓分八人といいてえが、欠席者のあるのを見越して十人の会員を集める。月二回、五千円ずつ払いこんで、落ちるのは一律に四万五千円、あとも先きも変らず。そのかわり麻雀で借りのできた連中を優先的に落とす。その金で手前の発行した小切手を回収する、とこういうわけだ」

「なるほど、で、残りの五千円は？」

「そいつァ幹事の俺《おれ》が預かっといて、麻雀旅行の積み立て金にでもするさ」

「つまりなんだ、早くいえば、保証金みたいなものだな」

「そうなるな」

「借りのできやすい奴はいいだろうが、その必要のない者は、利なしじゃつまらないだろう」

「いや、小切手をつかまされて、こげついてるよりはいいんだ。皆賛成するよ。こうしときゃ客も離れないし、どうだ、うまいことを考えたろう」

三

一番最初に現われたのは、太田という、いかにもカモっぽく肥った生菓子屋の主人だった。

「ところがどうして、負けねえよ。金は持ってるが、しぶとくできてるぜ、あの人は」

と健が小声でいっていたが。

続いて現われたのは、国鉄助役のスーさん、デパート宣伝部の小松、キィちゃんという肥った運転手、元区会議員の隠居富島《とみしま》先生、ピーナッツ屋の三ちゃん、水道工事屋の斎藤、という雑多なメンバー。

スーさんと富島先生は、キィちゃんの車で競馬場からの帰りらしく、

「やっちゃいられねえや、先生が終り三レースほど総当りでよ、俺とスーさんは

おさわり無し、ノウ和了さ。アタマへ来たぜ」とキィちゃん。

「はっはっはっ、そのかわりあたしゃ、これから麻雀でとられるからね、ま、外資導入してきたようなもゝですわ」

「さァこれで全員だな」

「ああ、まだバナナ屋の総ちゃんもいるが、あいつ、入るか入らねえかはっきりしないからな」

「いいよ、あんなの入れねえ方が、強いのはなるべく誘わん方がいい。これで締め切ろう」

「待ってくれ、もう一人、新入会員だ」

とドサ健がいって、私を皆に紹介してくれた。

「すると、健ちゃんを含めて頭数は九人だな。富島先生がふた口入るってえから、九人の都合十株だ」

「その方がいいだろ。誰《だれ》か一人休んだら二卓揃《そろ》わねえんじゃ拙《まず》いや」

「そりゃそうだ――」とキィちゃんが、卓上にメモ用紙を拡げた。

「さァ、俺《おれ》が事務員をつとめるぜ。皆、金を出してください」

「最初のおろし手は誰なんだい」

「そりゃあたしさ、きまってる」と富島先生。

「しかし、あたしも三万ばかり小切手を出してるんだがね」と小松さんがいう。

「あたしは五万近いんですぜ。自慢じゃないがね。これが落ちてもスーッとあたしを素通りして皆さんのところへいくだけさね」

「それでいいでしょう、そのためにはじめたんだ」

「そういうことです。むろんいいんだが、あたしは三口ぐらい入っとかないと、足りないかもしれませんなァ、なんせ負け頭だから、はっはっは」

健が、私のそばに来て、小声でいった。

「おい出せよ――」

「なにを？」

「金だよ、五千円、無尽の金」

私は笑っていった。「俺《おれ》は必要ないよ、そんなもの」

健がだまっているので私はもう一度いった。

「俺は負けない。無尽なんかに興味はないぜ」

「わからねえのか、ここに集まってるのはな、無尽に入った人たちなんだ」

「わかってるよ、勝手にやってくれ。俺は見てる」

「お前、そりゃどういう意味だ」

「俺は麻雀を打ちに来たんだ。無尽をやりに来たんじゃない」

健は煙草《たばこ》に火をつけ、怒りをしずめようとするようにしばらくだまって煙りを吐いていた。

「お前も相当に頭が悪いな。麻雀を打ちたかったら、無尽に入るんだ。それを保証金にして客を紹介してやろうといっているんだぜ。いいか、五千円のはした金を出したら、それ以上稼げばいい。しかも、その五千円はあとで返ってくる金なんだ。ここまでいわなきゃわからねえのか」

いわれなくともよくわかっている。だが私はトボけているよりほかに手がない。

「じゃあ、無尽に入らなきゃ、打たしてくれねえのか」

「むろんだとも」

「それじゃ健さん、ちょっと立替えといてくんねえか。昨夜の精算が小切手だったんでね、キャッシュの持ち合わせがないんだ」

ドサ健は、じろりと私を見た。

「小切手を、見せてみな」

「あれ、俺《おれ》を信用しねえのか。俺たちは兄弟分じゃなかったのかい。小切手を見せなくちゃ、わずか五千両もまわして貰《もら》えねえのか。けっ、生涯手を握りあっていこうが呆《あき》れるぜ」

「野郎、ハイナシ（文無し）で来やがったな。鎌倉の馬の尻《し》っぽもみんな嘘《うそ》だ、え、そうだろう坊や」

健の声が急に大きくなった。彼は右手を扉《とびら》の方に高々とあげていった。

「出ていけ、この乞食野郎、二度と面《つら》ァ見せるな！」

ざわざわしていたメンバーが、ぴたっと静まって此方《こっち》を見ていた。

「ハイナシのくせに、一人前の顔をしやがって、兄弟分だと、俺をナメるない、手前《てめえ》なんぞは早えとこ、ノタれてくたばりゃァいいんだ」

チャンカァが、間に入ろうとしたが、健に手荒くはじき飛ばされてしまった。

私は精一杯の微笑を造りながら、ゆっくりとその部屋を出た。ギシギシきしむ階段をおりて外に出ると、雑踏をかきわけながら大股《おおまた》に歩いた。行く当てはなかったが、しょげた恰好《かっこう》をしていたくなかったからだ。

四

夜更けの盛り場を、何も考えずにただぐるぐると歩きまわった。バーと小料理屋と安手のキャバレエが密集して濃いネオンの縞《しま》を作っている。酔客や女が、ときおり私の肩にぶつかってくる。

いつのまにか彼等の姿もまばらになって、道の果てまで見透せるようになった。温度が急に冷えてきた。私は依然として急ぎ足だが同じところをのたくっているだけだ。

とうとう、八方ふさがりだな――、と思う。すると不意に、笑いがこみあげてきた。

空腹で、文無しで、行き場がない。ないことずくめだ。状態としては笑いとは無縁の筈《はず》だが、人間はこんなとき、案外に笑い出すのかもしれない。

昨夜は例の三人組が私にこういった、すっとこ野郎、無いですむかい――。私はニヤつきながらあの場面を思いだした。嘘《うそ》もかくしもなく、ポケットには一銭も残っていなかったのだ。これが笑わずに居られようか。

さっきはドサ健がこういった、ハイナシ（文無し）のくせに一人前の顔をしやがって、手前《てめえ》なんぞは早えとこノタれてくたばりゃァいいんだ――、まったく彼等のいうことは全部正しいのだ。ハイナシのくせに、私はこの同じ顔をブラさげて彼等の前に立っていた。それがおかしい。

正しかろうと、正しくなかろうと、これよりしょうがねえんだ、はっはっはと私はとうとう笑った。これがハイナシの顔でございって顔があるもんか。なァ、ドサ健——と私は呟《つぶや》く。俺《おれ》ァもう、綺麗《きれい》さっぱりだ。こうなってみると、いっそ気持がいいみたいなもんだぜ。負け惜しみじゃねえ。博打打ちなら、こんな状態になるのはべつに不思議じゃねえだろう。

お前だっていずれはこうなるよ。麻雀打ちには暮しにくい時世になったって、お前もいつかいってたじゃないか。暮しにくけりゃ、暮さなきゃいいんだ。

世間の人は、暮していくことで勲章を貰《もら》うが、俺たちは違う。俺たちの値うちは、どのくらいすばらしい博打を打ったかってことできまるんだ。

だからお前も、ケチな客をお守りして細く長く生活費を稼ごうなんてことやめちまえよ。麻雀打ちが長生きしたって誰《だれ》も喜びはしねえよ。

自分を笑いのめしたことで、私はひどく気楽になり、ひとまず眠ろうと思って上野駅の方に足を向けた。駅の大時計が二時近くを示していた。

私はガード下にある地下道の入口を入って、一隅にうんしょと腰をおろした。空腹だったが、睡魔の方がまだ勝っていた。壁に背中をつけると冷たいので、はじめのうち、両膝《りょうひざ》に顔を埋めるようにして丸くなって寝た。夢の中で身体を伸ばすと、ゴツンと後頭部をコンクリートの壁にぶつける。

不意に、竹の棒のようなもので肩を小突かれた。

ポリ公かと思って、さっと身構えたのだが、眼の前に立った人物はポリとは正反対で、襤褸《ぼろ》の中からコールタールを塗りたくったような手足を出した浮浪者の老人だった。

顔じゅう髭《ひげ》ぼうぼうで、表情もよくわからないので、はじめ私はタカリに来たのかと思った。

「おあいにくだよ、ご同業だ――」と私は片手を振っていった。「ヒャーもねえんだ、こっちが助けて貰《もら》いてえくらいだぜ」

しかしその老浮浪者は立ち去りもしないでぶつぶつと何か呟《つぶや》いている。ときおり、歯のない口を大きく開けた。

(――此奴《こいつ》、笑ってるのかな)

とまもなく気がついた。そのうえ、驚いたことに、よくきいてみると、

「しばらくだったな、坊や――」

とくり返していっているのだった。

「俺《おれ》だよ、チン六《ろく》だ、わからねえのも無理はねえが、密造部落のチン六さ――」

私はようやく、チン六、という言葉をききとった。

「チン六？――チン六さんかい」

これがあのチン六ならば、非常になつかしい。敗戦の年、上野の山で知り合ったチンチロ賭博《とばく》の名手で、密造酒を造っていた男だ（青春編参照）。惜しいかなドサ健の魔手にひっかかってすっ裸同然になり、上野界隈《かいわい》から姿を消していた。出目徳やドサ健と勝負するために車坂《くるまざか》のクラブに行く途中で、下谷警察の豚箱から悄然《しょうぜん》と出てきたチン六とめぐりあい、いくらかのタネ銭をくれてやったことがある。

私が思い出したとさとったチン六は、身体をこすりつけるようにして石畳の上にペタッと坐《すわ》った。

「どうした、グレハマらしいな」

私は頷《うなず》いた。「ああ、だが放っといてくれよ。俺《おれ》ァ勝手にこうなったんだ」

「角力《すもう》とりでいうと――」とチン六は歯がないためにひどく発音に難儀しながらいった。「幕下におちた元関取ちゅう恰好《かっこう》やな。ひと頃《ころ》は幅をきかしたんだろうが」

「なんだかしらないが、又明日でもゆっくり会おうや。眠いんだ」

「おい、どうや——」

とチン六は、片手で何かをつまみあげ、それをパッと落す仕草をしてみせた。

「やらんか——」

「何を——?」

「こんなコンクリ・アパートだ。麻雀ちゅうても牌《パイ》も台もありやせん。きまっとるじゃないか」

「チンチロリンか」

「おう——!」

「チン六さん、まだやってるのか」

「おう——!」

私は反射的に手をポケットに突っこんだ。すっかり忘れていたが、暁方《あけがた》の娘競馬でとった百円札がまだ残っていて、これならソバでもすすりゃよかったと思ったが、無論金というのはそれだけだった。

五

チン六は竹の杖《つえ》を投げ出し、何枚も着こんだ煮しめ色の衣服をかきわけて、肌につけていたらしい財布をとりだした。

そうして、大事そうに手を突っこんで、百円札やら硬貨やらを手の中いっぱいにとりだし、千円ずつの山にまとめていった。

床の上に、千円の山が三つできた。

「あンとき、お前はよ、俺《おれ》に二千円、恵んでくれたっけな。ほんとに助かったぜ。もうちっとたくさん利子をつけて返してえところだが、俺も年老《と》ってな、昔の景気には戻れねえ。まァこんなところで我慢しな」

「なにをいうんだ、あんなもの、返して貰《もら》おうなんて思ってやしねえよ」

「ごちゃごちゃいうない。とっとけよ。ただ返そうてえんじゃねえんだ」

チン六は眼を細くしてニヤつきながら、又例の手つきをしてみせた。

「こいつでよ。結局は巻きあげようてんだから、ちっとそっちへ預けとくだけなのさ」

「――よおし！」

私は眠気を吹き飛ばしてその金に手を出した。

「来るか――」

「やるよ。差し（対勝負）かい」

「差しなんかやれるかい。もう盆はできてるんだ。こう来なよ」

立ちあがったチン六に続いて私も地下道を出た。

月が煌々と照る上野のお山へ上っていった。そういえば敗戦の年、はじめて上野へ来て手を出したのも、このチンチロリンだった。あれは池《いけ》の端《はた》の浮浪者部落の一角で、このチン六やドサ健、おかまのおりん、上州虎《じょうしゅうとら》などと嵐《あらし》をついて戦ったのだった。

つい昨日のことのようだが、あれからもう七年、麻雀ばかり打ってすごしたことになる。

「昔、チン六さんたちとやったときも、俺《おれ》ァ金がなくてね——」と私はいった。「最初はたしか、四十円のタネ銭だった。だから目が乱れてるときは、何時間でも張らずに見ていたものさ。用心堅固にするより手がなかったんだな」

「それでいいんだ——」とチン六がいった。「博打は、出る目に理屈なんかねえ。張りざまに理屈があるんだ。張るか張らねえか、きめるのが、勝ち負けの別れ目よ」

「だがもう、あんな張り方はできねえな。何故って、俺はもう十六の小僧っ子じゃないからね。この金で、できるだけ綺麗《きれい》に遊ばして貰《もら》おう」

チン六は立ちどまった。馬鹿《ばか》野郎、と曖昧《あいまい》な発音でいった。

「博打に年功なんぞあるかい。初心でやりなよ。見栄なんか張るな」

草叢《くさむら》を壁にしてその中の窪地《くぼち》に五、六人の浮浪者が円座を組んでいた。焚火《たきび》があり、その上に鉄鍋《てつなべ》がかかっている。

「そうだ、空きっ腹だろう。喰《く》えよ、シチューだ」

熱い奴を丼《どんぶり》にとって貰《もら》って、喰った。複雑な味がしたが、うまかった。上野界《かい》隈《わい》の食堂の残飯を煮立てたものだという。

喰いながら、場の様子をじっと眺めた。セルロイドを鼻にはめこんだ五十男が一人で受かっているらしい。

奴の胴が、もう二十回近くも立っているという。チン六が皆に私を紹介してくれ、私のために鼻欠けの右隣りの席があいたが、私はわざとそれを無視して、逆に鼻欠けの左側に身体をこじいれた。

チンチロは廻《まわ》し胴だから、立ち親(ついてる親)の次の席はガミを喰うことが多い。前の親に目を皆出されてしまう。これが鼻欠けの左側に坐《すわ》った理由だ。

戦闘帽をかぶった若い男が、丼に覆いかぶさるようにしてサイを振っている。

七年前は五度振りだったが、これは三度振り。諸事スピードアップされているらしい。

チンチロリンをご存じない方のために、簡単に説明しておくと、これは三個のサイコロを丼の中に、チンチロリン、と音立てて落し、二二五、三三二、のような二個同数の目が出たとき、これを麻雀における雀頭の如きものとする。残り一個のサイの目が自分の持ち目となる。二二五ならば、五であり、三三二ならば二である。

六が一番強く、数がすくなくなるほど弱い。一度振って雀頭ができなければ三度まで振り直しができる。役もあって、四五六と出れば張った目の倍とれる。一二三と出れば逆に倍づけである。

三個同数の、俗にいうゾロ目、これは文句なく勝ち。五のゾロ目は特に倍づけで、一のゾロ目が三倍づけ。子方はそれぞれ最初にコマを張っておき、親と目を出し合って勝負する。

私は慎重に小銭を張って様子を見た。七年前のようにただ眺めていることはしない。張って、サイを振らなければ自分の目の動向がわからぬからである。

親の戦闘帽は四、子の目は(見《ケン》が二人いて)順にいうと、四、五、ゾロ目、四、四。親はかなり強い四の目を出しながらマイナス。これは〝四貧《しびん》〟といって、次が子方の張り所ということになっている。だが私は次も小銭のままにした。チン六のいうとおり、目の理屈など当てにならない。

親の目は次も四。子方は、一、三、六、私が五、鼻欠けが目なし、チン六が二。

その次に私は百円札で、千円張ってみた。

「ああ、兄さん、胴が特に受けるとき以外はひと張り五百円までだ。あっし等《ら》、ひと晩じゅう楽しみたいんでね」

私は心得て五百円にさげた。親の目は二。しかし子方は総体に悪く、私と私の上手が五、五と出した以外は親の二に負け。

六

私はすぐにこの丼《どんぶり》博打に没入することができた。張り銭はすくなく、中には十円単位で張ってる奴も居るが、張り銭の多寡は問題じゃない。客を取り巻いて機嫌をとりチビチビと巻きあげようとするこのところのバイニン麻雀にくらべたら、この方がずっとストレートで本格の博打らしい。

私は自重して胴をとらず、もっぱら子方で着実にコマを増やしていた。私の張り方は少し皆とちがっている。

皆は胴の張る目の消長を仔細《しさい》に見て、張りをきめる。私のはそうじゃない。自分の目の流れを先読みしていく。振れてる（いい目がでている）時は親の目がなんだろうと怖くない。但《ただ》し、その風向きも頻繁に変る。

他の子方に弱い目が出ている間は安全である。その子方が振れてきたら、風向きが変って私の振る目が弱くなると見る必要がある。それによって張り銭を按配《あんばい》する。

二時間ほどした頃《ころ》、依然として胴を敬遠する私に向かって、チン六が、

「坊や、胴をとってみなよ、大分コマがたまってきたじゃねえか」

それではじめて胴をとった。皆は初顔の私を警戒して張りがすくない。チン六だけが、スポッと、百円札を十枚来た。

「五百円までってんだろ」

「そうだが、受けらんねえかい」

「いや、受けるよ」

二度目の振りで三三六、カキ目（総どり目）が出た。チン六が又財布から百円札の束をひきずりだした。

次の目は六六五だった。チン六は三つ目の振りで辛《かろ》うじて二二五。別れ。

次は又一一六で総どり。

子方の張りは眼に見えて多くなってきた。チンチロには五、五、二十、とか、十、十、三十とかいう張りの方式がある。五、五、と負けても、これでとり返す。したがって、三度圧勝できるかどうかが勝敗の分岐点である。

私は深く息を吸いこんだ。ちょうど月が雲間にひっこんでサイの目がよく見えなくなったので、しばらく小休止。

「この休みで、目が変るさ、坊や、悪いな。お山のチンチロは、お月さんと雲の具合を見ていて、アヤを変えるんだよ」

でも私はなんとも思わなかった。再開後、かつてのチン六のようにサイをひねり落して丼《どんぶり》の中でしばらく廻《まわ》らせた。

サイ同士がぶつかりあって不意にとまった。

「――――！」

わりに口数のすくない彼等が、感嘆の息を洩《も》らした。サイの目は、一一一《ピンピンピン》。三倍づけの目だ。

チン六はサイを睨《にら》み据え、それから又財布へ手を突っこんだ。

「おい、息を抜きなよ、アツいだろうがさ」

と鼻欠け。しかしチン六は張りを惜しまなかった。

「退《ひ》けねえな、うん、退けねえ」

私は無表情で振った。二度目に目にはなったが、五五二。

「そうだろうな、振らしてくれりゃ、こっちのものさ」

子方は大概一度振りで二より大きい目を出し、私は珍しくツケにまわった。

チン六は、一度目が二三四、二度目が四五一、三度目、ハッと息を吹きかけてサイをしめらし、気合もろともひねり落した。

「ケッ！　なんてこったい」

三度目の目は一二三。倍づけという奴。チン六は財布を空に放った。それはフワリと丼《どんぶり》の上に落ちたが、それは布切れだけの重さだった。

「倍づけの分は借りるぜ、坊や」

「いいとも」

「お前さん、強いね」と勝ち頭の鼻欠けがいう。

「ついてるだけさ。いずれ負けるよ」

チンチロに腕はない。張り方の巧拙はあるが、年がら年じゅういい目ばかりを出す者はいない。

「どうだい――」と鼻欠け。「チン六にかわって俺《おれ》が挑戦しよう。これだけ受けるかい」

彼は自分の膝《ひざ》前の勝金のほとんどを前に押し出してきた。で、ほとんど鼻欠けとの対勝負の形になった。

私の目は一回で、三三五。

「五か。いい目だな。だが、五に勝てる目は八通りもある。五なんか怖くないぜ」

鼻欠けの目は二三五、一三六。三度目、彼は慎重に振ったが一一四。

東の空が白みかかっている。中年の女浮浪者が山にあがってきて、私たちのそばにくるなり、鍋《なべ》の中の残り物をつつきはじめた。

小銭の山が、鼻欠けのところから私の膝《ひざ》前に移っている。塵《ちり》も積もればの類で、浮きだけで五千円は優に越しているだろう。私はここを立って、山下のドサ健の所へ行き、麻雀無尽を払ってあの客たちをカモることを、ちょっと考えた。

しかし立ちあがらなかった。チンチロは長くやってれば、必ず不振の波がくる。いずれ勝金はへるだろうが、それでもよろしい。私は地下道にこのまま腰をおちつける気になっていた。

その年の冬近くまで、毎日チンチロをやってすごした。寒くなって刈り込みが烈しくなり、仲間が四散して、私も偶然のことから又糞《くそ》つまらない世間に戻ったが、死ぬまでにもう一度、博打三昧《ざんまい》の日を送る決心は変っていない。

解説

北上次郎

『麻雀放浪記』は、「青春編」「風雲編」「激闘編」「番外編」の四部構成だが、最後の第四部「番外編」は文字通り番外なので、実質的には第三部「激闘編」で終わっている。この構成が絶妙だ。

第一部「青春編」で終戦直後の混乱の東京を舞台に、無法者たちの卓上の闘いを鮮やかに描いたと思うと（出目徳の死体を横に麻雀を続けるラストが迫力満点だ）、第二部「風雲編」では関西を舞台に、虚々実々の闘いをユーモラスに描くように（勝ち金の代わりに大恩寺の鐘を持っていってしまう展開がケッサク）、色彩感に富む物語を巧みに構築している。さらに絶妙なのは、この最終編たる「激闘編」だろう。これはなんと、怒りと苦渋の書だ。第三部にこういう展開を置くことで『麻雀放浪記』は見事な大河長編となった。それを説明する。

この「激闘編」の白眉は、坊や哲がラッシュアワーでごった返す電車に乗るシーンだ。足を踏んで知らん顔している若いオフィスガールの髪の毛を片手で握って、むりやり彼女の顔をねじ向ける。「やい、ごめんなさいの一言ぐらいいえ」。女が悲鳴をあげると、横の男が坊や哲と女の間に入り込み、反対側にいた男たちも女を守る姿勢になる。

「やる気か、野郎っぱち」

大声で叫んだわけではないが、このとき、坊や哲の体には凶暴なものが沸き起こる。男たちを蹴ると、向こうの足も次々と坊や哲を蹴りつけてくる。引き倒されて踏みつけられそうになるが、そいつらの眼鏡や鼻柱を殴りつける。実は坊や哲、喧嘩をまくなんて経験はほとんどない。凶暴になるのは、このときが初めて。ではなぜ、彼は車内で凶暴になったのか。

その少し前、旧制中学の同級生とばったり会い、卓を囲んで大勝ちし、勝ち金を取り立てたあと、その同級生にこう言われるのだ。「せめて定職につけよ。そばに寄ると臭くて、まるで犬か豚のようだぜ」

こう言われたときの坊や哲の述懐を引く。「臭いのは自分でも知っている。獣のような生きざまだと、私も思っている。そして私はそのことをこれまで恥じたことはなかった。もともと生き物は、皆臭いものだ。臭いのが、生きているという証拠ではあるまいか。けれども、面と向かって他人からこういわれると、さすがにこたえた」

その直後、春美に会ったとき、「俺、臭いかい」と尋ねるのも、このときの坊や哲の心理を映している。しかしこれは単に体臭の問題ではない。というのは、続けて彼はこうも言うからだ。

「面白くねえんだ、実際」「負けた野郎が威張って、勝った方を軽蔑しやがるのさ。妙な世の中になったもんだぜ」

ここに、久々に再会したドサ健の次の台詞を重ねてもいい。

「麻雀打ちも変ったなァ、近頃は、弱い奴を見つけちゃァ楽に勝って稼ごうという連中が増えてきた。奴等ァ自分の腕をかくしてな、幇間みてえに客をおだてながら、いくらかの小遣いにありついてるんだ。俺にゃァそんなうすみっともない真似はできねえや」

ようするに、組織に属さず、みんな一匹狼で、くたばるまで闘った時代は終わったのである。その苦渋が、電車の中で爆発するのだ。「激闘編」はそういう苦渋と怒りの書である。

ラスト近く、卓を囲んだ筋者たちが傍若無人にイカサマを演じる展開（坊や哲の見ている前で堂々と牌を交換するのだから、イカサマとも言えないもので、これは暴力といっていい）と、ドサ健までもが、そういう新時代に生き残るために麻雀無尽というセコイ方式を始める展開が、ダメ押し。魔術師とも言うべき出目徳と闘った戦後の混乱期の至福はもうどこにもないのだ。苦渋と怒りの向こう側から、その哀しいひびきが立ち上がってくる。

「青春編」「風雲編」に続いてこの「激闘編」を置くことで、『麻雀放浪記』は実に見事な大河小説になったのである。

しかしそれ以上に素晴らしいのはラストだ。それを引く前に、一緒に大阪に流れたステテコ（本名は小道岩吉だが、ここはステテコで通したい。阿佐田哲也はこういう通称の付け方が天才的にうまい）が久々に現れて、助っ人を依頼されるくだりを挟んでおく。今夜から六日間、連続昼夜興行だというステテコに「ふうん、そいつはちょっとな」「俺も月給とりの身の上で、そうは休めないな。まだ入社早々なんだから」と坊や哲が言うのだが（会社員になった理由をここで説明すると長くなるので省略）、そのあとのステテコとのやりとりがケッサク。

「夜だけでいい。昼間は会社へ行くさ」「寝るときがねえぜ」「会社じゃ寝られねえのか」。おいおい、と言いたくなる箇所だ。

苦渋と怒りの書であっても、こういうユーモアを忘れないところがこの『麻雀放浪記』の素晴らしいところである。

で、ようやくラストの話になるのだが、すべてを失った坊や哲が、上野の地下道で浮浪者となったチン六と再会するのだ。ドサ健に喰いつぶされたチン六である。そのとき、坊や哲は将来の種をまくつもりで彼に小金を渡したのだが、それをチン六は覚えていて、空腹で文無しで行き場のない坊や哲に三千円を手渡してくれる。

なあに、結局は巻き上げるんだからな、とチン六は坊や哲をチンチロリンに誘ってくる。この最後のシーンがいい。

浮浪者たちの賭金は小さいが、坊や哲は熱中して膝前に金がたまっても立てなくなるのである。「客を取り巻いて機嫌をとりチビチビと巻きあげようとするこのところのバイニン麻雀にくらべたら、この方がずっとストレートで本格の博打らしい」という坊や哲の述懐で「激闘編」は幕を閉じるが、この至福のラストは印象深い。

文庫解説はあと一巻残っているが、しかしこのままでは『ドサ健ばくち地獄』について紹介することなく、私の解説が終わってしまうような気がしてきたので、このあたりでこの傑作にも少しだけ触れておきたい。

『ドサ健ばくち地獄』は、『麻雀放浪記』から数年後のドサ健を描いた小説である。ちなみに、坊や哲は出てこない。さらに主となるのが、手本引き。麻雀など他の種目も登場するが、物語の中心になるのはあくまでも手本引きである。この博打についての説明は省く。日本ではきわめて珍しい博打小説であること。仲間で殺し合う密室の戦いであること。ロマンの香りが微塵もないこと——などの特徴を列記しておく。

『麻雀放浪記』を読んだあとは、ぜひともこの傑作を読んでいただきたい。あなたが絶対に読んだことのない博打小説がそこにあるはずだ。

※北上次郎氏の解説は、第４巻も続きます。

本文中には現在の人権擁護の見地に照らすと、不適切と見られる表現がありますが、著者自身に差別の意図はありません。また、著者が故人であること、作品の文学性や芸術性、執筆当時の社会的及び文化的雰囲気を考え合わせ、このような表現については原文のままとしました。

（編集部）

本作品は一九七一年に双葉社から刊行されました。その後、一九七九年に角川文庫、二〇〇七年に文春文庫から刊行されました。

双葉文庫

あ-01-07

麻雀放浪記《まーじゃんほうろうき》(3)激闘編《げきとうへん》

2022年2月12日　第1刷発行

【著者】
阿佐田哲也《あさだてつや》
©Tetsuya Asada 2022
【発行者】
箕浦克史
【発行所】
株式会社双葉社
〒162-8540 東京都新宿区東五軒町3番28号
［電話］03-5261-4818(営業部)　03-5261-4829(編集部)
www.futabasha.co.jp（双葉社の書籍・コミックが買えます）
【印刷所】
大日本印刷株式会社
【製本所】
大日本印刷株式会社
【カバー印刷】
株式会社久栄社
【DTP】
株式会社ビーワークス
【フォーマット・デザイン】
日下潤一

落丁・乱丁の場合は送料双葉社負担でお取り替えいたします。「製作部」宛にお送りください。ただし、古書店で購入したものについてはお取り替えできません。［電話］03-5261-4822（製作部）

定価はカバーに表示してあります。本書のコピー、スキャン、デジタル化等の無断複製・転載は著作権法上での例外を除き禁じられています。本書を代行業者等の第三者に依頼してスキャンやデジタル化することは、たとえ個人や家庭内での利用でも著作権法違反です。

ISBN978-4-575-52543-4 C0193
Printed in Japan